麻衣世家

御风楼主人 著

⑦ 项山忍踪

南方出版传媒

花城出版社

中国·广州

图书在版编目（ＣＩＰ）数据

麻衣世家. 7, 项山忍踪 / 御风楼主人著. -- 广州：
花城出版社，2017.5（2018.11重印）
ISBN 978-7-5360-8245-8

Ⅰ. ①麻… Ⅱ. ①御… Ⅲ. ①长篇小说－中国－当代
Ⅳ. ①I247.5

中国版本图书馆CIP数据核字(2017)第086539号

出 版 人：詹秀敏
责任编辑：陈宾杰　王铮锴
技术编辑：薛伟民　凌春梅
封面设计：匾腾络视觉传达

书　　名	麻衣世家. 7　项山忍踪	
	MA YI SHI JIA. 7 XIANG SHAN REN ZONG	
出版发行	花城出版社	
	（广州市环市东路水荫路11号）	
经　　销	全国新华书店	
印　　刷	广东新华印刷有限公司	
	（广东省佛山市南海区盐步河东中心路23号）	
开　　本	787 毫米×1092 毫米　16 开	
印　　张	16.75　1 插页	
字　　数	367,000 字	
版　　次	2017 年 5 月第 1 版　2018 年 11 月第 2 次印刷	
定　　价	38.00 元	

如发现印装质量问题，请直接与印刷厂联系调换。
购书热线：020－37604658　37602954
花城出版社网站：http://www.fcph.com.cn

目录

目录

目录

楔子

与南疆痖王阿南达一战之后，陈元方重归故里。安宁之日未久，洛阳瞿家两大山术高手突然夜袭陈家村，五大队总首领绝无情也深夜来访，道出一桩数十年来难以破解的奇案，此案涉及术界第一邪派，也是陈家的生死仇雠——血金乌之宫！

因涉及天书之谜，元方前往龙王湖寻求破解，却意外遭遇不死老道陈天佑，得悉龙王湖附近有一处隐世庄园——过虎口。

过虎口处隐藏着一道数百年的禁制术，当世无人能破，但过虎口内却有神相天书、千年尸王的最大秘密，号称天符隐界，元方不得不拼尽全力入内。而在天符隐界表面的宁静安乐之下，却又隐藏着一桩惊世之谜……暗宗宗主晦极，血金乌之宫宫主血玲珑，北水老怪曾天养，十大杳人闵何用，棋盘石均于此时现身，麻衣世家的终极谜底即将大白于天下！

阿南达那熟悉的声音传出，熟悉的身影也迅速出现在洞口处，两只略有些发黄的眼珠子闪烁着愠怒的光芒，阴笑着盯着我。

我心中猛然一凛，暗道一声："不好！"

我实在是想不到血金乌之宫的第六、第七两大长老影行子和心算子会突然出现，更想不到阿南达会回来！

"陈元方，你还不是神相，你当然想不到。"心算子再次窥破了我的心思，说出了我的心里话。

他用那沉重而浑浊的难听声音说道："你当然也不会想到，阿南达先生刚刚离开这里没多久，就遇到了我和六哥。"

我目光闪烁，瞥了一眼心算子，感觉这人实在是讨厌至极，也可怕至极！

可怕在于他能看穿人的心思，讨厌在于他看穿了人的心思居然还要说出来。

只是，他究竟是如何看穿人的心思的？

绝无情说这本事是血玲珑传授给心算子的，难道血玲珑也精通此术？

血玲珑是昔年五行六极诵中人。这六极各有擅长，东木青冢生是医门翘楚，南火太虚子是卜术高手，北水曾天养是山术泰斗，中土陈天默、陈天佑兄弟是相门领袖，至于这西金血玲珑则是命术奇才。

命术高手精于画符炼丹、延寿续命，心算这一途应该是卜术中的本事才对，难道这血玲珑现如今已经不单单是精于命术一途了？连带着卜术也十分擅长了？

"陈元方，你不用惊奇我的本事。"

心算子道："我血宫主是不世出的术界奇才，山、医、命、相、卜无一不精，无一不通，教育出我一个心算子何足挂齿？我大哥的阴灵无着分属山术阴虚一脉，我二姐的本事分属五大门之外的御灵术，我三哥阴阳子的本事分属山术阳实一脉，我四哥的本事分属命术血咒一脉，我五哥的本事分属医术毒科一脉，我六哥的本事分属五大门之外的古武术，我的本事分属卜术心算一脉，我八弟的本事分属五大门之外的盗墓术，我九弟的本事则是山术阴虚阳实完美结合的佼佼者。所以说，我宫主精通术界万般法门，当今天下术界，能是我宫主对手的人，呵呵……恐怕没有。若非她老人家近年来需要藏身渡劫，不能现身，这世上又哪里会轮到你这种人来横行？"

"哈哈哈！这牛皮吹得当真好大！这马屁拍得当真好响！"

青冢生忽然一阵大笑，道："御灵子的御灵术虽得自血金乌之宫遗法，却还有偷师木家、蒋家的嫌疑；农皇子的毒术分明是梅双清所传授；重瞳子的阴阳大执空术，也多半是天赋使然；野狐子本身就是来自湘西的盗墓世家……这些跟她血玲珑有屁关系！心算子，血玲珑又不在这里，你弄这么多高帽子给谁戴去？"

"你是谁？"心算子盯着青冢生，暗哑着嗓子问道。

"你居然不知道我是谁？我先前还以为你认得梅双清是谁只是靠自己的眼力，现在看来只不过是靠人家自报家门，你捡现成的罢了。"青冢生笑道，"你不是能看透人的内心吗？来看看我心里想的是什么，来看看我究竟是谁。"

心算子默然无语。

我心中登时诧异非常，他能看穿我的内心，怎么就看不穿青冢生的？

难道这跟个人的功力高低、道行深浅有关系？

心算子只能看出比自己功力低、道行浅的人的内心所想？

阿南达却开口道："心算子，这位老先生你居然都不认识，他应该是你们中国最著名的医生。"

影行子、心算子都吃了一惊。心算子没有吭声，影行子却道："难道是东木鬼医？"

"正是我。"青冢生道，"回去问问你们血宫主，她是否也精通我鬼医的本事。还有，既然她这么厉害，为什么一直龟缩在西域不敢向东、向中原挑战呢？难道她天天都要藏身，年年都要渡劫？"

心算子还是没有说话，影行子道："实在是没有想到东木先生也在这里，晚辈回去之后，一定向血宫主说明情况，把您老还健在的消息传达给她。"

"嘿嘿……"

青冢生一阵冷笑，道："血玲珑是不是想着陈天默、曾天养，还有陈天佑、太虚子和我都几十年没动静了，以为我们都死绝了啊？她平生最会惜命，天天钻研些邪法，画些邪符，给自己延年益寿，是不是打算把同时代的所有高手都熬死，她就成天下无敌了？这如意算盘恐怕要落空咯！太虚子虽然不自量力，仗着轩辕宝鉴和一双莹目妄想独步天下，结果落了个机关算尽反了卿卿性命的下场，陈天默、曾天养虽然还没有消息传出，但是我和陈天佑可都是活得好好的！你回去报告她这些消息也好，免得她得意忘了形。唉……老一代的人活到如今的，真不多了，就算是她作恶多端，活着也总归是个回忆不是？"

心算子突然"哼"了一声，道："你不是青冢生。"

这一句话说得我们都有些茫然，青冢生却没什么反应，仿佛意料之中似的反问道："我不是青冢生，那又是谁？"

"我不知道你究竟是谁。"心算子道，"但是我敢肯定你绝对不是青冢生！"

"哦？"青冢生饶有兴趣地道，"为什么这么肯定？"

心算子道："真正的青冢生是何等厉害的人物！岂会是你这种模样？"

"我什么模样？"

"说话连看我都不敢！"

"哈哈哈！"青冢生一阵大笑，道，"元方，听到了吗？他说我不敢看他，其实，我一直都在看他，只不过是用余光在看他。准确来说，我只是没有跟他对眼神而已。嗯，若说怕，我确实有点怕他，你可知道为什么？"

我先是一阵茫然，继而猛地醒悟，道："他的心算就是通过眼神相互接触来实现的！"

"对了！"青冢生道，"什么狗屁读懂人心，其实就是一种以邪术魅惑人心的不入流目法而已。比起堂皇的术界五大目法，既失之光明正大，又失之神通赫赫，即便是血玲珑也不屑于如此。所以以此残废能读心术之能，也不过是名列九大长老第七而已。只要你不看他的眼睛，你心里爱怎么想就怎么想，他要是能读懂一点，能悟到一点，就算是大神通了！"

"原来如此。"我立即避开了心算子那亮得发红的眼睛，心中立即静如止水，不再慌乱。我也笑道："慧眼相神，神自目出。他这把戏倒是跟五大目法里的慧眼有些相似。"

"虽然有些相似，但是却是小巫见大巫。"青冢生道，"他也就是知道你现在功力没有恢复，否则他哪里敢与你对视？他们可不会忘记血童子是怎么折在你手里的！"

我心中也是了然，影行子和心算子恐怕早就到了附近，想要跟农皇子接应，但是他们惧怕农皇子已经被杀，我的功力已经恢复。如果是那样，他们就完全不是对手，所以迟迟没有露面。

直到阿南达离开，与他们遇上，两下里一交流，阿南达知道我骗了他，他们也知道了我功力还没有恢复，所以便一起来了。

只是不知道阿南达接下来会干什么。

我已经骗过他一次了，以他的狡猾，是绝不会再上第二次当。

"不要再多说了！我叫你们来是来和陈元方对质的！"

我正在思谋退路，阿南达已经不耐烦起来，道："陈元方，影行子和心算子是从血金乌之宫来到这里的，我再问你一次，万籁寂究竟在不在血金乌之宫？他们不敢对我说谎，你要是说谎……"

阿南达的目光一阴沉，道："我就先杀了那个洞里的人！"

我的心一沉，这下是真的不能再骗他了，真惹恼了他，老舅、表哥、曾子仲他们立时就会有生命危险。

他们可不像我们这边，有青冢生、梅双清坐镇，虽然出不去，但是阿南达一时也进不来。

"好吧。"我无奈道，"我对你说实话，万籁寂不在血金乌之宫。"

"你看着心算子的眼睛说话，"阿南达舔了舔嘴唇，阴笑着道，"接下来我要问你话，你要老实回答。说谎就要死人，每一句谎话，死一个人！"

我一愣，心中大骂阿南达阴险狡诈。

阿南达又道："如果不看心算子的眼睛，还是要死人。"

逼到这份上，我只好又抬起头，去看心算子那亮得发红的眼睛。

四目相对，一种极不舒服的感觉登时涌上心头，这感觉，就像是当众被扒光了衣服似的。

"说，万籁寂究竟在哪儿？"阿南达问道。

"我不知道。"在心算子这个人工测谎仪的监视下，我无法再说谎话。

果然，心算子道："阿南达先生，他确实不知道。"

"你居然不知道？"阿南达眼中寒光一闪，神情猛然变得极其可怕，"你一直都在骗我！你要付出代价，我杀了他们！"

阿南达一声怒吼，转身欲走。

"不要！"

"阿南达！"

"老毒物，你的毒还有多少？情势危急，咱们冲出去跟他拼个同归于尽吧！"

我们这边一片慌乱。

"阿弥陀佛！"

突然间，一声佛号高宣，紧接着一道苍老的声音道："阿南达，莫要再害人，老衲来了。"

这声音传来，正准备怒而杀人的阿南达突然间愣住了。

他难以置信地回过头来，循声望去。

而我也看到白影一闪，一个人突然间便出现在视野中。

这是一个和尚。

一个老和尚。

一个浑身上下披着雪白袈裟、脖子上挂着雪白佛珠的老和尚，雪白的胡须，雪白的眉毛，甚至连目光都白得一尘不染。

也不知道他用了什么法子，他站在痋虫之中，却并不畏惧，而且所有的痋虫都不敢接近他，只是绕着他走。他所站立的地方，方圆三尺之内，都是净土，都是痋虫的禁地。

这很惊人。

要知道，就算是梅双清、青冢生也无法做到这一点。

梅双清靠毒，青冢生靠药，两人只能用毒或者药来驱虫，让痋虫不敢接近，但是一旦毒效或药力消失，痋虫依旧会接近。

至于影行子、心算子，就更不用提了，他们虽然也站在痋虫之中，虽然也没有痋虫来攻击他们，但是那些虫子就在他们脚下穿梭，甚至还有虫子从他们脚背上爬过去。

他们只是因为获得了阿南达的某种帮助，所以不受痋虫攻击罢了。

但是这和尚就只是简简单单地站在那里，痋虫就不敢上前。

而且，这嘈嘈杂杂的环境，也似一下子都安静了下来。

我下意识地想到了一个词——万籁俱寂。

这个和尚不胖不瘦，不高不低，看上去年纪似乎已经很大，但是却似乎又不是很大；说是五十岁也像，六十岁也像，七十岁还像，若说他其实已经八十岁或者九十岁，甚至一百岁，应该也不会有人怀疑。

这人身板结实，方脸宽阔，两撇罗汉眉，一双龟晴目，眉眼离得很近，却似符合比例，鼻梁挺直，鼻头高耸；略略外翻的嘴唇上斑纹遍布，单单以相形术来看，这是此人相貌上唯一的不足之处了。

无论是身形、面形，还是眉毛、眼睛、鼻子、嘴形，都说明此人不但长寿而且豁达、有情有义。但是一双扫帚眉再加上嘴唇上的斑纹遍布，却象征着这人一生孤独寂寞、无依无靠。

这正是富而不贵、寿而不永的孤相。

其实，只看他的身份，一个出家的和尚，而且头顶上有受过戒象征的疤痕，这足以说明一些问题。

但凡是有家有室的人，若非特殊原因情由，是绝对不会去出家的。

至于这个人是谁，又为什么会突然出现在这里，我心中隐隐已经有了答案。

而且我相信，这答案很快就会被证明。

"大和尚，你是……"

阿南达惊诧地看着这白袈裟和尚，眼中满是疑惑。

"阿弥陀佛！"老和尚又是一声佛号高宣，道，"施主不远千万里来我中华，所为何事？"

阿南达道："我来找万籁寂。"

"踏破铁鞋无觅处，得来全不费工夫。"老和尚笑道，"施主要找的人远在天边，近在眼前。"

"你就是万籁寂？"阿南达难以置信道。

我们也都惊住了。

虽然这答案在我意料之中，但是听这老和尚亲自承认他的身份，我还是大为吃惊。

万籁寂？黑袈裟老和尚？十大杳人？素潘？沃腊纳的师弟！当年一人独闯江家，连伤带杀令命术名门江家和命术大派茅山派都一蹶不振的他，阿南达苦苦找寻、望月苦苦找寻、江灵也要苦苦找寻的他，就这么现身了！

实在是出乎意料，实在是难以置信！

"不错，老衲就是万籁寂。"老和尚道，"怎么？施主情愿苦苦找寻，不愿老衲自动送上门来？"

"不是……"阿南达摇摇头，道，"你怎么会是这个样子？你怎么会是个和尚？我以前见过你，你不是这个样子，也不是个和尚。就算我们几十年没见，你也不会长成这个样子。"

"确实，以前的我已经死了，我已经不是以前的我了。"

万籁寂突然瞥了我一眼，道："按照相门中常说的一句话，相逐心生，心变了，容貌也就变了。你以为我的心还是以前的心，想当然地就以为我的容貌还是以前的容貌，但是你错了。从中国到南洋时的我，带着怨恨的心，带着复仇的心，带着杀戮的心，这都是丑恶的心。那时候我的样子一定也是丑恶的，就好比现在的你。"

万籁寂笑了笑，道："现在的我已经放下了一切，放下了所有的丑恶，所以我的容貌在你眼中就是个异数。"

万籁寂的修行是放弃一切恶念，之前的他穿着黑袈裟，戴着黑佛珠；现在的他穿着白袈裟，戴着白佛珠，单从这一点来看，或许万籁寂真的已经摒弃了所有的恶念。

但是，没有恶念的人，单纯善的人，又怎么能活在这阴阳平衡、善恶对立的世上呢？

且不管我如何无法理解，万籁寂继续对阿南达说道："如果你不信，可以让你这个叫作心算子的朋友来看看，我是否在说谎。"

说着，万籁寂的目光朝着心算子看去。四目相对，心算子眼中红光一亮，然后朝着阿南达默然地点了点头。

阿南达的眼睛眯了起来，他舔了舔舌头，道："看来真的是你了，看来你真的练成了。"

"是。"万籁寂道，"老衲的修行已经完成了。只是过程太漫长，所以才跟你相见得晚了。不过，还好，现在还来得及阻止你酿成大祸。"

"阻止我？"阿南达嘿然笑了起来，道，"万籁寂，看来你还不知道我为什么来找你吧？"

"老衲知道。"万籁寂平静地说，"沃腊纳家族的禁忌诅咒被老衲学会了，也施展了，禁忌反噬的惩罚就降临在沃腊纳家族的人身上。老衲当年诅咒江家断子绝孙，你们沃腊纳家族便也要断子绝孙。"

"对。"阿南达点了点头，道，"万籁寂，你不觉得这不公平吗？你学会了禁忌之咒用来害人，禁忌反噬的惩罚却让我们来承担！"

"有果必有因，万事万法，莫不如此。"

万籁寂依旧很平静地说道："如果不是你祖父把这害人的法子传授给我，我又如何害得了江家？江家因你沃腊纳家族之法而受害，你们受反噬之苦也没有什么不公平。这就好比有人要杀人，一人出刀，一人动手，出刀者与动手者同罪……至于我也并非没有惩罚，江家绝后，我万家不也绝了后吗？阿弥陀佛……"

"这我不管。"阿南达舔了舔嘴唇，道，"我只知道现在沃腊纳家族只剩下我了，只要除掉你，我们沃腊纳家族的禁忌反噬惩罚便会消失，沃腊纳家族不会断子绝孙，我也不会死了。"

"阿弥陀佛。"万籁寂笑了笑，道，"所以你苦苦寻找，就是要杀了老和尚？"

"对。"阿南达也笑道，"我要杀了你这老和尚。"

"老衲已经没有了杀人和伤人的心。"万籁寂道，"所以我不会杀你。"

"就算你这么说，我还是会杀了你。"阿南达道，"与其让我动手，不如你自己来如何？说起来，你到底也是受了我沃腊纳家族的恩惠，得到些东西，再付出些东西，岂不是很公平？"

万籁寂道："凡人都受天命所控。此时的老衲尚不该绝，如何自裁？"

"逼我动手吗？"阿南达只一摆手，只见铺天盖地的痁虫忽然聚拢起来，片刻间便浩浩荡荡潮水般向万籁寂涌去。

只是，这些疽虫还是积压在万籁寂周边方圆三尺之地的外围，不论大小，不论粗细，不论黑红，没有一只进去的。

"你看，它们似乎都不愿意伤及老衲。"万籁寂笑道。

"看来你果然已经修炼成了。"阿南达道，"只有完全的净体，疽虫才不愿意接近。那我便亲自上阵了！"

话音未落，阿南达突然身子一弓，又猛然一弹，刹那间，自腰部往上，半截身体仿佛拉长的橡皮筋，朝着万籁寂爆射而去！

阿南达的上下颚一百八十度平行大开，内里探出来一颗硕大的虫头，也张开了嘴，朝着万籁寂吞噬而去。

"老衲不与你争斗，自有他人与你相持。"

但见白影一闪，浮光掠影之际，万籁寂人竟然往洞内钻了进来！

"有毒……你……"梅双清刚提醒了一句洞口有毒，便见万籁寂的人已经深入洞内，不由得惊诧无比。

"多谢毒圣提醒，只是毒对老衲这极净之体已经无用。"万籁寂冲梅双清笑了笑。

他进来无事，阿南达却进不来。

"梅双清，快快解了洞口的毒，让我进去，我不与你为敌！"阿南达在洞外咆哮道，"我只和万籁寂生死两立，其他的人，只要愿意离开，就请自便。"

梅双清还未回应，万籁寂已经走到了我的身边，老爸身子一晃，挡在万籁寂跟前，万籁寂笑道："老衲已全无伤人之心——陈元方，你所中的诅咒我能解除，你可愿意相信老衲？"

"你？"我又惊又喜。

"对。"万籁寂道，"沃腊纳家族的诅咒术，这天下之间，精通它的，恐怕无出老衲之右者。"

万籁寂此言一出，我不禁心动！

他说得分毫不错，沃腊纳家族的诅咒术，这天下之间，精通它的，恐怕无出万籁寂之右者！

他当初不远万里，从中国奔赴南洋，被沃腊纳家族收养，学的就是沃腊纳家族的诅咒之术。

所以，就连阿南达都未必有他精通。

解铃还须系铃人，我所中的毒咒既然源自沃腊纳家族，那么由精通此道的万籁寂来解除，自然是对症下药。

一旦毒咒解除，功力恢复，目法还原，魂力、元气一如既往，即便是这望山高痋虫遍布，也任由我往来驰骋了！

解救江灵、望月、木仙、阿秀、彩霞、邵如昕应该也不在话下！

一想到这些，我就心潮澎湃，忍不住浑身激动，当下，我从老爸身后转出，深深鞠了一躬，道："既然如此，那就有劳大师了。"

"陈施主客气了。"万籁寂也笑着还了一礼。

"慢着！"

老爸突然伸手一摆，挡住我再向前的去路，两眼死死盯住万籁寂，幽光闪烁，道："大师你为什么要帮元方？大师与我陈家素无瓜葛吧？"

青冢生也上前道："对，为何要帮助元方解除毒咒？大师的目的何在？"

老爸和青冢生的话问得万籁寂一愣，我也是一愣。

对呀，刚才只顾着高兴，只顾着兴奋，竟然忘了这一茬，万籁寂帮我的目的何在？

老爸也说了，他跟我们陈家向来都没有什么关联。

如果非要说关联，也应该是有仇怨，而不是有恩情。

因为万家和江家有不共戴天之仇恨，而我和江灵又是亲密至极的关系，这样算来，万籁寂和我陈家只能是仇怨，而不是恩情。

那么，他凭什么要来解除我的毒咒？

难道他不怕我的功力、道行恢复之后，反过来又对他下手吗？

毕竟，江灵身上还有诅咒，而且这诅咒就是他万籁寂下的！

"梅双清，你到底放不放我进去？"阿南达在洞外叫得歇斯底里，五官扭曲，面目狰狞。

梅双清却没有搭理他，而是密切关注着洞内的情况。

万籁寂闯了进来，如果骤然发难，后果可是难以预料。

绝无情、封寒客、李星月、袁明岚也是集体对万籁寂瞩目，这个在五大队挂号多年的十大奇人，终于现身，他们怎么能不瞩目？

众目睽睽之下，万籁寂忽然"呵呵"一笑，道："你们都问老衲为什么要帮助陈元方？看来这问题老衲不得不回答。万事都讲究一个因果，老衲来此也不例外，老衲救助陈元方更不例外。"

我道："请问大师，是什么因，什么果？"

万籁寂道："若以色见我，以音声求我，是人行邪道，不能见如来。你问因果，足见胸襟。昔年，因万家、江家百余年的宿怨，我便远赴南洋以求邪术，归来后伤人、杀人、害人无算。现在万恶尽消，但存一善，细细想来，江家杀万家，万家杀江家，冤冤相报，究竟孰对孰错？而若干年后，我所杀、所伤、所害江家之人，又非昔年杀我、伤我、害我万家者，此辈于我何罪之有？阿弥陀佛，贫僧想来已是罪孽深重，若再无作为，恐难涅槃，也无颜西去归见我佛。"

我登时明白，万籁寂此时的修为已经近乎到了至善的境界，他开始对自己以前做的事情进行回顾，并希望赎罪。

他自己也说得清楚，当年他所杀、所伤、所害的江家人，跟当年害他们万家的江家人并不完全一致，祖辈有罪，罪不及子孙。

于是，我点了点头，道："大师能悟出这些，足见道行高深，修行近满，可是您要消除自己的罪过，就该去江家解除他们的诅咒，这跟我又有什么关系？"

万籁寂道："江家的诅咒现如今只应在一人身上，此人便是江家的最后一个后人，也是女人。"

我道："大师是说江灵？"

"是她。"万籁寂道，"老衲要除罪，就要消除我当年下在她身上的诅咒，可惜，现在，老衲独身一人无法解除，还要有求于你。"

我疑惑道："怎么会无法消除呢？"

万籁寂还没说话，阿南达又是一声怒吼道："梅双清，我要闯进去了！你逼我动手，我若进洞，里面的人，我杀光杀尽，一个不留！"

梅双清笑道："阿南达，不是我不解除毒封，而是毒下了之后，我也没办法解除。要不，你再等等，我看万籁寂大师很快就能完事，到时候他自己出去岂不更好？"

"胡说！"阿南达暴跳如雷，道，"狡猾的中国人，我杀光你们！"

怒吼声中，阿南达开始拼命催动那些痋虫往洞口处挺进，虽然痋虫自身并不愿意接近梅双清的毒，但是在阿南达歇斯底里的催动下，最终还是被迫一拥而上。

梅双清不愧是毒圣，他的毒在洞口处布置得天衣无缝，也厉害非常，那些痋虫甫一接近，便像飞蛾扑向烈火，立即化作飞火，烟消云散！

但是，无数的痋虫死去，后面还有无数的痋虫前仆后继地冲过来。

阿南达嘶吼道："看看我的痋虫多，还是你的毒多！"

青冢生也在用药粉稳固地面和洞壁，防止痋虫破土而入，梅双清问青冢生道："老鬼，你的药还能坚持多长时间？"

青冢生忧心忡忡道："恐怕坚持不了多长时间了，这些药粉在一点点消耗，地下一定是有痋虫在向上冲杀。"

我听见这话，连忙对万籁寂说道："大师尽快长话短说，恐怕咱们的时间不多了。"

万籁寂点头道："有劳梅先生、东木先生了。江灵施主身上的诅咒是我当年所下，正所谓解铃还须系铃人，要想解除那个诅咒，必须得是当年的那个我。可是，现在的我，已经完全不是当年的我了，陈施主，你可明白我的意思？"

我愣了片刻，随即醒悟，道："我懂了，当年下诅咒的你还存有一丝恶念，但是现在的你，心中一丝恶念都没有了，现在的你跟当年的你根本就不是一个人了。所以，当年你下的诅咒，现在的你根本无法解除。"

"陈施主当真是聪明绝顶！"万籁寂道，"我无法解除那诅咒，只能抑制，抑制那诅咒不再害人伤人，但是等我死后，这抑制力也会消除，到那时候，这诅咒便会变本加厉再次复苏害人伤人。而这世上，只有你才能彻底消除这诅咒。"

"我？"我愕然道，"我有什么本事？"

"你现在没有，将来会有。"万籁寂道，"一切都是天意，天意弄人，却不得不遵。"

"大师能否说得更清楚些？"我茫然道，"为什么我现在没有，将来会有？"

"神相天书！"万籁寂目光炯炯道。

"啊？"我大吃一惊，老爸等人也是悚然动容。我道："大师怎么知道天书之中有解除诅咒的方法，又怎么知道我能拿到天书？"

万籁寂笑道："我本不知，但是有人告诉我。此人是我一生最为佩服的人，他的话，我不会不信。想必，你们也不会不信。"

"是谁？"我脱口而出问道。

"中极陈天默。"万籁寂轻轻吐出了五个字。

"啊？"我登时瞠目结舌，老爸也愕然相向。青冢生目光一亮，道："大师近来见过天默？他真的还活着？"

万籁寂一笑，道："中极与我渊源颇深，但是此时恐怕不是说这些事情的时候，出家人不打诳语，老衲所说的每一句话字字属实。现在，还要不要老衲为陈施主解除毒咒，还请诸位定夺。"

"如果要做，就快点。"梅双清道，"我看大师不像说谎的人，而且，我这毒也实在坚持不了多长时间了，阿南达恐怕是要疯了。"

老爸还在一旁犹豫，我却已经下定了决心。刚才万籁寂说话的时候，我一直盯着他看，虽然现在的我并没有相神之能，但是相形、相色、相音的基本功还在，察言观色，足见真章，万籁寂不似说谎。

而且，他的话前后也没有什么逻辑漏洞，若说要骗我，根本无须编造这么一个谎言。若说要害我，刚才也不必在阿南达要对我们动手的时候突然出现。

于是我道："大师，动手吧。"

万籁寂点了点头，又看了看老爸。老爸沉吟片刻，终究还是阴沉着道："好，有劳大师了。"

万籁寂立时朝我说道："小施主，快盘膝坐下吧，尽量做到忘我、忘他、身无、心无的状态。"

"我知道，就当自己是个死人。"我依言而坐。

万籁寂赞赏地看了我一眼，也盘膝坐在我的对面，右手食指伸出，左掌平摊而开，食指在掌中划动，很慢，很慢，又很重很深，仿佛刀刻斧划一般。渐渐地，他那左掌之中竟出现了一个熠熠发亮的白色符印。

那符印的形状是……七叶莲花！

一阵呢喃声起，万籁寂口中念念有词，手，缓缓往我额上印来。

"好，我进不来此处，先杀了那洞里的人！"洞外，阿南达一声怒吼。

老舅他们危矣！

我心中一颤，万籁寂却幽幽道："忘我、忘他、身无、心无……毒咒要解了……"

第四章　涅槃重生

　　我稍稍一怔，万籁寂又道："诸位放心，阿南达虽然厉害，但是那洞中的曾子仲曾先生也足能抵挡一阵，如果我所料不差的话，他还有看家的山门本领尚未施展……北水曾天养的嫡亲儿子，堂堂曾家的掌门人，岂会如此不堪？"

　　这话让我心中稍安，我没有说话，再次进入身心两忘的境界。

　　阿南达对付我们黔驴技穷，转而又去对付曾子仲等人，是一鼓作气、再而衰，似乎不必过分担心。

　　万籁寂说得对，曾子仲就算再不是阿南达的对手，也应该能支撑一阵。

　　其实不管怎样，现在也只能这么想了。

　　万籁寂的手按在我的额头上，先是一片沁凉，然后又渐渐温热，恍惚中，仿佛有一股水汽慢慢渗入额上肌肤，缓缓下淌，经天庭、中正、印堂、山根、准上直达人中，而后蔓延至整个面部，渐次向下，由脖颈前后，顺着奇经八脉、十二正脉……刹那间已经遍布全身。

　　这感觉仿佛整个身体被一朵云给托了起来，轻飘飘的，四周似有不尽风吹，既感无力，又感飘摇不安。但是内心深处，却反而是踏实的。

　　"何期自性，本自清净；何期自性，本不生灭；何期自性，本自具足；何期自性，本无动摇；何期自性，能生万法……"

　　我感觉什么都看不见了，耳边只悠悠传来万籁寂呢喃的念诵声……

　　身体开始产生温热，周身百骸似乎有热流来回流窜，所有的血脉仿佛都渐渐复苏，都从沉睡中清醒过来，它们开始动了，它们开始活了，它们要沸腾了！

　　但是，我仿佛又看到了血脉之中有不尽的黑气壅塞，它们堵塞着气血两行之道，阴煞、阳罡两股极气被分割成数段，阻塞不前。

　　一朵七叶莲花悄然在脑海中绽放，清丽而圣洁的光芒恍若阳光万丈灿烂。

　　光下，那些黑气冰消瓦解，片刻之间，消融于无形。

　　两股热流直涌双目四周。

熟悉无比的感觉登时回归！

夜眼开启。

极气先是一滞，随即融会贯通。

混元之气再次集结而成！

灵眼开启。

空明之中，三魂之力自大脑而外，瞬间散布全身。

慧眼开启。

恍惚之中，我只觉得一种涅槃重生的感觉妙不可言！

我几乎要一跃而起。

"有情来下种，因地果还生，无情亦无种，无性亦无生！阿弥陀佛，善哉善哉！"

万籁寂高宣一声佛号，道："陈施主，成了！可以起身了。"

这一句话说完，我眼前的所有景象才恢复到正常的状态，还是在洞内，老爸、青冢生、梅双清甚至绝无情、封寒客等人都瞪大了眼睛在盯着我看。

而万籁寂不知道什么时候已经起了身，就站在洞口处，头朝外，背向内，头也不回地道："陈施主的身体素质远比老衲预想中的要好，毒咒解除的时间也远比老衲预想中的要短。但是此时你的身体只是刚刚解除咒封，所有的机能短时间内还不太适应，若有大动，恐伤及五内……"

我暗自试着调动了一下周身的元气和魂力，果然是不太自然，也不太如意。

但即便是这样，我也欣喜若狂了，这比之前完全无法调动的局面实在要强得太多了！

万籁寂果然没有骗我们！

只听万籁寂继续说道："不过，停个一时片刻，陈施主就可以有所动作了，到那时候，以你体内的阳罡极气，对这些痖虫完全可以不加理会，它们也绝不会自行骚扰……老衲先出去阻挡那位阿南达一阵……诸位的身体不似老衲，无法阻挡痖虫袭扰，所以，还是暂留洞中吧！"

说话声中，万籁寂的身影一晃而逝，倏忽间已至洞外，再观望时，已不见其踪。

梅双清叹道："如果以现如今的行径来看这万籁寂，竟是无双国士、得道高僧！谁能想到几十年前，江家的惨案是他一手所为？"

青冢生道："还是那句话，一念成魔，一念成佛啊！"

就在此时，我听见外面骤然响起一道苍老的吼声："阿南达，莫要小瞧了我山门曾家的厉害！"

我眼皮霍地一跳，这是曾子仲的声音。

果然是他在阻挡阿南达。

还没等我怎么细想，数道惊天动地的声响狂吼而起，刹那间，地动山摇，仿佛九天霹雳破空而来。

"轰隆隆！"

"咔嚓嚓！"

"嗷!"

"呼!"

"嘭!"

五道声音，惊天地，泣鬼神!

几乎是在同一时间，一大片耀眼的火红光亮骤然闪现在洞口处，又倏忽而逝。

但是这亮光足以耀得众人眼睛刺痛流泪。

山洞一阵摇晃，仿佛山崩地震，我的耳膜都震得嗡嗡作响，甚至周身的气血都止不住一阵翻涌。

绝无情、封寒客、李星月、袁明岚等人已经是惨然色变。

这动静实在是太大了!

以他们的道行、功力，实在是不得不被这惊天动地的奇响所震慑。

梅双清皱起了眉头，回顾青冢生道："老鬼，这雷声电光……是五雷正法?"

"老毒物识货!"青冢生在一旁幽幽说道，"昔年我曾见过北水老怪曾天养施展过山门绝技五雷正法，后来几十年不见其踪，想来此技已然失传，不料子仲甚肖祖上……这一击施展出来，就算是阿南达，也足够受一大挫，万籁寂之前所说不虚啊。只是曾子仲他这一甲子的功力不比他老子当年，恐怕是靠着自家秘制的药物强行施展出的这五雷正法，如此一来，这法术的反噬之害不浅。此役过后，曾子仲他不休息个数月，道行、功力是再难恢复得了……"

"曾老爷子!"

青冢生的话还没有说完，忽然传来白表哥的一声高呼，似乎是曾子仲出了什么状况。

紧接着木赐大叫道："蒋明义，不要再妄想驯服什么痖虫了，快起来共同对付这个魔头!"

"啊?"老舅也刚刚睡醒似的叫了一声，道，"曾老爷子怎么了? 怎么吐血了?"

"东木先生，给我些药!"老爸在旁边忍不住说道，曾子仲是老爸的亲舅舅，危难之际，岂能躲在洞中袖手旁观? 就算有危险，也要去试试。

"先别急。"青冢生看了看洞外，道，"我如今的药根本不够你从这痖虫之中冲杀出去，万籁寂已经出去了，想必马上就有动静。"

"阿弥陀佛，曾施主且退——阿南达休要猖獗! 你不是要找老衲么，老衲现如今已经现身，请自便吧。"

果然，青冢生的话刚刚说完，万籁寂的声音便已经传来，这音调虽然平和，但是却自有一股凛然不可侵犯的威慑力隐匿其中，让人肃然起敬。

"桀桀桀桀!"阿南达发出一阵怪笑声，嘶吼道，"你终于出来了啊! 想好了要自杀还是要我杀? 嗯!"

"我佛无自杀一说，只有杀身成仁之念。"万籁寂悠悠道："老衲若因你而死，能成就何等仁义?"

"……"

阿南达似乎是无话可说。

万籁寂又道："既然没有什么仁义可以成就，老衲又何必自杀自身？"

"我杀了你！"阿南达歇斯底里叫了一声，万籁寂却没有什么话语传来。

再然后，阿南达的声音也没有了。

外面静了许多。

"哥，我舅舅怎样？"老爸提声高呼道。

"吐血了，不能动了！"老舅回道，"不过他老人家自己说没事，说只是受了五雷正法的反噬之力，只要不再施展法术就没什么。"

青冢生道："明义，你们那边洞内安全否？痼虫能不能攻进去？"

"攻不进来！"老舅大声回道，"洞口被曾老爷子先前用法术给封住了，有一层罡气的印结，痼虫暂时还攻不进来！不过时间长了就不好说了，你们那边怎么样？跟阿南达干架的这个白袈裟老和尚是谁？从哪里冒出来的？"

看来老舅刚才还真的是专心致志在用御灵术试图去操纵那些痼虫，所以很多事情都不知道。

不过，青冢生也没有再回话，那边传来玄表哥絮絮叨叨的话语声，应该是在跟老舅说明情况。

"贼秃驴！"

外面忽然又传来阿南达恶狠狠的咒骂声，紧接着他又吼道："你别跑！跟我好好打一场！让我杀了你！"

万籁寂没有任何回应。

洞口处，我却瞥见白影一闪而逝，紧接着阿南达的身子也快速闪掠而过，咒骂声断续传来。

"万籁寂只是在逃？"梅双清不解道。

青冢生道："你这么快就忘了？他是至善之心，根本无法杀人。只能拖延时间罢了。"

"哦……"梅双清点了点头。

"贼秃！"

"万籁寂！"

"你这忘恩负义的中国人！"

"……"

阿南达的骂声不断传来，外面一阵嘈杂动乱，洞内却静谧无比，仿佛两个世界。

"呼……"

我缓缓从地上站起了身子，长长地吐出一口浊气。

老爸紧张道："怎么了，元方？"

"好了，我要出洞。"长久的压抑，让我的声音稍稍有些颤抖。

"你要出洞?"老爸吃惊道。"元方,你……"

还未等老爸把话说完,我便早已忍耐不住,道:"老爸,你不用担心,没事的,我绝不打无把握之做仗。"

束手无策、忍气吞声了这么久,是时候对阿南达有所惩戒了!

江灵、望月、木仙、阿秀、彩霞、邵如昕他们也久等了。

御气而行!

力随心动,心随意转,三魂之力完全展开,逍遥科立时开启,混元之气刹那间已经遍布全身。

走!

梅双清刚喊了一声:"洞口有毒,元方你先等一……"

他的话还未说完,我的身子便已轻飘飘地穿过洞口,奔赴外面铺天盖地的疰虫世界。

洞口处的火毒印封当真是厉害无比,我穿过去的时候,只觉得浑身一阵灼烈的感觉,就仿佛是从一堆熊熊火焰上越过去似的。

而体内的混元之气也在这灼烈感产生的瞬间分化出阴煞极气,回护全身,阻挡了这火毒对我的伤害。

我出来了。

身后传来青冢生的声音:"老毒物,瞪那么大的眼睛干什么?元方既然已经恢复了道行功力,你的毒对他可就是无效了。接下来,阿南达可有好戏看了……"

青冢生的话还没说完,一股惊悸的危险感觉骤然而起,刹那间,我浑身上下寒毛直竖。

心相,多少次死里逃生的验证,断无差错。

躲!

我看也不看,立时一转身,电石火花的功夫已翩翩而去数步之遥。

仓促之间再行回眸，只见一道白练也似的亮光在我身后不远处流星般划过。

"咔！"

一声令人心悸的响声传来，洞口处的一块岩石已被劈成两半！

影行子的人立在那里，就仿佛从来都没有动过。

心算子在他身后，两只眼睛闪烁着红光，幽幽朝我瞟来。

"元方？"老爸焦急道，"什么声音？"

"没事，老爸。"我道："你不要出来，让我分心。"

虽然这么说，但是我额头上的冷汗已经涔涔流下。

好险！

若不是我刚才心相及时，又转身离开得极快，此时此刻的我已然和那块石头一样，成了两半。

刚才实在是鲁莽，只着急着出来，竟然忘了除了阿南达之外，外面还有两个敌人，一个是影行子，一个是心算子！

他们之前就在，只不过刚才偏离洞口而已。

他们一定是听见了我说话的声音，所以就想蹲守在那里，然后给急着出洞的我来一番致命的伏击！

"嘿嘿……"我盯着影行子，笑道，"真是可惜了阁下的好手段！"

"陈元方？"影行子轻飘飘的声音带着疑问，道，"或是陈令主？你太不把我们兄弟放在眼中了。"

"是我的错。"我笑道，"不好意思，不过，接下来，不会了。"

我深吸了一口气，三魂之力悄然散布出去，神不知鬼不觉间已经完全将影行子全身笼罩在内，然后，我从容不迫地环顾了一下四周。

天色已然昏暗下来。

这次不是因为痋虫铺天盖地遮蔽光线的缘故，而是真的天色昏暗。

自从我出来之后，凡是我所到之处，无论大小，无论粗细，无论黑白紫红，所有的痋虫都像遭遇天敌一般退避三舍。

我的身边很快便出现一片净土，就仿佛万籁寂那样。

只不过我知道，我们的效果虽然相同，但是缘由却不一样，他是因为至善之心而遭邪恶的痋虫厌恶，所以不愿意靠近；而我，则是因为有阳罡极气外溢，所以阴性的痋虫害怕而不敢靠近。

但不管是因为什么，这都是个令人满意的局面。

毕竟这些虫子，太让人害怕，也太让人恶心了。

太阳已经西下，又是一个夜晚到了。

只是周围的情形在我眼中，却比先前要清晰得多。

如果此时此刻，有人能面对面仔细地观察我的眼睛，一定会惊诧于它的颜色和光亮。

黑如漆墨，却又晶亮得瘆人。

冷光如刺，道道摄人心魄。

我看见，距离我先前所在洞穴十步之遥的距离，也有一个荒草掩盖着的洞穴，洞口处一片焦黑，还平铺着一层厚厚的灰烬，灰烬中另有五处深深的印痕，每一道印痕都恍若传说中的龙爪，巨大而深刻，看上去有种惊人的威慑力。

一股微风从那边缓缓吹过来，我鼻翼轻动，避过风头，摄取风尾，以相味之术略略一嗅，立时便捕捉到一抹奇诡的臭味。这是死亡的味道，是腐朽的味道，那里一定是曾子仲先前发动五雷正法击溃痁虫大军的地方。

那些灰烬毫无疑问一定是痁虫被灭而留下的痕迹，而那洞口一定是曾子仲、老舅、表哥、张熙岳、木赐他们藏身的地方。

以灵眼观望，我甚至能看到那洞穴口处有一层淡淡的光晕，一股青气从那光晕之中氤氲而生，所有的痁虫对这光晕都十分忌讳，虽然一堆堆、一簇簇、一团团地聚拢在那洞口附近，但是却没有一只靠近那光晕的。

这应该就是老舅口中所说的，曾子仲以法术布下的阳罡印结。

"呼！"

一道劲风忽然吹起。

一道光影如飞而至。

影行子又动了。

真不愧为武尊！

速度当真快得惊人。

简直已经不输于老爸、太爷爷、青冢生等辈。

好在我早有准备。

奇行诡变！

不可思议的角度，不可思议的时机，不可思议地躲了过去。

影行子一招落空，大吃一惊，仓皇四顾之时，我已开展逍遥游的第二式。

匿迹销声！

如果我是影行子，我的心情一定是恐慌至极的。

因为陈元方在他眼前活生生地消失了！

凭空消失了！

我看见他的眼睛瞪得极大，脸色一下子煞白。

"不可能……"他喃喃自语道，"就算他恢复功力，也不可能比我快这么多！"

影行子还以为是我的速度奇快。

心算子在一旁已经看出了门道，他喊道："六哥小心！陈元方施展了障眼法一类的秘术，他就在你眼前。你只管打，护住周身！"

只管打？

有奇行诡变，他影行子打得着我吗？

我的三魂之力只管捕捉着影行子，不管他有什么动作，我都一一避开。

与此同时，我也极力避开心算子的目光，不与之接触。

我们的动作都是极快。

他快，我就快，他更快，我也更快！

心算子一开始似乎还要算我的方位、去向，到后来不得不放弃了这个打算。

他想要捕捉我的目光，施展他的悟心之术，但是却一直捕捉不到。

眨眼间，已经是几十个回合过去，影行子的速度慢了下来。

相较于之前，已经慢了很多。

单凭这一点，中气不足，耐力不够，道行不深，便不如老爸等人。

"呼呼……"片刻间又是几十个回合，影行子彻底慢了下来，甚至气喘吁吁道："陈元方，你有种现身与我一战，总是躲着算什么行径！老七，你来帮忙！"

"好！"

这时候，我们的速度，心算子终于可以跟得上了。

目光一闪，他就要过来。

我一边躲着影行子，一边把目光朝心算子送了过去。

只要有魂力布控，以奇行诡变躲避影行子的攻击不在话下，根本不需要眼睛。

这一瞬，我与心算子四目相对。

心算子大喜，脱口而出道："悟心术！陈元方，你终于让我等到了，这次，你再也逃不出我的眼睛了！"

一道三魂之力悄然而出。

我朝着心算子微微一笑，并不言语。

这一笑，来得极快，去得极快，春风暗度，连我自己都不知道我到底笑没笑。

"陈元方，你笑什么？"心算子狰狞道，"都这样了，你还笑得出来吗？"

"哦……"我又笑了笑，道，"我也不知道为什么这时候我还笑得出来。要不，你笑一个？"

"呵呵……"心算子竟然鬼使神差般，真的笑了一个。

只不过这笑的声音太过于难听，如果撩开他的长发，我相信他的笑容也一定难看至极。

"老七，你在干什么！"

影行子还是打不到我，回眸一看，心算子却在驻足傻笑，不由得怒喝一声。

我盯着心算子道："乖老七，再给你六哥笑一个。"

"六哥，呵呵……"心算子果真朝着影行子傻笑起来。

只不过，他的脸是朝向影行子的，眼睛却还是死死地盯着我的眼睛，就好像我眼中有什么东西让他舍不得撤走目光似的。

"乖老七，撩开头发，露出脸来笑。"我循循善诱道。

心算子愣了一下，然后缓缓伸出手，竟然真的扒拉开了头发，露出脸来傻傻一笑："呵呵……呵呵……"

那张脸立即惊到我了！

密密麻麻、斑斑点点，全都是暗红色的疙瘩！

仿佛是蟾蜍的背。

五官都已经难以辨认。

"还是遮住脸吧。"我有些后悔地说道。

心算子又垂下了手，长发遮住了他的脸。

"老七，你个笨蛋！"

影行子终于觉察到问题所在了，怒吼道："二姐不是提醒过你吗？如果陈元方恢复了道行，就不要和他对视。他会迷魂术，四哥就是这么死的！"

听见影行子这歇斯底里的吼叫，我不由得挤出了一丝冷笑，这时候才醒悟过来，恐怕已经太晚了吧。

我道："心算子，你是笨蛋吗？"

心算子机械地摇了摇头，道："我不是笨蛋。"

我道："可是刚才有人骂你是笨蛋，怎么办？"

心算子的目光霍然一亮，声音变得更加沉重、怪异，道："刚才是谁骂我笨蛋？"

我笑道："就在你附近，他叫影行子。"

"影行子……"心算子怔了一下，喃喃道，"这个名字听起来好熟悉啊……"

"陈元方！"

影行子忍不住破口大骂道："你这个缩头乌龟！你不是神相令的令主吗？你给我滚出来！你挑拨我们兄弟间的感情，你躲着不敢见我，这是什么英雄好汉的行径？你给我滚出来！"

"元方？是元方在外面吗？"在洞中的老舅听见了影行子的吼声，忍不住兴奋道，"元方你好了？你出来了？哈哈哈！真有你的！你……"

老舅还没把话说完，我便听见梦白表哥道："爸，少说些话吧，外面强敌环伺，元方就算出去恐怕处境也很危险，你就别让他分心了。"

老舅的声音戛然而止。

影行子兀自在骂："缩头乌龟陈元方！你以后就别做神相令令主了，就做王八令令主吧！"

眼见心算子越来越混沌，已经完全不能再对我造成威胁，我也无须再以匿迹销声躲着影行子的攻击了。

耳听得影行子越来越不堪的骂声，我立时撤了匿迹销声，骤然出现在影行子跟前，冷冷地注视着他。

影行子万万料不到我就在他面前，而且出现的情形又突然诡异至此，当即吓了一大跳，不但骂声立止，身子更是猛然后撤了丈余远，然后才稳住。他惊疑不定地看着我，颤声道："你，你真的会隐身法？难道传言是真的？不，不对，世上绝没有这种法术，就连宫主也做不到……陈元方，你，你到底是人还是……还是鬼？"

"是人还是鬼？"我冷笑道，"我一直是人，倒是你，似乎马上要做鬼了！你不是要我出来见你吗？现如今你见到我了，还要怎样？"

"你……"影行子咽了口唾沫，硕大的脑袋立在脖子上似乎突然变得有些不稳，开始随风摇晃，目光来回闪烁着，好像是在看心算子，但是余光却一刻不落地全盯在我身上。

忽然间，他眼睛一亮，失声喊道："我知道了！哈哈，我知道了！"

影行子这一惊一乍倒吓了我一跳，我忍不住皱起眉头道："你知道什么了？"

"嘿嘿……"影行子得意地笑道，"陈元方，你故弄玄虚，也瞒不住我！你这不是隐身法！你这是忍术，是日本人的忍术！借助了某种道具，突然消失，突然出现，好似隐身法，其实差之千万里，是不是？"

我登时无语。

"无话可说了吧？"影行子自以为识破了我的底细，片刻间已恢复了信心，转而对心算子喝道，"老七，你还没有清醒吗？"

"影行子……影行子……"心算子还在喃喃念诵，道，"好熟悉，好熟悉……"

"当然熟悉！"影行子骂道，"老子是你六哥！"

"六哥？"影行子茫然地重复了一句。

影行子皱了皱眉头，看向我道："不应该啊，你的目光明明已经离开了他，为什么他还不清醒？"

"呵呵……"我冷笑道，"你以为我和他一样，必须要眼对眼才可以施展本事吗？"

当然不是，迷魂科本来就是以强大的三魂之力搅乱、麻痹、操纵敌人的三魂之力，眼睛只不过是最容易突破对方魂力防线的途径罢了，一旦突破了对方魂力的防线，看与不看其实已经无关紧要。

这个时候，施术者本人的声音也已经成了催动被施术者行动的命令。

将魂力分作两用，一来施展奇行诡变，防备影行子；一来施展迷魂科，对付心算子。这样虽然可以立于不败之地，但是却也无法最快、最有效地击败他们两人中的任何一人。

力量本来就是只有在击中于一点时，才最快，也最有效。

所以，我需要策略。

拖着影行子，侧重心算子。

我的三魂之力侵入心算子的魂魄之中，时间越长，对他的影响也就越大，和影行子废话了这么长时间，终于到了完全掌控心算子的地步。

接下来，就该收网了。

"心算子。"我和煦地笑着，道，"无论是谁都不能骂你笨蛋，因为你不是。"

"对!"心算子道,"无论是谁都不能骂我笨蛋,因为我不是。"

"谁敢骂你就要受到惩罚!"

心算子呆呆地重复着:"谁敢骂我就要受到惩罚!"

"废了他!"

"废了他!"

"我是你最亲近的人。"

"你是我最亲近的人……"

"我的思想就是你的思想,我的心意就是你的心意。"

"你的思想就是我的思想,你的心意就是我的心意……"心算子对我的话照单全收。

"闭嘴,陈元方!"

影行子惊恐无比,更怒不可遏,大喝一声便欺身而进,速度虽然较之以前有所不及,但依旧是快得惊人!

可是有奇行诡变,他又怎么打得着我。

每一招、每一式,我都是以不可思议的角度、速度从容不迫地躲过,影行子疾风骤雨般地接连攻击了五十二招、一百三十四式,结果却是招招落空、式式无效。气喘吁吁之间,他已经呆了。

我朝他笑道:"影行子,不要着急,马上我就会招呼你。"

心算子竟也跟着说道:"影行子,不要着急,马上我就会招呼你。"

"对了。"我拍手笑道,"就是这样,心算子,去吧,废了影行子,他骂你笨蛋,该受到惩罚。废了他,这是你我不死不休的任务。"

"不死不休!"心算子恶狠狠地喊了一声,本来就已经驼背的身子猛然间躬得更低,真的仿佛一张弓。而他本身又像一支搭在满弓上的箭,"嗖"的一声,已流星般射出,直取影行子!

"老七,你疯了!"影行子怒喝一声,躲过了心算子的一记杀招,但是心算子的第二招又到了,影行子不得不再躲。

心算子不停地攻击,招招都是拼着两败俱伤的局面,根本不顾及自己的安危。

影行子不停地躲避,不停地骂,虽然他的速度比心算子要快,但是力量却还在心算子之下。

更要命的是,心算子神志失常,影行子却是正常的,所以他只能躲,不能还击。这样一来,在心算子同归于尽的打法中,影行子越来越招架不住。

眼看要危及自身,影行子的狠戾本性暴露出来,他两眼凶光一闪,喝道:"老七,是你自己不争气,怪不得做哥哥的心狠手辣了!"

喝声中,影行子飞速躲过心算子的一记杀招,身形滴溜溜一转,已赶至心算子背后,右手横掌,奋力朝心算子脑后劈去。

这一掌下去,心算子必死无疑。

我哪里允许他这么做。

御气而行!

瞬息之间，我如飞而至，右手伸出，在影行子肘上轻轻一碰，影行子咬牙切齿劈下去的这一掌刀立时偏移了数寸，本来要削在心算子的后脑上，此时却落在了心算子的肩膀上。

"咔嚓！"

"啊！"

一声骨骼断裂的脆响，心算子惨叫一声，左肩竟然被影行子的掌刀硬生生地削掉！

但是心算子也在此时转过身来，双眼血红，右手成钩，死命朝影行子小腹刺去！

影行子被我突然袭扰，一掌削掉心算子的左肩，本来就有些出乎意料，略一惊诧，心算子就转过了身子，血红的目光也与他双眼相对。

心算子的眼睛本来就有些诡异，连人心所想都可读出，短暂的致人失神更是不在话下！

就在影行子这短暂的失神瞬间，心算子的手已经插进了影行子的腹部，奋力一抠，再一搅，影行子的瞳孔立时收缩成针尖细孔。

"啊！"

影行子惨叫一声，一掌挥出，打在心算子的额头上，心算子如断了线的风筝，倒飞而去，轰然一声落地，手里，还攥着影行子的肠子。

影行子捂着裂开大洞、血流遍地的肚子，看着躺在地上一边抽搐、一边吐血的心算子，又看了看面无表情的我，惨笑一声，道："陈元方，好，好一个陈元方，我本不该来……"

扑。

影行子翻身倒地，硕大的脑袋显得可悲又可笑。

心算子挣扎着、抽搐着，被影行子一掌打在额头上，他的神志似乎恢复了些。他死命仰起脸来，长长的头发散落两旁，眼睛红得几乎爆裂，直勾勾盯着影行子的尸体，喃喃道："六哥……"

影行子已再无动静。

心算子缓缓转过头，看向我，勉力挤出一句话道："你，你，当真是无毒不丈夫！"

我叹息一声，道："罪过，我哪里想得到你们出手都如此毒辣？"

心算子躺了下去，红色的眼睛渐渐失却光彩。

这两个人同归于尽，死得又都是极其惨烈，看着他们的尸体，还有对他们视若无睹照旧爬来爬去的痖虫，我一时有些发呆。

痖虫似乎对死人没有任何兴趣，或者是阿南达让心算子、影行子服用了某些特殊的药物，在他们生前和死后，痖虫都置之不理。

但是这样，却让人有了一种连痖虫都对他们不屑一顾的苍凉。

刚才，还是两个活生生的人，现在就这么死了？

血金乌之宫的九大长老，老六武尊和老七悟尊，就这么可悲地陨落了？

他们的消失就好像他们的出现，毫无征兆，却又仿佛在预料之中。

冥冥之中的天数，又有谁能违抗得了？

兔死狐悲，物伤其类，虽然是敌人，但是这一瞬间，我竟然有些情不自禁地悲从心中起。

"元方？"

老爸的声音远远传来，应该是听到外面没了动静，心中关切，所以发声喊问。

"元方！元方！"老舅也大声地喊了起来，"外面怎么没有动静了？你怎么样了？"

"你们放心，我没事！"我回了一句，心情复杂时说话的语调有些古怪，声音也大得让自己吃惊。

"自己小心！"老爸回道。

"你没事就好！"老舅又喊道，"敌人解决了？"

我道："阿南达不在这里，血金乌之宫的两个长老死了。"

"啊？"老舅吃了一惊，道，"是你杀的？"

"嗯……是自相残杀吧。"我有些不知道该怎么回答，略想了想又道，"但是也是因为我的缘故。"

"自相残杀？因为你？"老舅疑惑了一下，继而笑道，"好！哈哈，不管怎样，这群败类，就该窝里斗，自相残杀个干干净净！你过来一下，让老舅看看你。”

“伯仁虽非我所杀，却因我而死……”我喃喃念叨着，心情有些沉重，也没有依照老舅的话，去到他们那边，让他看看我现在的样子。

影行子和心算子虽然都是作恶多端的穷凶极恶之徒，来到此处也是为了跟农皇子沆瀣一气，共同与我们为敌，但是杀他们也不是我的本心。我本来就不愿意杀戮，更不以杀人为乐事，但今天却差不多算是我间接杀了两人！

心情复杂，不愉快，不高兴，不好过，后悔，伤感，恐慌……这些复杂的感情全都涌上心来。

如此违背上天好生之德，恐怕不是善事。

昔年，诸葛亮七擒孟获时，不得已放火烧杀蛮兵，得胜之余，就曾叹息自己会因杀戮而折寿。后来果然只活了五十四岁，即便是以通天彻地之能，为自己设坛施法祈福增寿，也无法再添一纪。

朱元璋手下的大将常遇春，号称“不败战神”，最爱冲锋陷阵，奋力杀敌，却被刘伯温预言杀戮过重，恐怕不得好死。结果在其三十九岁时，眉毛无缘无故自行脱落而亡。

还有古之名将白起、项羽、韩信、霍去病、马超，都是一生杀人无算，留下千古英雄名，结果却全都是年寿不昌，想来岂不令人悚然？

但是，我这样做算是错的吗？

如果我不这样做又该怎么做？

似乎又无定论。

是对的，却不一定是合乎仁德的，更不一定是合乎天道的。

天道有则，人行无准，就连诸葛亮智者近妖，不也逃不过宿命天道之困顿吗？

唉，道德，道德，无论是修道还是修德，都如通天之难！

“元方！怎么不过来？”老舅又喊了起来。

“好。”

我应了一声，从胡思乱想中收了心，目光离开影行子和心算子的尸体，环视周遭依旧是铺天盖地痋虫的世界，心情有了些回归，还是先处理好眼前事，再想身后事吧。

老舅他们所在的洞穴不远，我立即赶了过去，在洞口处往内一瞥，只见那洞穴很窄，比我先前所在的洞穴还要窄，里面前前后后、高高低低站着几个人影，有的对洞外凝神观望，有的俯视地上或坐或躺的几人。

站着的人是木赐、梦白表哥、梦玄表哥，躺着的是张熙岳和曾子仲，坐在他们身边的是老舅。

“木先生，张老爷子和我曾舅爷怎么样了？”我朝着站在最靠近洞口处的木赐问道。

“你是……”

也不知道是天黑还是怀疑的缘故，木赐在一开始竟没有认出来我是谁，沉吟了一下，才难以置信地道：“是你！你真的能出来了？你完全好了？你的毒咒被破解了？”

"废话，那是我外甥，能不好吗？"老舅向来都对木赐不满。

"是我，我是陈元方，我好了。"我道，"他们怎么样？"

"元方啊，我们挺好！"曾子仲听见了我的声音，似乎心情一下子变得极其欢悦，声音都透着兴奋，道，"你不用担心我们，我和老张都没什么大事。那个阿南达是个十分难缠的对手，你如果要对付他，千万要小心！"

"元方，我们可都指望你了！"老舅喊道。

"老舅客气了。"

"陈令主，一定要找到秀儿、仙儿！"木赐大声道。

"无须多说，一定。"我立即转过身来，逡巡四顾，寻找阿南达的身影。

就在这一刻，仿佛心中有所感应似的，一道白影倏忽而至，片刻间，万籁寂已经在我身边站定，道："你出来了？"

"还要多谢大师。"我朝着万籁寂躬身一揖。

说实话，我对此人并无多少好感，甚至因为望月和江灵的关系，在内心深处，对此人的厌恶更占据我情感的主要成分。但是现如今他已经修成至善之心、极静之体，又帮我解了毒咒，还答应要对江灵施以援手，我对他也不能不客气一些。

"不必如此。"万籁寂略一扫视周围，便看见了影行子和心算子的尸体，他眉头一皱，当即合掌诵道："阿弥陀佛！罪过，罪过！"

诵罢，万籁寂又看向我道："陈施主，这两人是你杀的？"

我不想过多解释，只是道："不是我亲手杀的，但是差不多也算是我杀的。"

"唉……"万籁寂叹息一声，道，"这两人虽然是歹徒，但是陈施主也忒……算了，老衲也没有资格过多评论，只是奉劝陈施主千万要以仁心为本，这样方能修成大道正果，才能……"

"老秃驴！"

万籁寂正在叙说，他的身后，阿南达扭动着身子，如飞赶至。

"还以为把他给甩掉了，没想到追得好快。"万籁寂却头也不回，看也不看阿南达，只是对我说道，"事不宜迟，你跟我来，先救出那个叫江灵的丫头，我帮她压制诅咒之力。"

我大喜道："好！"

万籁寂当先而行，阿南达也已经到我近旁，瞥了我一眼，吃了一惊，疑声道："你敢出来？"

待看见影行子和心算子的尸体，又吃了一惊，道："他们死了？"

但他也无暇多管，他的目标是万籁寂。

"等会儿再来找你。"阿南达威胁地对我说了一句话，准备继续去追万籁寂。我却笑道："呵呵，何须等会儿，就现在吧！"

笑声中，我朝着阿南达的后背一掌挥出。

"哼……"阿南达对我根本不屑一顾，连头都不回，只冷哼了一声，后背破绽尽露，任凭我打。

在阿南达看来，连我老爸、青冢生还有梅双清那样的高手，都拿他无可奈何，我这小小的人儿，一掌下去又会有多少功力，又会有多少危害？

但是阿南达错了。

任何想当然的心思都是错误的。

任何低估对手的人都是愚蠢的。

我不会武术，我不会医术，我也不会毒术，我没有老爸那么厉害，没有青冢生那么厉害，也没有梅双清那么厉害，但是我却能调动最精纯的阳极罡气。

这恰恰是痼虫的克星！

比梅双清的火毒还要厉害！

我是闭着眼睛打的。

因为阿南达是裸着身子的。

他全身上下一丝不挂，这本来就已经足够让人恶心的了，但是这还不是最恶心的。

阿南达最让人恶心的地方就是他浑身上下都是孔洞，密密麻麻的孔洞，仿佛蜂窝煤，又仿佛莲蓬；每一个孔洞里又都藏着痼虫，谁也无法料到什么时候会有虫子从那洞里钻出来。

所以我要闭上眼睛，以便于降低我几欲作呕的冲动。

但是，虽然我闭上了眼睛，我这一掌也用尽了全力。

而且由于阿南达对我完全无视，我这一掌没有遭到任何抵抗和躲避，毫无悬念、结结实实地印在了阿南达的后背中央！

他的后背很软，仿佛全都是肉，而没有一根骨头，如虫、似棉花。

如果不是我事先就知道阿南达的样子，我或许会以为我的手触及的地方是女人身上的某处部位。

"嗤！"

一股蒸汽爆发似的动静骤然响起。

我的掌心瞬间烫热。

那里仿佛化开了某些东西。

罡气正井喷式地往外涌！

"啊！"

一道凄厉的惨叫声响彻天地。

不用想，不用看，我也知道，必定是阿南达无疑！

这是阿南达的第一声惨叫。

但我相信，他绝不会只叫这么一声。

因为我的第二掌也落了下去。

我还是没有睁开眼睛，因为我知道刚才那一掌，对阿南达所造成的伤害是巨大的，短时间内，他只有疼痛，而无法反抗。

骤然的疼痛会让所有人的精神产生麻痹，在一定的时间内，除了被动地感受痛苦之外，根本无暇他顾。

阿南达虽然号称"人虫一体"，但是他毕竟还是活物，还有神经，还有精神，所以他也不例外。

因此，我的第二掌，和第一掌一样，依旧是没有遭到任何抵抗和躲避，毫无悬念、结结实实地印在了阿南达的后背上！

"啊！"

就如我事先料想的一样，阿南达再次发出了撕心裂肺的惨叫！

而且这一次，我的手竟像是穿透了阿南达的身体一样，因为我感觉我的手掌融化某些东西融化得极深，而且仿佛触摸到了空气。

我立时睁开了眼睛，然后惊愕地发现，自己的手果然已经穿透了阿南达的身体！

从他的后背直穿胸膛！

阿南达的头已经扭了过来。

他的身子没有扭向后面，头却往后扭了九十度，一张脸因为惨烈的痛苦而狰狞可怕地扭曲着，一双眼因为愤怒、惊恐、茫然而迸发着奇诡、复杂的黄色光芒。

我立即撤开了手，往后退开很远。

这时候的阿南达是极度危险的。

离开他，安全。

他已经适应了我的掌力对他造成的疼痛，再打下去当然还能对他造成伤害，但是同时，我也可能会受到他对我的伤害。

在我能完全掌控局面的情况下，这样互相伤害的结果对我来说，当然是不划算的。

万籁寂已经走远了。

他刚才只是在听到阿南达惨叫声的时候回头看了一眼，但是没有说话，继续走了。

他明白，我是在给他争取时间。

而且，我也做到了。

“我要杀了你！”阿南达嘶声怒吼，声音从喉咙里摩擦出来，仿佛野兽在酝酿杀戮。

他的身上，尤其是背上，已经因为我那两掌，造成了难以恢复的伤害。

背上，一个深深陷进去的黑色手印，仿佛是烈火烧灼而留下来的，完全无法还原本相，这已经足够让人触目惊心。

但是，还有一个更深的洞，从他的后背直穿前胸，那也是我留下的。

眼睛，从后面可以看到前面；风，从前面可以吹到后面。

标标准准的透明窟窿。

阿南达没有死，这就已经是个奇迹！

虽然事先就知道阿南达要倒霉，但是我没有想到他倒的霉会如此之大。所以，对于这个出乎意料的结果，我也出乎意料地满意。

至于他说他要杀了我，我虽然忌惮，但是却并不害怕。

很多人都对我说过这句话，但是现在的他们，有的已经成了我的朋友，有的已经成了废人，还有的，已经成了死人。

阿南达注定难以成为我的朋友，但是这并不妨碍他成为废人或者死人。

如果说，影行子和心算子的死还能让我感到些许不安，那么阿南达的死，对我来说，除了喝彩，还是喝彩！

这是一个泯灭人性的怪物，他不是人！

我还要继续给万籁寂争取时间，以便于他彻底对江灵施以援手，压制诅咒之力，所以，我还要继续纠缠阿南达。

我盯着阿南达，嘴角慢慢溢出了一丝笑意，道：“沃腊纳先生，你如果稍稍聪明一点的话，刚才就不会被伤得这么惨，因为你应该发现，我和别人不一样。”

“是不一样。”阿南达舔了舔嘴唇，道，“你不怕我的虫子，我看到了这一点，却也忽略了这一点，这是我的错。他们两个是你杀的吧？”

我反问道：“你说呢？”

阿南达点了点头，道：“看来农皇子先前说得不错，果然不能让你解除毒咒，你是个可怕的人。”

我笑道：“那你觉得你现在还能杀得了我吗？”

“那要试试看。”阿南达的头猛然旋转了五百四十度，连带着脖颈高速扭动，身子陀螺般跟着旋转，只一晃便到了我的跟前。

好怪异的身法，好快的速度！

他裸露着的身体上，那些孔洞里隐藏着的痋虫，在这时候全都钻了出来。

此时的阿南达，看起来就像是一个浑身上下长满了奇怪长毛的怪物。

可怕而恶心！

我一点也不想再碰上他的身体了。

御气而行！

我拔地而起，飘然掠过阿南达急掠而来的身子。

其实，这个时候，我完全还可以再在阿南达的后背上拍上一掌，但是他的身子实在太过于恶心，以至于我无法下定决心要用手触摸他。

对于这一点，我不得不承认，能让敌人都恶心到无法下手的地步，这也算是一种大本事。

但是，我用脚踹了阿南达的后背。

罡气从脚底涌出，再穿透鞋子到达阿南达的身体，威力显然远远不及用手。

不过也算是有所作为。

"咦？"

阿南达被我踹得踉跄了几步，然后吃惊地发出了一声赞叹，显然是我刚才直挺挺腾空而起的本事让他始料未及。

"你刚才那个腾空是怎么做到的？飞起来的？"

阿南达转过身子，看着我，好奇地问道。

"这个时候你还有心情询问敌人的本事。"我嘲讽道，"当真是令人佩服，只不过现在的我却没有心情跟你细说。"

"好吧，确实不是时候。"阿南达舔了舔嘴唇，头猛然往前一探，脖子骤然间拉长了五尺多远，脑袋一下子便伸到了我面前。

子弹出膛一样的速度，再加上古怪的攻击方法，立即惊到了我。

阿南达的嘴已经张开成一百八十度，喉咙深处已经有一条粗如人腿的虫子闪电般钻出，张开了血盆大口，从上而下朝我的脑袋吞来！

就算我的罡气再厉害，对痋虫造成的伤害再严重，可是也得我能活着运用它。

如果在伤害这痋虫之前，我的脖颈先被咬断，脑袋先被吞下，那就算罡气伤得了痋虫，也无法挽救我逝去的生命。

所以，我躲了。

奇行诡变！

在我和阿南达说话的时候，三魂之力已经通过他那略略发黄的眼睛，成功地布控在他魂魄之上。

不可思议的速度，不可思议的角度，我从容躲过阿南达这致命的一击。

然后，在躲过阿南达攻击的同一瞬间，我的手闪电般抓向那个从阿南达喉咙中钻出来的虫头。

它没有躲开。

它根本就躲不开！

滑腻腻的身子被我牢牢攥在手里。

阳极罡气！

"嗤！"

白雾蒸腾，一声嘶响，虫头应声而断。

飞灰片片，跌落尘埃。

"陈元方！"

阿南达惨声呜咽，几乎听不清他嘶吼的是什么。

他的身子疯狂扭动着，如飞而退。刹那间，铺天盖地的痤虫暴风骤雨似的呼啸而至，从四面八方赶来，往阿南达周边聚集，一眨眼的工夫便把阿南达团团簇簇包裹得丝毫不见。

庞大的虫团出现在我面前，仿佛是个巨大的肉球。

我还没来得及做任何反应，便听见地面簌簌作响，还有些震颤，仿佛裂开了一道口子，庞大的虫团蠕动着，却渐渐变小。

我目瞪口呆地看着，恍惚间明白过来，它们是在往地下钻去，它们将阿南达拖到了地下。

再看时，地面已经恢复如常。

只是，铺天盖地的痤虫全都消失不见了。

就刚才瞬息间的工夫，它们竟然全都钻到了地下。

天地之间，霎时间，干干净净，安安静静。

四周前所未有的空旷！

阿南达死了吗？

我看着空旷的地面，带着一种重见天日的喜悦，愣愣地胡思乱想。

似乎是，又似乎不是。

管他呢，反正现在他是不能再作恶了。

"老爸、老舅、东木老前辈、梅老前辈……你们都可以出来了。没有痤虫了！"

我大声喊着，然后朝着江灵等人被困的地方跑去。

"啊？"

"真的没有痤虫了！"

"阿南达死了？"

"好啊！"

"哈哈……"

"重见天日了！"

"元方呢？"

"那不是吗？"

"他要干吗去？"

"不知道。"

"跟上他吧。"

"走！"

"……"

身后传来一阵嘈杂的喧哗声，老爸、老舅、青冢生、梅双清他们应该都从山洞里走了出来。

相信他们很快也会追过来。

"石屋铁门"已经不见了。

应该和我之前料想的一样，不但所谓的"铁门"是蛊虫伪造，就连"石屋"也是。

现如今，都随着伤重的阿南达钻入地下，消失不见。

所有人都在那里。

望月、木仙、阿秀、彩霞、邵如昕，还有江灵。

全都在那里！

还有刚刚到达的万籁寂。

他正在观望众人。

看到我过来，他指着众人中的一个，道："陈施主，她就是江家的后人，那个叫作江灵的丫头吧？"

"是。"也不知道是怀着一种怎样的心情，我深深地看着江灵，道，"她就是江灵。"

我们在说话，但是这六个人，却没有一个有回应。

所有的人都一声不吭，甚至连动都没有动。

我忍不住要走进去细看，万籁寂却一把拉住我，道："不要过去，难道你看不出来，这是个阵法？"

这是个阵法？

我愣了一下，我刚才只是看到他们的人，并未仔细留意别的东西。

现在再看，除了有人，还有木片、布条、纸符、剑。

似乎确实是个阵法。

"元方，没事吧？"

老爸、青冢生、梅双清、木赐等人也相继赶来，甚至连绝无情、封寒客、李星月、袁明岚也都过来了。

我向老爸回复了一句："没事。"然后看见梦白表哥背着曾子仲，梦玄表哥背着张熙岳，也都赶了过来。

曾子仲身上原本背着的刀族木偶现在由老舅背着。

"浑身生虫的那个恶心人死了？"老舅过来就开心地问道。

青冢生、梅双清、绝无情也都看向我，我摇了摇头，道："不知道，应该没那么容易死，不过至少是受了重伤吧。"

"他没有死，"万籁寂接着说道，"阿南达不会这么容易死。这里的痋虫刚刚溜走，如果阿南达死了，所有的痋虫都会枯萎。阿南达和虫的生命是通过某种奇诡的力量维系在一起的，共存共在。"

"秀儿！仙儿！"

木赐过来后，一眼就看见了木仙和木秀，喊了一声，就要过去看，也被万籁寂拉住不让近前。

梦白表哥急道："怎么每个人都一动不动，木雕石像似的，这是怎么了？"

青冢生默视片刻，道："似乎每个人都是龟息状态，而且是'假死境'的龟息状态。"

梅双清道："自己无法醒来，全靠外力唤起。"

"东木先生、梅先生所说不错。"万籁寂道，"老衲昔年也精于命术，对江家的本事颇有所闻，这个阵法属'九山分定符'，以一人之力，配合特定符箓，将施法者某种道行的效力分作数份，最多可分九等，以达到保人护命的作用。这位江灵施主，很显然是以九山分定符阵将自己的净化之力分作了五份，护住了场中这五人，使得痃虫无法对他们进行攻击袭扰。只不过江灵施主的净化之力太过霸道强横，所以无法展施到人体本身，因此才在每个人面前插入一块木片，将净化之力分化到木片之上，再转移至地下，这样既营造出一片净土，又不对人身直接相害。阿弥陀佛，假以时日，这位江灵女施主必然也是一代命术之翘楚！"

"这位老和尚，你是？"老舅看着万籁寂问道。从一过来，他就注意到了万籁寂，又见他总是说话，终于忍不住发问。

万籁寂道："老衲俗名万籁寂，法号无恶。"

梦白表哥先前和我在一起，听见邵如昕说过万籁寂的事情，知道他的底细，听见万籁寂自报家门，当即就吃了一惊，上下打量着万籁寂，道："你就是十大杏人中的万籁寂，二十多年前江家惨案中的万籁寂，而且还是当年残害古朔月的黑袈裟老和尚？"

"阿弥陀佛，罪过，罪过。"万籁寂听见梦白表哥揭他的短，忏悔似的垂下头，道，"昔年做错事的正是如今的老衲。"

"啊？"梦白表哥惊问我道，"元方，要他来干什么？"

"原来是你，黑秃驴！"老舅也大叫道，"你现在怎么变白了？"

我朝表哥、老舅使了个眼色，示意他们无碍。老舅、表哥见状，又看老爸、青冢生等人都似认识万籁寂，便也不再吭声。

我问万籁寂道："大师，请问他们为什么都会是龟息状态？"

万籁寂道："一来是因为痃虫不对死人攻击，专一毒害活人至死；二来是因为此阵法需要。九山分定符，既然是把道行的效力均作等同的份数，那就需要受益者全都是一个平衡的状态。这些人功力大小不同，道行深浅不一，根本无法做到平衡，所以不如都进入龟息状态。龟息境下，每个人都等同于死人，死人与死人，还有什么分别呢？"

我听得有些发怵，看得也有些发怔。

如果非说这是一个阵法，那这是一个古怪的阵法，每个人都以一种古怪的姿态僵持在那里。

望月、木仙、阿秀、彩霞、邵如昕都是歪歪斜斜地盘膝坐在地上，眼睛全都是闭着的，仿佛睡着了。

他们手上捏着的诀式略有不同，但整个下来，却围成了一个圈子。

圈子中央是江灵。

江灵已经半趴在地上了。

双腿还是盘着，但是上半身已经触及地面，头发也散落一地，整个人，动也不动。

六个人，除了江灵之外，每个人身后都插着一根木条，脚下都画着一个圈，圈内都压着一张符纸。

每一根木条上都系着一根白绳，五根白绳都延伸到江灵那里，系在江灵的金木双锋剑柄之上，江灵的右手，紧紧地攥着金木双锋剑身。

再仔细看时，那五根白绳，都不是白绳，而是五根布条，是从江灵白色衣衫纱裙上撕下来的布条。

所有人都一动不动，真真如木雕石塑。

"大师，怎么才能唤醒他们？"木赐关心两个女儿，再次忍不住出言发问。

万籁寂道："老衲一开始并未想到会是这个局面。九山分定符阵一旦施展，很不好终止，尤其是阵中之人在三个以上。老衲刚才说过，此阵的关键就是每个人的状态要保持在一个平衡的点上，如果不平衡，那么此阵便会反噬诸人，所谓生一利必有一弊，便是如此。就好比说这个男子——"

场中只有一个男人，那就是望月，万籁寂指着他道："如果他先苏醒过来，阵法的力量发生偏移，他这个点上的法力就会骤然增强，除却江灵所在的阵法主位之外，其余四点的阵法力量全都会集中过来，四点弱而一点强，结果就是木片毁而阵符燃，净化之力全部施及人身，此人必死无疑。"

我听得心中猛然一寒，老舅已经开口说道："你的意思就是谁先醒来，谁先死？"

"阿弥陀佛。"万籁寂道，"正是如此。这些人也都知道这个结果，所以每个人进入的龟息境界都是'假死境'，是自己无法控制的，也就是说除却外力，他们自己根本无法苏醒过来。"

木赐道："那怎么办？"

老舅道："是不是必须要一个特殊的方法，在同一瞬间同时唤醒所有人？"

"那也不是。"万籁寂道："同时唤醒所有人，每个人的功力道行仍然不同，阵法还是无法平衡，结果还是有人要受到反噬。"

"那到底该怎么办？"木赐急道，"这阵法解除起来这么难为人，为什么还要发动？"

万籁寂道："江灵施主必定知道此阵之难，但是还要施展，那就说明她相信有人能破。"

说话间，万籁寂瞥了我一眼，我心中一动，难不成我能破？怎么破？

木赐道："谁能破阵？"

万籁寂道："世间一切阵法都有阵脚，阵脚乃是阵法的根基所在，也是人力、天力相结合的点。天人合一的程度越深，阵法就越强；天人合一的程度越浅，阵法就越弱；天人无法合一，阵脚便即不在，阵法也随之消失。人力破阵，无非是以功效相反的术强行摧毁整个阵法，其实是事倍功半的劳力之作。如果能窥见阵脚所在，破阵完全可以事半功倍。

"此阵的法力可以以混元之气斩断，若有人能窥见这九山分定符阵的阵脚，于阵脚之中注入混元之气，同时以巧劲斩断这五根布条，则此阵破矣。"

万籁寂的话说完，所有人的目光都已经移向于我。

窥见阵脚需要灵眼，除了我之外，还有谁具备灵眼？

斩断法力需要元气，除了我之外，还有谁具备阴煞阳罡合济的混元之气？

破阵之人只能是我。

江灵布阵之前，想到的破阵之人也一定是我。

那时候她的心思，想的就是我一定会恢复道行功力，一定能成功解除她的危机。

这信任让我感动，只是这信任却也让我万般为难。

灵眼我有，混元之气，我也有，但是要做到同时，何等困难！

万籁寂也开口说道："咱们这里，似乎只有陈小施主有这般能耐，能看得见术脚，也能施展混元之气斩断阵法之力，只是，需要同时催发出五股等量的元气，然后同时作用于布条之上，却如登天般困难。阿弥陀佛，难哉难哉！"

"这办法不好！"老舅摇头道，"黑秃驴——啊，不，白和尚，你出这主意太臭。这里所有的人对元方来说都极其重要，有他的徒弟，有他的朋友，有他的女人，你让他用这办法破阵，一个不慎，全死光光，这不是让他亲手杀自己亲人吗？不好！不好！你再想一个办法！"

"只此一法，别无他途。"万籁寂道，"如果陈小施主无法做到，那老衲也无能为力了。这些人不知道在这里坚持了多长时间，现如今的状态都不是很好，各个都有油尽灯枯的迹象。假死境的龟息功，时日若久，必成真死！"

这话说得我心里又是一揪。

青冢生道："想当初在观音庙里的时候，元方为了破除太虚老妖施展的镜花水月，需要用双手各出一道等量的阴煞、阳罡极气，那时候就异常之难。现在更是多到五道，要怎么出，要怎么做到？"

轩辕八宝鉴?

这五个字缓缓出现在我脑海中,刹那间竟似醍醐灌顶的效用!

"我知道怎么办了!我有办法做到!这次的程度绝没有当初我从太虚子那里取走轩辕八宝鉴那么困难!"我兴奋地喊道。

"啊?"

"元方,你有办法?"

"元方,你准备怎么做?"

"你有把握?"

"到底什么办法,说来听听!"

"……"

众人见我骤然兴奋异常,先是诧异,然后纷纷发问。

我笑道:"还是刚才东木先生的话提醒了我,让我想到了一个应该可以奏效的办法。"

"我?"青冢生诧异道,"我说什么了?"

"您说轩辕八宝鉴了。"

"对,轩辕八宝鉴,你拿到手的时候,也分外困难。这对今日之事有帮助?"

"当然有!"我道,"既然我很难做到同时以同种力道一起打破五根布条,那咱们为什么不借助轩辕八宝鉴来达成这个目的?"

"阿弥陀佛!老衲愚钝,施主不妨细说一下来听听。"万籁寂茫然不解道,"轩辕八宝鉴有何妙用?"

我侃侃而谈道:"轩辕八宝鉴的镜面有与寻常镜子不同的反射作用,一点打在上面,能分散式反射出千万点;一道混元之气打上去,能分散式反射出千万道混元之气!"

青冢生眼睛一亮,道:"我好像有些懂了……"

我接着说道："如果我将轩辕八宝鉴放置在地上，镜面处于完全平衡的状态，宝鉴本身的位置安放在九山分定符阵正中央，我打出一道混元之气在镜面中央，由于轩辕八宝鉴的特殊灵力，它会先把混元之气吸附入内，等到宝鉴本身达到饱和状态后，混元之气便会外溢，其外溢的形式便是呈分射状向四周反射！"

老爸道："然后用宝鉴反射出来的混元之气去截断阵法中的五根布条？"

我点点头，道："对！"

"这个办法好！"梅双清道，"只是轩辕八宝鉴是传说中的远古法器，历来就有颇多说法，赝品层出不穷，你确定你的那个是真品吗？它真有这种灵力？"

"宝鉴毫无疑问是真的。"我道，"至于灵力，若非它有这种灵力，我也想不出这样的法子——哥，镜子在你那里吧？"

蒋梦白点了点头，道："在我这里。"

之前，在十二人坡的时候，为了防止蒋梦白被邪祟侵扰，我特意把轩辕八宝鉴从自己脖子里取下来让他佩戴。

本以为十二人坡过后，就不会再遭遇邪魅害人的事情，也很少会用到轩辕八宝鉴，却没想到，此时，它又有了大用处。

蒋梦白把轩辕八宝鉴取了出来，递给了我。

"这就是传说中的轩辕八宝鉴？"梅双清看了一眼，略略皱起了眉头，道，"镜面怎么是这个样子？"

"对呀，这镜子怎么黑乎乎的？上面染了什么东西？"老舅也皱着眉头道。

"是之前在十二人坡吸附了过多的邪祟之气，这些黑东西，都是那些秽物的沉淀。镜面原本是淡金色的。"我爱惜地用袖子擦了擦镜面，然后伸出右手食指放进口中，使劲一咬，挤出一滴血来，滴在镜面之上。

"元方，你……"

"没事，用我的血可以清洗这镜子。我的灵眼也是因此而得，所以，轩辕八宝鉴也与我有某种特殊的联系。"

血液滴在了镜面之上，只瞬间，便腾起了一阵血雾，将整个轩辕八宝鉴都覆盖在内，如果凝神细听的话，还能听到某种轻微的"嗤嗤"声。

片刻间，血雾消失，镜面上墨一样的黑色沉淀物也全都消失不见，打眼望去，淡淡的金色光芒，莹莹发亮。

"这就是轩辕八宝鉴啊。"梅双清叹息道，"远古法器，难得一见。"

"哼！"

绝无情忽然冷冷地哼了一声。

他这一哼，我突然想起来，先前五大队在观音庙里的时候，曾经要求我们归还轩辕八宝鉴给他们。

因为太虚子是犯上作乱之人，轩辕八宝鉴是他的作案工具，更重要的是，这宝鉴是价值连城的文物，又藏着众多不为人知的秘密，五大队中人个个虎视眈眈，垂涎三尺。

我当时一口否认，说我们没有见到轩辕八宝鉴，绝无情也卖给了我一个人情，没有过多追究这件事情。但是今天，我不但说我有，而且还拿了出来。更要命的是，稍后还要以宝鉴之力解除九山分定符针，宝鉴的神奇和灵力会不可避免地显露在众人面前，以五大队的贪婪，他们会善罢甘休？

就算绝无情想再次放水，他手下的那些人呢？

现在，封寒客、李星月、袁明岚都瞪大了眼睛看着我手里的镜子，这些人都是术界中的老人，又都是名家之后，个个都见识不凡，又对术界里的宝物怀有极高的热情，这样的镜子有多高的价值，他们不可能不知道。他们现在个个都像是三岁的小孩子见到了美味可口的糖，眼巴巴的，就差流口水了。

这就是一群狼啊！

想到这里，我的目光不由得瞟向了绝无情，他此时的态度很重要。

如果他现在就想要宝鉴，那我肯定不会给，而且他也抢不走；如果事后要，我也不会给，这镜子跟我的灵眼有关，而且不知道对寻找天书有没有作用，我辛辛苦苦从太虚子那里夺来，岂能轻易拱手让人？

只不过，无论如何，只要绝无情想要，我们之间就又会多一个矛盾。

本来在共同对抗阿南达的过程中，也算是结成了某种特殊的友谊，此时此刻，再度面临破裂的危机。

在我看向绝无情的时候，他的目光也恰恰向我瞟来，这一瞬间，我们四目相对，目中神色都是极其复杂，但是谁也没有说话。

老爸等人似乎是意识到了什么，都不再说话，目光齐齐望向我们这边。

空气一下子变得又冷又压抑。

"你想干什么？"老爸走到我面前，冷冷地盯着绝无情问道。

绝无情在老爸面前，似乎总觉低着一头，他稍稍转过了脸，道："没什么。看镜子。你们继续吧，我不会打扰你们救人。"

这几句话算是表明了他的态度，虽然有些暧昧不清，但是还算没有撕破脸皮。

这个时候，蒋梦玄突然"哎"了一声，引得众人都看向他时，他大声道："元方，你有把握让轩辕八宝鉴只反射出五道混元之气？"

我摇了摇头，道："当然没有，镜子反射出来多少，我完全无法左右。"

蒋梦玄摊摊手道："那怎么办？"

我诧异道："什么'怎么办'？"

"你不能确定反射出来五道混元之气，又怎么能同时切断五根布条？"

"反射出来的混元之气肯定不止五道啊。"

"那不是会多出来很多吗？"

"多出来很多……这又怎么了？"

"你怎么就不明白啊！"蒋梦玄焦急道，"你看，我打个比方，如果你在轩辕八宝鉴中注入你的混元之气，等到它饱和之后，反射出来一百道，可是布条只有五根啊，用不了这么多！"

"用不了就用不了。"我见其他人也被蒋梦玄说得有些蒙，便笑道，"你是想复杂了，管它是反射出来一百道还是两百道，只要有五道打在布条上不就行了？"

"那多出来的九十五道呢？"

"多就多呗。"

"啊？"蒋梦玄一愣，突然间恍然大悟似的拍了拍自己的头，道，"哦，哦！我明白了，我明白了。多的就自行消散了。"

"对，用镜子的目的就是为了保证同时等量地对五根布条发动攻击，至于多余的混元之气，打在空地对破阵又有什么坏处呢？有坏处吗，无恶大师？"我最后一句话是朝着万籁寂说的。

万籁寂摇了摇头，道："无碍。只要保证不打在人身上就行了。"

"当然。"我道，"布条距离人有一段的距离，我先测试一下轩辕八宝鉴在吸收混元之气饱满的状态下，分散式发射出混元之气时的角度是怎么样的，然后再决定它距离地面的高度，这样，也可以确定它发射出来的混元之气只斩断布条，而不攻击到人。"

"亏你想得出来！听着简单，其实又不那么简单。"老舅啧啧叹道，"真不愧有我老蒋家的基因！"

众人都是一笑，我道："现在就先试试镜子发射时的角度。"

我远远地找了一块高地，然后将镜子放平，同时将左手手掌按在镜面之上，混元之气顺着三焦经由督脉延伸至整个手背、手心，奔镜面而去。

轩辕八宝鉴的灵力就在于对阴阳两极之气无条件地吸收，无论是阴气还是阳气，都来者不拒，至于阴阳合济的混元之气，更是毫无阻滞！

轩辕八宝鉴的吸收又是有限度的，在我源源不断的催发之下，混元之气疯狂奔泻，只片刻工夫，已经不能注入宝鉴分毫了。

一股温吞吞的感觉反而从镜面上压迫手掌而来。

一片异亮的光芒也在镜面上乍然闪现！

我立即撤开了手掌，那镜面上仿佛有一道光晕猛然一涨，然后瞬时四溢开来。灵眼之中，我看见无数道极气从镜面之上四射开来，仿佛一片漏斗状的花雨。

这个角度，我看得分明，是斜向上四十度左右。

月圆则亏，水满自溢。

轩辕八宝鉴明确而形象地向我们展示着这个朴素而经典的玄学，也是哲学之道。

注入其中的混元之气，在饱满的状态下，分散式往外爆射而去，只一瞬间，镜子便恢复了平静。

因为混元之气不再饱满了。

就好像杯子里溢出了水之后，便不再流淌了。

但杯子里还是会有水，轩辕八宝鉴中也还留有我的混元之气。

等它真正被用来破阵的时候，我只需要再注入一小部分混元之气便够了。

虽然说道法自然，元气来自于天地，只要世间有阴阳五行，我的体内便会不断地从外界吸纳两极之气，循环轮转，永远保持着极气不会枯竭的状态，但是消耗过快过剧，总归需要休养生息以便于恢复。而休养生息又需要时间，所以，频繁地快速而过度消耗自己的元气，我也是吃不消的。

趁着休息的时候，我将混元之气的发散角度深深记在心中，依照着九山分定符阵，从江灵到望月、彩霞、木仙、阿秀、邵如昕之间的距离，测算出轩辕八宝鉴大致要在什么高度的位置，才可以使其散发出来的混元之气只斩断布条，而不击中人身。

老爸之前做过木匠，对距离、高度、角度的测算非常准确，我不能确定的时候，就让老爸帮忙。

在得出高度的大致数值之后，我立即又去找了一块高度相近的石头，让老爸将石头底座和顶上都磨平，以便于它放在阵中时，可以呈现出跟水平线平行的状态。

工具备齐之后，我又让老爸确定出九山分定符针的中央位置，然后以逍遥游之御气而行落入阵中，把石头放在那里，最后把轩辕八宝鉴安置在石头上。

一切都妥当了。

接下来就是我将混元之气注入轩辕八宝鉴之中了。

虽然一切都在心中算计好了，也确信有把握能够成功。但是，到了这个时候，我还是不可避免地紧张起来。

这里的每一个人都对我十分重要。

下一刻，一旦我有任何失手，或者有一丝一毫的纰漏，那么这里的所有人都会遭受阵法的反噬。

反噬的后果就是他们全都会化作飞灰！

因为，江灵的净化之力会从阵法中转移到他们身上。

这是我完全不能承受的结果。

所以，就算我百分之百地肯定我的想法、做法没有问题，但是我也不可能做到百分之百的镇静。

我的手已经伸到了轩辕八宝鉴的镜面之上，只差一毫米的距离，我的手掌心就能贴上去了，我的混元之气就能注入其中了，但是我的手开始发抖。

不可抑制地发抖。

"元方……"

就连老爸他们都能看出我的不安，更能看到我的恐慌，老爸轻轻呼唤了一声我的名字，引我回过头去看他。

也看到了每一个人。

所有人都在看我，每一个人都神色凝重，就连经常面带笑容的梅双清，此时此刻也不见一丝一毫的笑意；就连一直嬉皮笑脸的老舅和蒋梦玄，此时此刻也都屏息凝神。

就连以绝无情为首的五大队诸人，也都满脸肃穆。

每一个人都如临大敌！

老爸站在最前面，距离九山分定符阵最近，目光深沉而明亮、冷峻却又温和地盯着我。

"没有问题，相信你自己。"老爸道，"相信你的本事，相信你的运气，那是你爷爷用寿命给你换来的。"

老爸的话不多，但是却让我在刹那间镇定了许多。

因为他的话说到了点子上，说到了我的心里去。

我的运气向来都不差。

那是我爷爷不惜以折寿的代价给我换来的！

多少次死里逃生，也都在证明着它——

我的运气不会差。

那就来吧。

我一掌按在了轩辕八宝鉴之上。

混元之气从全身各处汇集起来，由督脉而三焦经，由周身而上肢，由胳膊而手掌，片刻间喷涌至镜中而去。

淡金色的光芒刹那间变得异亮！

又是一股温吞吞的感觉从镜面上反向压迫手掌而来。

又是一片异亮的光芒在镜面上乍然闪现。

时机到了！

我毫不迟疑，立即撤开了手掌。

一如既往，那镜面上有一道光晕猛然扩大，然后瞬时四溢开来。

御气而行！

我腾空而起，凌驾在宝鉴的正上空，以便于不挡住任何影响到混元之气四散而开的道路。

接下来，就是千万道混元之气四散喷发的局面。

我的手掌心一下子变得又湿又冷。

汗水，不可抑制地涌出！

看着江灵一动不动地保持着我才见到她时的样子，雪白的头发，长长的睫毛，晶莹剔透的脸，颀长的身量，刹那间，我紧张到了极点。

"砰！"

一道震耳的声音骤然响起，我的眼皮霍然一跳，那是枪的声音！

"鼠辈胆敢！"

青家生愤怒至极的吼声！

"砰、砰、砰、砰！"

几声枪响接二连三响起，与此同时还夹杂着一连串其他的声音：

"动手！"绝无情的声音。

"啊！"似乎是封寒客的惨叫。

"好不要脸，大家一起上弄死他！"老舅的叫声。

"……"

我还没有来得及去看是怎么回事，便看见安置轩辕八宝鉴的石头猛然一震，火花四溅中，石头剧烈地晃动起来！

"不好！"

我脸色立即大变，轩辕八宝鉴要掉下来，如果这样，后果不堪设想！

"叮！叮！叮！叮！"

正在我浑身血液都要凝固的时候，数道清脆的响声将我缓了过来。

四根铁钉分作四个方向，以斜向上的角度，准确无误地打在了石块四周，就仿佛在一瞬间，石块长出来了四只脚，每一只脚都蹬在地上，石块稳稳当当，一动不动。

轩辕八宝鉴也不动了。

混元之气终于在这时候訇然中开，四散而去。

灵眼之中，只见千万道温润莹亮的光芒以大约四十度左右的角度斜向上划向远方。

"嗤！"

五道轻微的布帛撕裂之音同时响起，听起来就像是只响了一声。

五根布条断了！

同时断了！

"呼！"

我长出一口气，直挺挺地从空中坠落在地上，任凭自己摔得七荤八素。

因为这一刻，我紧张、兴奋得几乎晕厥过去！我已经无法控制自己平静而沉稳地御气而行。

"我成功了，我成功了，我成功了……"

我在心中反复喃喃念诵着。

"砰！"

又是一声枪响，我这次清晰地看见是绝无情在开枪。

他阴沉着脸，朝向的人是邵如昕！

我忽然间想了起来，绝无情一直都不是我们的朋友，他一直要置邵如昕于死地。

他要坐稳自己的位置，就要不惜一切代价除掉任何绊脚石。

之前不动手，是因为他没有条件，也没有机会，更因为阿南达的强大让他不得不暂且依靠我们。

但是，现在，阿南达已经落败了，生死不明了，所以，他绝无情动手了。

毫无疑问，刚才开枪的人也是他，他打向石头就是为了让轩辕八宝鉴掉下来，让我不能同时斩断五根布条，然后引起阵法反噬，以阵法的力量，杀死邵如昕。

为了达到这个目的，他甚至不惜要望月、木仙、阿秀、江灵等人一起陪葬。

要不是老爸反应极快，飞钉手法又是出神入化，在瞬间稳住了石头和宝鉴，此时此刻，阵中诸人哪里还有命在！

好一个绝无情！

我胸中怒火翻腾，恨不得立即杀了他！

这是一场结果毫无悬念的战斗。

根本就没用上老舅、表哥等人出手，老爸、青冢生、梅双清三人便已经以压倒性的优势完全制住了绝无情等四人。

封寒客瘫在地上，生死不明。他一直抓在手中的不死草此时此刻已经变得乌黑如墨，根根寸断，不用想，这一定是梅双清的手笔。

李星月是站着的，但是两条腿、两条胳膊都在不停地抖动。因为她的脚踝上、手腕上、肩窝处都插着树根银光闪闪的细针，不用想，这一定是青冢生的武器。

袁明岚两眼圆睁，脸上一阵红，一阵白，血气翻滚不止。毫无疑问，这是六相全功塌山手六成功力打出来的效果。

至于绝无情，刚才朝邵如昕开枪的瞬间，便被击溃袁明岚腾出手来的老爸飞起一根铁钉，直穿手腕。

目标并未击中，枪已经跌落尘埃，绝无情的手腕上，鲜血汩汩而流。

"梅先生，我实在是很失望，没想到你居然会与我们反目成仇。"绝无情虽然受伤，却面无惧色；虽然偷袭，却面无惭色。不但如此，还倒打一耙，恶人先告状，诘难起梅双清来。

"呵！"梅双清冷笑一声，道，"我也没想到你翻脸比翻书还快，刚才还共患难，现在就敢突施辣手！"

绝无情道："这里有很多人都有罪在身，你真的要掺和吗？"

"有罪在身？"梅双清道，"那刚才与阿南达相持的时候，你怎么不说？现在阿南达不在了，你就可以过河拆桥了？你莫非不知道，我梅双清平生最恨的就是背后捅刀子、恩将仇报的人吗！"

梅双清说着说着，语气愈发狠戾，等说到最后一个字时，梅双清的眼神已凌厉至极，脸色也变得阴沉无比。

几乎在场的每一个人都知道，梅双清的心病就是农皇子，农皇子就是一个恩将仇报、背后捅刀子的人。

农皇子把他害得那么惨，他自然恨极了这样的人。

更何况，梅双清本身就是一个亦正亦邪的人，行事作风全凭一时兴致，根本不会顾及太多别的因素。几十年前的他就邪得厉害，也毒得厉害，在赤帝宫遗址中苟延残喘、忍辱负重那么多年后，一颗心更变得迥异常人。

所以，他一出手就毫无轻重，之前将薛千山的两条臂膀给生生削掉，硬是眼都不眨一下，挥手之间，将农皇子毒化作飞灰，更是毫不手软！

在刚才的打斗中，也是梅双清出手最狠，不但把封寒客打翻在地，还把封寒客的法器完全毁掉。封寒客现在一动不动，一声不吭，是死是活都无人知道。

现在，梅双清脸上带着笑，眼中却闪烁着异光，朝着绝无情缓缓走去。

"梅先生，你要杀我们？"

绝无情在梅双清近乎狰狞的神色下也略略有些惊慌，他不着声色地悄然往后移动着，口中半是威胁半是辩解地道："梅先生，你也该知道，这世上敢杀五大队成员的人，没有一个能得以善终，因为他挑战的不是五大队，而是整个国家机器！当年的赤帝宫兴盛一时，最后不还是毁于一旦？况且我们也只是为了对付重犯邵如昕，对于其他人，我们无心相害，希望梅先生好自为之。"

"你是在威胁老毒物吗？"青冢生不屑道，"他都活到这把年纪了，还怕不能善终？如他不能善终，恐怕你比他死得更难看！农皇子是怎么死的，你看见了吧？你的本事比农皇子差远了，老毒物还不是一挥手就灰飞烟灭？"

"还是老鬼了解我！"梅双清一阵狞笑，道，"五大队是什么东西！若非你们收编过老夫的弟子，老夫岂会出手帮你们？我年纪过百的人，还怕你威胁？就算五大队杀得了我，你们也得先死在我的手上！"

"梅先生真要把事情做绝？"绝无情脸色大变，回顾我们众人道，"曾子仲、张熙岳、陈元方、蒋明义、木赐！你们可都是有家有族的人，也要跟着闹吗？"

"你这个混账，刚才你要是得手了，我的两个女儿已经死了！"木赐恶狠狠道，"跟着闹又怎样？"

"你真是个不折不扣的小人！"老舅也骂道，"今天就算是杀了你也不亏！"

张熙岳和曾子仲都只是嘿然冷笑，看着梅双清一步步逼向绝无情。

李星月、袁明岚都是面如死灰，几乎没有一点反应。

"大哥！"绝无情终于朝老爸喊了一声，道，"你在军中待过，你知道上面的手段！你……"

"忒啰唆！"梅双清一声厉喝，打断了绝无情的话，回顾我们道，"杀了他们吧？"

"梅老前辈。"眼看梅双清要动真格的，我才出言道，"算了，现在还好没出事，就暂且留他们一命吧。"

梅双清脸颊上的肌肉抖动了几下，然后笑道："呵呵，好！你们是公家人，我们是江湖人，我们不敢以武犯禁，他们也是有后顾之忧。但是记住了，老夫没有！今天就暂且饶了你们，以后再敢如此，杀我之前，提头来见！"

绝无情登时默不作声，只是脸色更见阴郁。

"阿弥陀佛。"万籁寂突然高诵一声佛号，叹息道，"各位施主，都是中华子民，本是同根生，相煎何太急啊。"

"无恶大师，我们之间种种情由纠葛，就算是佛祖恐怕也理不清楚，你也不必感慨。"我看着望月等人跟前的符咒都无火自燃，瞬间已经化作飞灰，知道阵法已经破解，便道，"现在他们还在龟息状态，是唤醒他们还是不要唤醒？"

"嗯……"万籁寂沉吟了一下，道，"其余的人都可以醒了，只是江施主，老衲觉着她还是睡着的好。"

说话间，万籁寂大踏步向前，临走到望月跟前时，迟疑了一下，看向我道："这便是贫僧当年分离出那恶魂所寄宿的躯壳吧？"

"不错。"我道，"此人是我的徒弟，也是古朔月的亲弟弟，他的体内藏有两副灵魂，其中一副便是与你有关的恶魂。"

"阿弥陀佛，贫僧实在是罪孽深重啊。"万籁寂点了点头，道，"这段公案很快就会有个了结。实不相瞒，若非这恶魂还残存世上，贫僧也无法苟活于今啊。"

"啊？"我愣了一下，茫然道，"什么意思？"

"有无相生，难易相成，长短相形，高下相倾。"万籁寂道，"水至清则无鱼，人至察则无徒。天道如此，人岂能至善其身？贪念、嗔念、痴念、欲念、恨意、爱意、恶意、慢毒、疑毒……人皆有之，但是否害人却分轻重。轻者为常，重者则为异类……"

不等万籁寂说完，我便立时醒悟，道："原来如此！我一直都在奇怪，天道不独，阴阳共存，善恶两立，人不孤活。你既然修炼成了至善之身，又怎么能活下来？这是违背天道的存在！我现在明白了，你是至善之身，但是却不是至善之魂，或者说你的魂有两个，一个是至善之魂，一个是恶魂，你把恶魂留在了其他人的身上！以前是朔月，现在是望月，你活了下来，却害得他们好苦！"

"陈施主实在聪明。"万籁寂叹道，"昔年，贫僧为了练成沃腊纳家族的禁咒之术，不得已要修炼成至善之身，但是至善之身注定又无法久活于天地之间，所以贫僧要保留一部分恶魂存在世上，这样才能有阴有阳、有善有恶，这样贫僧才能活下来。"

"所以，贫僧选择将恶魂从体内分离出来，三十年前的那一日，在这深山之中，贫僧只是试着将恶魂分离，并无必然成功的把握，却不料有个少年闯入贫僧的法术之中，贫僧一己贪念遽生，遂成恶魔手段，将那恶魂转移至那少年身上……

"未几，阿南达追踪贫僧至此，想要杀了贫僧，以阻止他们沃腊纳家族秘术外传。当时，贫僧法术尚未大成，不敢与之争雄，便逃之夭夭，而望山高由此遭劫，痖术之灾绵延至今啊。"

万籁寂虽然诚心悔过，但是不知道怎么的，他越说我越生气，早知如此，何必当初？

我冷冷地看着万籁寂，语气略带嘲讽，道："那无恶大师打算怎么了结这段公案？是继续无恶下去，还是继续逍遥隐踪？"

万籁寂似乎听出了我语气的不善，当即对我的称呼也改了，恭声道："陈令主，贫僧控制住江灵施主的诅咒之力后，便会将望月身上的恶魂收归自己体内，业果还需自受，是贫僧造的孽，恶果当然还要由贫僧来承受。"

我道："那恶魂中既有你的残魂，也有朔月的残魂，这怎么办？"

万籁寂道："陈令主放心，贫僧既然能把恶魂分离出去，就能再把这恶魂分离开来。尘归尘，土归土，朔月的是朔月，贫僧的归贫僧。只是，朔月的残魂没有着落处，恐怕还要留在望月身上。"

听见万籁寂肯这么负责任，我的心情也好了些，道："这个大师就不必担心了，我们自有安排，我曾舅爷有秘术可以将朔月的残魂安置在木偶之上。"

万籁寂大喜道："如此甚好！"

我道："不过大师得委屈一下了，压制住江灵体内的诅咒之力后，得跟着我们北去。等候曾舅爷恢复了功力，然后可以施展秘术时，您再从旁协助，将望月身上的恶魂给剥离出来，并将朔月的残魂分化至木偶之上。"

万籁寂道："这个无碍，贫僧任凭陈令主差遣！"

"好！一言为定！"我道，"大师现在请吧！"

在我们说话的时候，老爸、木赐、表哥等人已经把望月、彩霞、木仙、阿秀、邵如昕背到了别处，并将他们从龟息状态中唤醒。

只是众人劳神费力太久，几近油尽灯枯，所以一时也没那么容易醒来。

万籁寂走到江灵身边，将项上的白色佛珠取了下来，轻轻一抛，丢在了江灵头上，随即两脚虚滑，双手合十，拨动手中念珠，眼皮一耷，唇齿轻叩，瞬时之间，呢喃之声大起。也不知道是江灵身上的光，还是佛珠的光，我只觉眼前一片莹亮，闪耀我眼。

但是我的眼睛却不敢眨动分毫，我一动不动地看着江灵，生怕她出现一点点异样的状况。

"嗯……"

我听见几道轻微的人声在背后响起，接着便是木赐、表哥的兴奋呼喊：

"阿秀你醒了！"

"木仙你醒了！"

我知道他们已经无碍，只是江灵还在沉睡。

"唵——嘛——呢——叭——咪——吽！"

突然之间，万籁寂声音大震，诵出这六字真言，我赫然看见，江灵的头发，竟然渐渐变黑了！

我的心立时"怦怦"乱跳起来，紧张得几乎从腔子里蹦出来！

头发变黑了，江灵要恢复如常了吗？

江灵要苏醒了吗？

"哎呀，这是什么鬼东西！"

我突然听见蒋梦玄惊叫了一声，本不打算回头看，却听见青冢生道："是朔月之魂！"

老舅也喊道："元方，那个鬼东西又从望月身子里出来了！"

不用想我也知道，望月耗力过多，刚刚从龟息状态苏醒过来，并没有完全恢复，他体内的鬼面便趁机显现。

万籁寂也颤抖了一下，那鬼面毕竟也含有他的一部分恶魂。

我立即扭过头去，只见木仙、阿秀、邵如昕、彩霞等人果然都已经醒来，有的在看我，有的在看望月，而望月坐在地上一动不动，面色惨白，双目紧闭，脑后飘飘摇摇伸出一张狰狞恶毒的鬼面，正龇牙咧嘴阴邪地笑。

我快步朝望月走了过去。

"陈元方，你还没死啊。"鬼面嘶声喊道。

"给我滚回去！"

我烦它这时候出现，打扰万籁寂解救江灵，当即厉喝一声，右手握紧，缠绕在臂上的伍子魂鞭立时抖在空中，朝着鬼面"呼"地打去。

但听"啪"的一声脆响，鬼面登时不见。

我没有朝它打，而是在它周边空中虚打，我怕以伍子魂鞭的灵力，打在它身上会把它打散，饶是这样，也把它吓了回去。

打完这一鞭后，我收了伍子魂鞭，目光扫过正注视着我的木仙、阿秀、邵如昕等人，也没说话，又转过身，匆匆回到江灵这边。

这片刻工夫之间，江灵的头发已经变黑了一多半。

万籁寂袍袖翻滚，双眼微闭，口中呢喃有声，不停地念诵，我站在一旁，实在是感觉度时如年。

"师父……"

我听见望月缓步走到我身后，低低地呼唤着我。

他苏醒了。

我头也不回，只是轻轻地"嗯"了一声。

"师父。"

这次是彩霞的声音，我还是轻轻一"嗯"，没有回头，一双眼只死死盯着江灵。

望月和彩霞也没有再说话，我能感觉到他们正默默地伫立在我身后。

木仙、阿秀、邵如昕都没有过来，我也没有再听见她们的说话声，木赐和蒋梦白表哥都在不停地说着，但是却没有得到任何回应。

女人与女人之间的感情太过于微妙，时好时坏，时喜时厌，救了她们不一定高兴，伤了她们不一定愤怒。

更何况，我现在全心全意紧张的只有江灵一个，连她们醒过来都不去看一眼，她们又怎么会过来搭理我？

"哼……"

江灵的喉咙忽然蠕动了一下，发出了一丝轻微的闷哼。

我的手也忍不住抖动了一下，攥得死死的，任凭掌心里的汗不断溢出。

江灵的头发已经完全变成黑色，她那原本白得像雪一样的脸，此时此刻也有了些红润。

虽然纱裙还是白色的，但是比之从前，整个人的形容和气质，已经迥然相异了。

以前是孤寒如万年玄冰，冷漠似不食人间烟火，飘然如天仙遗世，而现在，又重新恢复成那个俏丽端庄、倔强中带着些许温婉的姑娘。

"阿弥陀佛……"

万籁寂似乎很累很累，就连佛号也说得有气无力，一张慈眉善目的脸上，全都是流淌的汗水。

这诅咒虽然是他在二十年前下的，但是要想压制住诅咒之力也着实不易。

"呼！"

宣毕佛号，万籁寂袍袖一挥，一声风起，江灵那把插在地上的金木双锋宝剑拔起，"当"的一声回到江灵的右手之中。

说来奇怪，江灵的手本来是捏着诀的，但是那剑飞回去的时候，江灵的手竟然下意识地握住了剑鞘，就仿佛心有灵犀似的。

"剑作坤地鞘作天，烦恼一抛向中原；灵山此去无多路，只在陈生开眼前。"

万籁寂喃喃念诵了这四句话，蓦地将手中念珠一抛，落在了江灵的左手手腕上，还滴溜溜缠了一圈。

"阿弥陀佛，善哉善哉……"万籁寂双手合十，深深一揖，只这一刻，江灵的眼皮都在动了！

要醒了！

我心中大喜。

"陈令主，贫僧的事情已经办妥，这金木双锋和白色念珠就是压制江灵施主体内咒力的锁镇，只要这两件物事不失，她体内的净化之力便不会再出现。"万籁寂或许是太累了，说起话来虚弱至极，身子也摇摇欲坠。

我道："有劳大师了。您刚才念诵的那四句话是什么意思？是否与我有关？陈生是否就指的是在下？开眼可是开天眼？灵山又寓指何处？"

万籁寂道："令主无须多问，这四句偈言以后当有应验。"

我虽然心中有惑，但是听万籁寂这么说，也不好再问，便道："江灵她是不是马上就要醒来了？"

"应该快了。"万籁寂道，"今后切记不要经常解开锁镇，净化之力可以使用，但不可以频繁，如果频繁，这锁镇终归也会失去效用。到那时，可就麻烦了。"

万籁寂正说着话，我突然觉得脚底下有阵阵异动，与此同时，一种不妙的感觉蓦然涌上心头！

万籁寂也似乎有什么觉察，当即停住了说话，朝地上看去。

这一刻，却都安静了。

什么异动也没有。

我和万籁寂对视一眼，彼此心中应该都是怪怪的感觉。

"噗！"

猛然间一声响，一道黑影在万籁寂背后破土而出，冲天而起！

"老秃驴，我杀了你！"

一声嘶吼，那黑影瞬间便扑到了万籁寂的后背上，事发突然，万籁寂又是疲惫至极，竟然动都没动，就被那黑影扑了个正着！

我看得分明，那黑影是阿南达。

他还没死！

此时此刻的他还是浑身赤裸，但是样子跟之前又大不相同，周身上下枝枝丫丫，四下里抖动挥舞，仿佛一条人形章鱼。他一扑到万籁寂后背上，那些枝丫便将万籁寂死死地抱住。阿南达大嘴一张，白牙森然，只听"咔嚓"一声响，他已经奋力咬住万籁寂的后脑！

万籁寂哼也没哼，脸上一派雍容肃穆的神色，口中只淡淡地念诵了一句："阿弥陀佛……"就好像自己是割肉喂鹰的佛祖。

我当然不能坐视不理。

御气而行！

我呼的一声飞转至阿南达身后，一掌拍向阿南达的头顶。

罡气！

阳极之气从阿南达头顶直灌而下，阿南达浑身为之一抽，嘴立时就松开了万籁寂的后颈，周身的枝丫也松开了万籁寂的身子。

旁边的彩霞飞身而起，倏忽间已至万籁寂身边，抓住万籁寂的肩膀又飞快离开，脱离了我和阿南达的掌控范围。

阿南达的身子也猛然往下缩去，只听得"扑簌簌"一阵响动，阿南达又钻到了地下，不见踪影。

"看来阿南达果然还没有死！"老爸、青冢生、梅双清飞身赶来，环视四周，如临大敌，其余众人也都是个个脸色肃穆。

我看了一眼万籁寂，此时此刻，他就坐在彩霞身边的地上，盘膝入定，后颈上血肉模糊，白色袈裟都被染红了一大片，看上去分外惊悚。

但人还没死。

我心中暗暗摇头，这至善之体也不知道有什么用，被人咬住后脑勺了，还不反抗。

我深知，就算万籁寂刚才功力圆满，阿南达骤然袭击，咬住了他的脖子，他也不会向对方施以辣手。

善，在某种时候，在某种情况下，其实就等同放弃抵抗，逆来顺受，不死白不死，死了也白死。

所以才会有一句话叫作"人善被人欺，马善被人骑"，如果是从这一点来看，天道不孤，善恶分明还是需要的。

我看向众人道："大家都小心，阿南达不杀了无恶大师是不会善罢甘休的。他现在在暗处，咱们在明处，一定要注意地下！"

老舅骂道："这个虫娘养的怪物跟土行孙似的，怎么防备他？"

我也有些焦急，再看江灵，还是没有醒来，便对老爸说道："老爸，你站在灵儿身边，防备着阿南达去掳走灵儿。"

老爸点了点头，站在了江灵身旁。

"元方，你怎么不用你的灵眼？"曾子仲忽然提醒道。

"对呀！"我猛然一拍脑门，灵眼相气，怎么忘了这一茬！

修道者之气为青，纯正平和者之青气，沛然而起，毫无杂色；阴邪诡谲者之青气，团簇而起，丝丝缕缕，斑驳不净。

阿南达是修道之人，其气必为青色，但是这青色绝非纯净之青，而是以青为主、杂然而起的混青之气。

灵眼！

我双目如电，搜索地面，逡巡四顾，但见一股团团簇簇、斑驳陆离的青气冲天而起，正在地下毫无章法地四处游走。

那一定是阿南达。

我目视梅双清，示意他跟着我走。

梅双清点了点头，也不吭声。

我循着阿南达在地下游走的踪迹御气而行，梅双清也就寸步不离地跟在我后面。

片刻后，那混青之气一顿，应该是阿南达的动作一缓，似乎是想要休息一下，我立即目视梅双清，手往下指，点了点地面。

梅双清登时会意，一个千斤坠蹲在地上，双脚直接没入土中一尺多深，与此同时，两道火焰似的光芒闪电般窜入地下。

那是毒圣的火毒。

痋王的克星。

"啊！"

阿南达惨烈地嘶吼一声，终于再次破土而出！

梅双清一句话也不说，拔地而起，飞身几个腾挪，紧追阿南达，堪堪临近之时，双手一挥，又是两道火焰似的光芒，闪电般奔着阿南达的脑袋而去。

阿南达对老爸的物理攻击可以不加理会，但是对于梅双清的火毒攻击却忌惮无比。

物理攻击对阿南达造成的损伤，阿南达完全可以很快恢复。但是梅双清的火毒，只要击中了，就是无法再生的伤痕。

阿南达自然也知道这一点，身子在空中一缩，瞬间团成了一个肉球，轰然落地，滚滚向前，动作虽然不雅，也狼狈难看，但是到底躲过了梅双清的毒。

等梅双清落地之后，阿南达也站了起来，环视四周，发黄的目光幽幽扫过我、老爸、青冢生和梅双清，最后又看了一眼坐在那里入定般一动不动的万籁寂，目光闪烁不定。

"阿南达，现在你是上天无路、入地无门！"梅双清道，"念你也是一代宗师，你自行了断吧！"

梅双清说话的时候，脸上还带着和煦的笑意，但是说话的内容却让人不寒而栗。

木仙、阿秀等人还是第一次见到梅双清，见他如此，都是窃窃私语，梦白表哥当然会在旁解惑答疑。

连带着万籁寂，也都说了一遍。

邵如昕听说这两人便是十大奇人中的万籁寂、梅双清，也是眼睛一亮，随即又黯淡了下去。如果在以前，她还是五大队的首领，发现十大奇人，还有喜悦可言，现在的她，现在的处境，与这样的事情，又有什么相干？

绝无情一直在打量她，但是她连看都不看绝无情一眼，以她的本事，不要说绝无情了，就连李星月、袁明岚她也不会放在眼中。

"诸位中华高人，是要合力围歼我阿南达吗？"阿南达舔了舔舌头，嘲讽似的说道，"一直都听说中华是礼仪之邦，向来不会以众欺寡。怎么，今天，堂堂的神相令令主、麻衣陈家族长、毒圣梅双清、鬼医青冢生，你们居然要合起伙来杀我？我一个南洋的痖王，就这般让你们害怕？"

"少往自己脸上贴金了！"老舅骂道，"虫娘养的怪东西，我们中华对付人当然要以礼相待，对付你这种不是人的东西，难道还要讲仁义道德？知不知道什么叫对牛弹琴？什么叫对虫发招？要是非要讲道理，爷爷也可以给你讲讲，你之前弄出来那么多虫子，难道不是以众欺寡？我们一个人打一条虫子当然不在话下，可是你奶奶的你们几万条虫子打我们一个还有看热闹、加油助威的，这不是虫欺负人吗？想当年，我们灭'四害'的时候，就有一项是灭臭虫！你这个大臭虫就是'四害'之一，我们可是全民总动员，难道还要单打独斗？你个信球傻瓜！"

老舅嘴刁，一上来杂七杂八，乱说一气，把个外国人阿南达说得七荤八素，愣了半天也没对上话来。

"阿南达。"我冷冷道，"现在的你已经不是之前的你了，我亲手捏死了你体内的大虫，想必对你伤害不小，要不是这样，你也不用把所有流窜在外的痖虫集合起来，回归你本体。更不用在地下蛰伏那么长时间才敢出来偷袭。"

"那又怎么样？"

"没怎么样，我只是想说明，原本的你，就不是天下无敌，我就能对付你！现在的你更是……呵呵……"

我一阵冷笑，道："梅老前辈，东木老前辈，随便一个就能杀了你！我们是念你一代痖王的身份，不愿意让你死得太难看，所以才让你自己了断。你不要不知好歹！"

其实，说到底，让阿南达自行了断当然并非是念及他的宗师身份，而是为了安全，为了我们这边的安全。

第一，我们合力当然能杀了阿南达，但是阿南达狗急跳墙，如果逼急了，要拼着一死跟谁同归于尽，即便不能得逞，也是危险至极。

第二，我们这边实在是有太多老弱病残，如果和阿南达争斗的过程中，被阿南达突袭一个两个，那便是投鼠忌器，得不偿失。

先前活死虫炉来的那一招，就让我们吃了大亏。

绝不能再重蹈覆辙了。

所以，我们宁可不打，也要拼着逼迫阿南达自尽。

梅双清是这个意思，我也是这个意思，青冢生和老爸当然也是这个意思。

"我不甘心！"阿南达面目狰狞，低声嘶吼道，"你们胜之不武！你们占据了地利人和，这么打败我，我不甘心！"

"错了。"我道，"不是我们占据地利人和，是我们抢来的地利人和。一开始，这是你控制的地盘；一开始，是你和农皇子人多势众。现在你孤家寡人一个，说明你气数已尽。天道高于魔道，魔道厉于正道。但剑走偏锋，不破则断，你以魔道欺凌正道，前易而后难。因为天道向着我们呢！"

"伶牙俐齿，我不跟你多说。"阿南达道，"如果我就不自行了断呢？"

"那就别怪我们不客气了，我们合力猎杀你！"我冷冷道，"你的行踪躲不过我的灵眼，你的身体抵不过梅老前辈的火毒，你的身法不及我老爸，你的痋术不及东木前辈的医术。猎杀你，易如反掌！"

我说话间，老爸、青冢生、梅双清都往前而来，我们四人分立于四方，将阿南达围在核心，他当真是上天无路、入地无门，除了自尽，别无他法。

"陈元方，我要和你再打，如果我输了，我就自尽！"阿南达叫道，"如果不是你，我也落不到这般田地，你敢不敢一个人跟我比？"

"那有什么不敢的。"我缓缓朝阿南达走去。

老爸并不放心这样，我却朝他摇了摇头，示意无碍。

青冢生也道："弘道少安毋躁，阿南达不是元方的对手。"

"陈元方！"

阿南达似乎是受了青冢生言语的刺激，身子一弓，整个人弹簧般朝我飞驰而来，周身上下，枝枝丫丫，如疯似魔，看上去也着实可怖至极。

奇行诡变！

倏忽之间，我已转至阿南达背后。

阿南达扑了个空，扭头再攻，又是扑空，如此反复数次，他已经近乎崩溃。

"你究竟敢不敢跟我打！"

"你不要跑！"

老舅"哈哈"大笑道："这个信球蠢蛋挑了一个最难缠的对手！"

"我不跑了。"我站在阿南达身后，一掌印在了他的顶上，口中道，"在地下你躲不过我的灵眼，在地上，你躲不过我的慧眼。"

罡气！

阳极之气灌顶而下。

"陈元方！"

阿南达凄厉地叫了一声，鬼哭狼嚎一样难听，激得我瞬间起了一身鸡皮疙瘩。

"我跟你拼了！"

阿南达歇斯底里叫着，肚子"呼"的一声响，竟然迎风而长，变得越来越鼓，越来越圆。

我愣了一下，这不会是又要爆炸吧？

"元方快闪开！"梅双清和青冢生几乎异口同声叫了起来，道，"他要自行解体，跟你同归于尽！"

可恶！

我在心中怒骂一声，果然是狗急了跳墙，阿南达这个无赖，见杀不了万籁寂，又打不过我，更不愿意履行诺言，自行了断，竟想要自行解体，临死拉些垫背的。

喊声中，众人纷纷躲避，老爸却飞身朝我赶来，邵如昕也跟着跑了过来，木仙、阿秀愣着不动，似乎是要等我安全了再走。

但是江灵还没有醒来，我怎么能跑！

"望月，把江灵带走！"我一边朝距离我们最近的望月大声喊道，一边挥手给了阿南达一掌。

这一掌，是我几乎调动了周身所有的混元之气打出来的，就算是巨岩也该拍飞拍碎了。

但是阿南达居然没有动！

他的肚子软绵绵的，仿佛棉花，我那一掌深深地陷了进去，反而激得他肚子鼓得更大。

要坏！

我出了一脑门冷汗，回头看见老爸和邵如昕都已经跑了过来，而望月还呆呆地站在江灵旁边没动，我几乎要跳脚大骂！

只这一瞬间，我突然感觉到周边的空间一阵扭曲，气流似乎在诡异地波动着。

这是……

我急忙看向望月，果然发现他眼中的四只眸子正在沉重而缓慢地转动。

空中陡然出现了一个气流的漩涡。

阴阳大执空术！

我惊住了，望月还是第一次施展执空术的这一式！

阿南达的整个身体被强行拖进了那个漩涡——气流的漩涡，下一刻，它就要从我们这个世界消失。

在那气流的漩涡中，阿南达的身体越来越渺小，眼看漩涡就要消失，阿南达也要消失。

但是，突然间，那漩涡不转了！

阿南达的身子也滞留在那一点了。

"噗！"

望月狂喷出一口鲜血，身子摇摇欲坠。

最关键的时候，油尽灯枯？

这可真是要了我的老命了！

如果刚才我们跑，或许还有那么一点点生机。

但是现在，阿南达就要爆炸。

噬血解体大法，本来就能产生高于本身能量数倍的破坏力。

阿南达的道行功力与青冢生、梅双清、老爸是不相伯仲的，在这个基础上再强大数倍，那会是一个怎么样的后果？

我想都不敢想！

我不知道我会不会死，但是望月、邵如昕、江灵肯定都会死在这里。

本来就身子孱弱的张熙岳、曾子仲、万籁寂也一定会死在这里。

受了伤的薛千山、封寒客更是不在话下，瞬间会被炸成渣滓。

功力弱的老舅、蒋梦白、蒋梦玄、木赐、木仙、木秀，就算离得远，就算在逃，不死也要重伤。

更何况，木仙和阿秀根本就没有跑！

怎么办？

我一咬牙，飞身而起。

刚才给阿南达那一掌，几乎用尽了全身的力气，现在的我是拼着刚刚恢复来的元气，施展御气而行。

如果我能合身抱着阿南达，他的破坏力应该会小很多吧。

"元方！"

我听见老爸大吼一声，身子一震，但还是没有停滞，继续向前。

一道黑影掠过，老爸已然快我一步。

我刚才耗力太多，速度已经比不上老爸。

但是，又有一道白影掠起，瞬间便越过老爸，直奔阿南达！

那是……

江灵！

手中无剑也无念珠的江灵！

她什么时候醒了？

为什么丢掉了金木双锋和白色念珠？

又为什么冲向阿南达？

阿南达的身子已经爆裂开来。

我看见一团耀眼的血光涌动着，仿佛火山岩浆，下一刻就要轰然炸开，爆破整个天地。

"结束吧。"

江灵迎着那血光一掌按了上去。

只这一瞬，血光突变为白光！

白茫茫的一片，灿然四散，仿佛月夜星河，无数流光扫过天际。

四周瞬间闪耀，又瞬间重归平静。

阿南达消失了。

没有爆炸。

望月仰面摔倒。

我和老爸都落了下来。

江灵也落了下来。

我慌忙过去扶她，万籁寂却大喝一声："不能动她！"

我一愣，万籁寂又道："她现在是净化之体，把她的剑还有念珠给她，重新锁镇！那剑只要在她身上就行，无须非要握在手中，但是那白色念珠，必须在她腕子上！"

我这才发现，江灵的头发，隐隐又有要变白的迹象，而目光也越来越阴冷。

彩霞已经拿着剑和念珠跑了过来，江灵看了看那剑，又看了看那念珠，有些不知所措。万籁寂叫道："江灵施主，这是对你体内净化之力的锁镇。金木双锋有你茅山符咒之力的集蕴，那白色念珠是贫僧一生至善之修为，剑在身上，念珠在腕上，可保你恢复常态！"

江灵吃了一惊，有些茫然地看看万籁寂，然后颤抖着手，接了过去。

片刻之后，江灵把金木双锋挂在了身上，把白色念珠套在了手腕上，然后她眼神似乎是一滞，渐渐变暖，我这才长吁了一口气。

"灵儿！"

我再也忍不住了，上前一把把江灵搂在了怀里。

"元方哥。"

江灵的眼泪流水一样往下淌，瞬间打湿了我肩膀上的衣服。

"不哭，不哭……"

我也不知道该说什么，就这么一声一声低低地劝慰着，但是江灵的眼泪却似乎越来越多。

"我以为咱们再也不能这样了。"江灵哭着说，"我都打算这里的事情结束之后，再也不跟着你了，再也不见你了。"

"你舍得吗？"我轻声道，"以后还有很多事情，你不跟着我，你放心吗？"

"我不放心。可是我怕跟着你迟早会伤害你。"

"怎么会呢。"

我把江灵抱得更紧了，江灵用手使劲攥着我的衣服，也抱得紧紧的，我们彼此都仿佛在抓着生命里最要紧的东西，生怕会消失一样。

时间也不知道过去了多久，仿佛很漫长，又仿佛很短。

在这时间里，我忘记了一切，已经想不起来自己在哪儿，也想不起来这是什么时候。

但天色，毫无疑问是亮着的。

又过了似乎很久很久，江灵突然仰起了脸，道："元方哥，我想好了，我以后还要跟着你，我要保护你。"

我微微一笑，假装皱起了眉头，爱怜地抚摸着江灵额前的头发，说道："是我保护你，你以后不能再随便解开自己的锁镇，否则我就不要你了。"

"你敢！"江灵瞪着我，眼睛又圆又大，我们对视片刻，都笑了。

"元方哥，你身上好脏啊。"江灵耸了耸鼻子，道，"我不跟你抱了。"

我笑道："你身上好香啊，还是再抱一会儿吧。"

江灵说是不抱，但还是没有松手，也没有离开。

我觉得她衣服太薄，似乎会冷，就打算多抱一会儿。

江灵道："我觉得我好像变强了很多。就算有这锁镇在，我也觉得自己跟以前不大一样了。好像身体变得更轻，步子变得更快，体力变得更充盈，眼睛、鼻子、耳朵都变得更敏锐了。"

"是吗？"

"嗯，真的。"

"是真的。"万籁寂的声音忽然响起，道，"那诅咒虽然恶毒，但凡事有利必有弊，反过来说，有弊也必有利。它是以破坏意图将人的最大潜能给激发了出来，一旦激发出来，不管是好是坏，人本身的道行就会进步很多。就好比人练武时，强行把韧带拉开，虽然会很痛，但是柔韧性却突飞猛进。"

我们扭头看的时候，万籁寂就在我们身边。

这老和尚一直在听我们说话？

江灵脸色有些发红，挣开了我，看着万籁寂，道："这位大师是？"

"阿弥陀佛，贫僧法号无恶，俗名万籁寂。"

"哦……啊？万籁寂？你是万籁寂？"江灵一下子呆住了，道，"你是哪个万籁寂？"

"世上再无第二个作恶多端的万籁寂，贫僧就是你心中所想的那个万籁寂。"

"你！"

江灵"嗖"地将金木双锋拔了出来，骂道："好贼子！就是你在江家下的毒咒！"

"不错，是贫僧。"

"元方哥，帮我除了他！"

"灵儿。"我伸手按住了江灵的剑柄，道，"能否不再追究这桩往事？"

"为什么！"江灵不解地看着我。

我道："江家、万家宿仇百年，究竟是谁有错在先？"

江灵沉默了片刻，道："不知道。"

我道："不是不知道，是说不清楚了。多年以前，江家杀入万家，几乎把万家赶尽杀绝，只剩下万籁寂一人独身逃往南洋。忍辱负重几十年后，学会了南洋沃腊纳家族的禁咒之术，然后挟技归来，在江家施以辣手。这到底是该还是不该？如果你是万家人，你会不会这么做？这么做究竟是对还是错？"

江灵又沉默了片刻，剑已经放了下来，道："我不知道。"

"不是不知道，是说不清楚。"我叹道，"人们人常说，冤家宜解不宜结，冤冤相报何时了，但是常人又偏偏做不到这么洒脱。我要告诉你的是，现在的万籁寂已经不是以前的万籁寂了，他已经修成了至善之心，就算你要杀他，他也不会还手，但是杀了他，你就报了仇吗？你就安心了吗？你就快乐了吗？这一次，如果没有他，我根本就无法恢复功力；如果没有他，你也不可能平安醒来；如果没有他，你的诅咒之力也不会被压制住，咱们更不能像现在这么相处。"

江灵呆呆的，一句话也说不出来。

万籁寂还是端坐在地上，微闭双目，口中喃喃念诵着不知道是哪部佛经。

就好像我们所说的话完全与他无干似的。

这一派道貌岸然的样子，让我很想上去踹他一脚，把他踹翻在地，看看是否还是这么淡然。

不过我还是忍住了，对江灵说道："如果你非要杀他，我不拦着你，也不帮你，你自己就可以杀了他。"

江灵没有说话，也没有动。

"嗯，灵儿，他还要帮望月解除鬼面恶魂。"

老爸不知道什么时候走到我们近前，说了一句话。

江灵泄气似的道："好，我不杀他，等望月的事情好了之后再说吧。"

说着，江灵把剑插回了剑鞘。

我知道，江灵虽然这么说，但是却表明她不会再杀万籁寂了，老爸的话恰是时机地给了她一个台阶下而已。

不过，这时候，我突然想起来望月刚才还受伤了，连忙回顾四周，喊道："望月呢？伤势怎么样？"

"等你腻歪够了，他早死了！"老舅道，"东木前辈给他弄好了已经。"

果然，我看见望月好端端地站在那里，彩霞陪在一旁，都正微微笑着看向我。

我突然发现，场中的人似乎少了很多。

绝无情、薛千山、袁明岚、李星月、封寒客都不在了。

邵如昕也不在了！

木赐、木仙、阿秀也不在了！

这人都跑哪去了？

"别看了，咱们也该走了。"蒋梦白走过来，带着一丝失魂落魄的惆怅，道，"你在这里腻歪，很多人都受不了。"

我略略一笑，道："走，北归吧。"

第十六章 浮生难闲

冬去春来，眨眼间，飞雪化流水，木叶重整天地，中原又是暖意盎然。

自南疆归来，许久无事，时间过得极慢，又似乎极快。恍惚之间，竟不知道究竟过了多少寒暑。

但仔细想来，我也不过二十二岁罢了。

昔日一别，木赐、木仙、阿秀、邵如昕久久都没有消息；老舅、蒋梦白、蒋梦玄也辗转回了蒋家村，除了偶尔电话联络之外，并无再见；张熙岳回到张家寨，身子已经休养爽利；曾子仲在冀北老家也已经将功力恢复……至于梅双清，在陈家村盘桓一阵后，就和青冢生一起离开，结伴东游而去，说是要泛舟海外，渡远洋，寻仙山名岛……

思及之前并肩作战的种种旧情旧景，我也十分想念他们。幸好平日里有江灵作伴，太古真人、一竹道长、柳长青、柳长荫、墨是金、守成和尚等人也来过几遭，也不算太闷。

老爸、奶奶平时也指导我一些修行气功的法门，简单的动作招式也练习一下。由于我不是从小打下的习武底子，协调性和柔韧性并不好，相较于江灵都差得很远，所以这就遭大罪了。

江灵抱着"为我好"的宗旨和借口，奔着"只要还有一口气在就可以继续练"的毅力，冷血无情地督促我。

单单就劈腿一项，我死活拉不开，江灵上来，用剑鞘点着我右脚，然后一个地堂腿，扫中我左脚，只听"咔嚓"一声响……

那一天，我哭得泪流满面。

这是我长这么大以来，第一次因为疼而哭的。

在接下来的四五天里，我都没敢怎么动腿，就连走路都是小心翼翼地，比穿一步裙的女生步子还小。

彩霞和望月耳闻目睹了这一切，表面上同情悲悯，内心实则幸灾乐祸，简直是一点尊师重道的良心都没有。

令人唏嘘的是，万籁寂死了。

不，应该说是无恶大师圆寂了。

从南疆归来之后，万籁寂履行诺言，在曾子仲恢复功力之后，协助我们将望月身上的鬼面剥离出来，并从中抽离出朔月之魂，移至木偶傀儡之上。

有万籁寂的协助，我们倒是根本不用再找朔月的尸身。

想当初，为了农皇子和朔月尸身而南下千万里跋涉，历经各种厄难苦事，到头来结果却出人意料，专门去做的事情实则成为陪衬，偶然遇到的事情反而成为主角。这便是人生，也是天意，即便是以我相门观天知意、卜门机断来去也无法预知漫漫前途，由此也可窥见冥冥天数不可揣度之浩渺大境的一斑！

万籁寂将朔月之魂分离之后，将那部分属于自己的恶魂重新收归体内，未几，便告圆寂。

他在南疆一战，竭尽全力为江灵压制禁咒之力，几十年的修行全托付在白色念珠之上，已经是强弩之末。当办完了最后一件事后，他终于再也支撑不住，颤巍巍双手合十，闭目而诵，喃喃声中，坐化了。

涅槃之前，我听见万籁寂念诵道："万籁寂，万籁寂，身陷恨泥潭，心无半菩提，一腔杀人火，千里辗转迷。本为作恶生，岂料善结局。若能大地作黄金，或令满空飞白玉，便是遂了重生念，万籁他都寂！"

大地作黄金，满空飞白玉，是佛祖菩萨才能做的事情，万籁寂这是愿自己死后真能得脱大道，归化成佛，那才算是遂了心意。

江灵心中本来对万籁寂有所芥蒂，但是万籁寂一死，江灵倒是唏嘘不已，手腕上那串白色念珠也成了珍惜之物。

至于我，除了对万籁寂的死感到惋惜之外，还有一点耿耿于怀，他似乎是知道一些天书的事情，也知道我太爷爷陈天默的事情，可惜，再也问不了了。

我怀疑陈天默没死，怀疑晦极就是爷爷，但是老爸统统否认，奶奶也不置可否；问老爸陈天默到底是什么时候去世的，又是什么时候下葬的，老爸一会儿肯定，一会儿又说不准，奶奶也是这样。再问三爷爷，又说是我爷爷亲手操办的，甚是隐秘……这些说法综合起来的结果就是等于没说，令人发狂！

我内心深处十分想提议去祖坟起出棺材来验尸，看看陈天默的尸体究竟在不在祖坟之中。

当然，这个只是在心里想想罢了。其实，这种大不敬之事，就连想想都觉得罪过。

我倒是十分盼望着晦极能再次出现，如果他再出现的话，以我和老爸的能力，留下他应该不成问题。到时候，不管他愿不愿意摘下面具，我都会强行给他去掉，看看他的真实身份，究竟是什么人！

绝无情在这段时间里也安分了许多，没有再找我们的麻烦，或许是四处寻找邵如昕了。

我一直都担心他会对轩辕八宝鉴念念不忘，会找些由头来陈家村寻衅滋事，好在都没有发生。

术界也无大事。

我不时琢磨轩辕八宝鉴，常常想起太虚子在观音庙里弄出"镜花水月"那一幕奇术，然后感慨这上古之物的灵力绝非我眼下所发掘出来的这么简单，只不过究竟如何挖掘它的潜力，我尚无头绪。

用血滴在上面，或者用混元之气注入其中，或者用夜眼、慧眼、法眼、灵眼去看，与镜中的自己眼睛对视，都没什么新鲜有效情况出现。

我也只能用时机不够、机缘未到来安慰自己。

人家太虚子在深山老林里研究了几十年才琢磨出来一个术，你刚拿到手才多久，就想有所作为，也实在是太不知道天高地厚，也太急功近利了。

好事多磨，暂且不急。

除此之外，老爸、奶奶、三爷爷还在积极联络太爷爷，全国各地探查一切有关神相天书的线索。

虽然说我手上握着神相令这一张王牌，但是寻找《神相天书》毕竟是陈家自己的事情，我不能以私废公。更何况，神相令中这么多门派，当初也是因为各自的利益才会团结起来，结成同盟，各个都有私心，谁能保证他们不会见书起意？

这一天，我被江灵训练了一个白昼，直到傍晚，我累得跟狗一样时，才被允许躺在藤椅上休息一会儿。老黑躺在我椅子旁边，盯着我，然后受到了我的感染，也跟我一样，频频伸舌头。

老爸、老妈因族中事务，并不在家，江灵去做饭，望月和彩霞在御风台上修行。没有了鬼面之后，望月自身的本事受到了影响，阴阳大执空术竟不如从前，这让他不得不再继续修行。我也用了一些《义山公录》上提及的益阳补阴之术传授给他，助他恢复，因此他和彩霞也勤勉得很。

"汪汪！"

老黑突然一跃而起，兜着屁股，晃着尾巴，兴奋地叫了起来。

我也早已听见外面传来一阵熟悉的脚步声。

大门开了，老黑"嗖"地朝着一苗条身影蹿了过去，却被来人一脚踹翻在地。

"滚！"

老黑呜咽着跑了回来，耷拉着脑袋重新躺在我椅子下。

我都不用看，就知道是在医大读书的老妹回来了，全家只有她最讨厌狗，因为她天天在学校解剖室里解剖狗、兔子、老鼠、青蛙，看着这些活物，有一种心理障碍。

"姐，是你在做饭啊。"

"哦，元媛你回来了！"

跟江灵打了个招呼后，老妹就来烦我了。

"哥，你看你站没站相、坐没坐相、躺没躺相，看你这样子，怎么跟老黑一样！老黑，我跟我哥说话，你滚一边去！"

老黑再次被驱逐，只好蹿上楼去招惹望月、彩霞。

我懒洋洋地看了她一眼，见她还带着一张报纸，让我看，我懒得看，道："什么事情，你用嘴说让我听见不就行了。"

也都是我惯的，老妹向来对我不客气，白了我一眼后，直接把报纸摔我脸上，道："什么人啊，不看新闻，不看报纸，最近报纸上报道洛阳发生了多起失踪案件！"

"你这死妮子，好歹哥也是神相令主，不知道尊重一下。"我把报纸从脸上拿下来，道，"失踪案件啊，国家这么大，不是天天都有发生吗？"

老妹再次把报纸摔我脸上，道："要是普通的失踪案件，我会让你看吗？笨蛋！"

都说女生性格什么的会像奶奶，现在看来，确实有些道理。

老妹叉腰指着我道："这是一类离奇恐怖的失踪案子！我在很早——至少是半年之前就看到过这个新闻，只不过那时候的事故发生地不是在咱们这里。我本来以为案子已经破了，但是没想到现在又发生了，所以才会回来告诉你。你明白我的意思吗？"

"我明白。"我道，"你是说这案子不是寻常的匪徒绑架，而是术界中人所为，所以告诉我，让我查查？"

"算你还不是太笨。"老妹道，"怎么样，你管不管？"

我沉默了片刻，道："这种事情，似乎还轮不到你哥我管。如果我所料不差的话，现在老绝一定在派人查这件事。"

频繁发生的失踪案，而且还是上了报纸的案子，一定会引起上面的重视。我相信以本国警员的力量，只要用心查探，必定能发现端倪。如果他们管不了，也一定会上报。若是术界人所为，或者异能人士所为，那就归五大队和九大队处理了。

所以我才说这是老绝的事情。

老绝就是绝无情，我不想让老妹过多知道这些事情，所以就这么说了。

"谁是老绝？"老妹茫然不解道。

"安全部门一个分支的头头。"我道，"跟你说了你也不知道，总之就是上边的人，公家的人。"

"哦，我知道了，老绝是绝无情吧！五大队、九大队嘛。九大队的首领叫浑天成，绝无情不就是那个陈弘生吗？名字还是你们给人家起的。"

"嗯？"

我吃了一惊，本来惺忪的睡眼猛然睁开，一翻身从藤椅上跳下来，盯着老妹，道："你怎么知道五大队、九大队？谁告诉你的？"

老妹从来都不知道这些事情，我们也不愿意让她知道，一个女孩子家，又不是从小就入术门，知道这些并无好处。

更何况，我的身份还有麻衣陈家的招牌实在太过招风，元媛如果什么都不会、什么都不懂，那就是一个普通人，术界中人就算想找事，也会谨守规矩，不拿元媛找麻烦。

但是，现在她怎么突然知道五大队、九大队了，还知道绝无情的往事？

是谁告诉她的？

老妹被我的反应吓了一大跳，随即瞪着眼道："你怎么了？"

我敛容道："我问你，你是怎么知道绝无情、五大队、九大队的事情的？"

老妹在我面前是放肆，但那也是在我允许她放肆的情况下，一见到我严肃起来，老妹也立即好好说话了："怎么了？这有什么不能知道的吗？是一个同学告诉我的。"

"一个同学?"我更诧异,"什么同学会知道这些事情?"

"男同学。"

"我不是问你是男的还是女的,我是问你他是什么背景。"

"背景?"老妹一时间尚未领悟我的潜台词。

我道:"是达官贵人之后?还是什么术界门派之后?"

"哦,你问这个啊。"老妹道,"应该是术界门派的后人。"

我道:"叫什么名字。"

"周志成。"

"姓周的。"我沉吟一番,脑海里也没能想出来术界有哪个名门大派是姓周的。江灵恰好也从厨房出来,搭话道:"姓周的,似乎没有什么名门大派,这个周志成应该出身也不怎么样。但是小门小户又怎么会知道这些还算是机密的事情?"

我道:"或许是哪个大派的异姓弟子……"

"他确实不是什么名门大派之后,"老妹道,"跟你们不能比。但是知道这些东西应该也不难吧,只是看想不想知道了,世上无难事,只怕有心人嘛。"

看老妹一副维护的表情,我顿时有些警觉,道:"他几岁了?哪里人?学什么的?你们怎么认识的?你们具体什么关系?他知不知道咱们家是做什么的?认不认识我?"

"你干什么?"老妹不满道,"查户口?"

"人心隔肚皮!"我道,"你少废话!"

老妹撇了撇嘴,道:"年纪跟你差不多吧,二十二了,家在甘肃,也是学医,比我大一级,是我师兄,做实验时认识的。他不知道咱们家是做什么的,也不认识你,我根本就没跟他说过咱们家的事情。"

我更加狐疑道:"那他怎么会跟你提五大队、九大队的事情?"

老妹目光游离道:"那还有什么,显摆呗。"

"显摆?"我有些不解。

"哎呀,笨蛋啊你!"江灵在一旁忍不住骂了我一句。

我愕然道:"我怎么笨蛋了?"

江灵道:"那个周志成肯定喜欢元媛,以为自己是术界人士会吸引眼球,再说一些术界的机密事情更能博女孩欢心。可他万万没想到元媛的哥哥就是大名鼎鼎的神相令令主陈元方!"

老妹脸一红,扭头就进了屋。

我有些恍然大悟,喊道:"陈元媛,你想谈恋爱得经过我同意把关啊!"

"凭什么!"

"我是你哥,长兄如父!"

"咱爹妈还管不着,轮到你?自己一堆姑娘还料理不清楚,想管我?先管好你自己吧!"

"你!你……你看看现在这女生。"我义愤填膺地看着江灵道,"将来就不能生女孩子。一到谈恋爱的时候，就光想着自己，想着那个也不知道是什么货色的王八蛋，连自己亲哥、亲爹妈都不放在眼里了，真是女生外向！"

江灵冷冷地看着我，道："你说得对，你说我天天想着的那个王八蛋是个什么货色啊？"

"呃……啊！"

我还没有回答，耳朵处就传来一阵揪心的疼痛，望月和彩霞都从御风台上往下张望，老黑兴冲冲地蹿了下来围观。

"待会儿给我好好训练！练胳膊的柔韧性，练到舌头能舔到胳膊肘为止！练不到，别吃饭，别睡觉！"

江灵说完，扭着小蛮腰走了，挎在身上的金木双锋"咔咔"作响。

我心想舌头舔着胳膊肘这种简单的事情也需要练习？太小看我了！

然后……

一个小时后，江灵、元媛、望月围在桌子旁一边吃饭，一边看我努力伸长舌头试图舔胳膊肘……

老黑那个浑蛋，一点都不忠心，啃骨头啃饱了之后，就把爪子腿伸得老长，一边用舌头从上到下舔，一边拿眼看我。那小眼神，满满的都是鄙视啊。

老爸、老妈这时候回来了，进门看到这情形，都呆住了。

老爸过来看看老黑，又看看我，狐疑道："元方，你们俩这是……比赛吗？"

"老爸，你回来了，等你吃饭等了半天！"我如蒙大赦，赶紧坐到桌子旁，老爸、老妈都回来了，江灵不敢不给面子。

"啪！"

江灵拿筷子打了我手一下，道："先去洗洗手、刷刷牙。舔自己胳膊舔了一个钟头，也不嫌恶心！"

"我……"

晚上吃过饭之后，我也上了御风台，叫来望月，悄然吩咐道："你去找陈汉昌，让他给我查一个人，周志成。跟元媛同校同专业高一级的周志成！"

"好。"望月从不多问，飘然而去。

彩霞看了看我，道："怎么了，师父？"

"这个暖春应该快到头了。"我幽幽道，"似乎要变天了。"

"大哥！大哥！"

"砰、砰、砰！"

正跟彩霞说着话，一阵喊叫声就传了过来，院门也被敲得咚咚响。

那是元化的声音。

等我下去的时候，江灵已经开了门，元化也不进屋，见面就开门见山道："刚才碰到望月，他说去找三爷爷，三爷爷恰好也让我来找你！"

"怎么了？"一种不祥的预感涌上心头。

元化道："颍水上面漂下来几十个骨灰盒，流到陈家村了！"

"嗯？"我惊诧道："有这种事？"

老爸和江灵听见，也都骇然变色。

元化点了点头，道，"三爷爷让人把骨灰盒全都截了下来，查看之后，说上面没有任何有价值的信息，判断不出是从什么地方流下来的，也判断不出是哪个殡仪馆出的。"

"骨灰盒没有打开吧？"我慌忙问道。

"没有！"元化道："三爷爷说不明底细，不能贸然打开这些东西！怕是有诈。"

"嗯。"三爷爷向来办事稳妥有分寸，这点还是可以放心。

"走，去看看。"我刚说完这句话，正准备和老爸等人出去，就听见门外一阵杂乱的脚步声传来，陈汉名、陈汉礼当先入内，后面跟着陈弘勇、陈弘仁。还有一人夹在中间，身穿蓝黄色制服，满脸阴鸷，眼神锐利深沉，竟是绝无情！

"你？"我挖苦道，"不速之客不请自来，排场还挺大！"

"是你们自己太小心，借一步说话！"绝无情似乎是连一个字的废话都不愿意说。

虽然不喜欢这个人，但是面子还是要给的，我和老爸带着绝无情走到偏房密室，陈汉名、陈汉礼等人要跟，被我和老爸拦住了。

绝无情这点本事，对付我和老爸，似乎还差得太远。

"我来找你是想请你帮一个忙。"绝无情盯着我道。

"我为什么要帮你？"

"第一，轩辕八宝鉴的事情，我没有追究，这是你欠我的人情；第二，这件事似乎跟血金乌有关。"

"跟血金乌有关？"

"对！"

我和老爸对视一眼，五大队的情报远比我们陈家快捷精准，他说跟血金乌有关，那必定有关。

"我是对血金乌之宫的事情感兴趣，但是我很好奇，你们五大队的事情向来不愿意让民间插手，你为什么要找我？"

"你说呢？"

"要我说，如果是你们五大队能办下来的事情，你绝不会请我，因为功劳再大，你也嫌不够。所以我猜这件事你一定搞不定，所以才来找我下死力！"

"答对了。"绝无情道，"这件事情不单单是我办不妥，之前的邵如昕也办不妥，邵如昕的前任更没有办妥。"

我吃了一惊："什么事情，这么棘手？"

邵如昕的本事我十分清楚，居然还有她办不妥的事情！

而且听绝无情的意思，好几任的五大队队长都无可奈何，这还是个积压多年的大难事。

怪不得会来找我。

绝无情道，"半年一次，人口失踪，每次六人，都是十八岁少女。记录在案的案宗一共有二十起，也就是说从十年前就开始发生。"

我立即想到了老妹傍晚时候带回来的那张报纸。

老妹当时还说半年前就见过这个新闻，我还以为只是发生了两次，没想到是二十起，一共发生了十年。

"也就是说一共有一百二十名少女丧生？"

"是至少！之前应该也有这案子发生，只不过因为某些人的某些原因，会被刻意隐瞒。"

"那你们是干什么吃的？为什么就查不出来？以你们五大队的信息网，还有查不出来的事情吗？"

"很多时候，很多事情，不是单单从技术层面就能处理好的。"绝无情道："我们要考虑很多因素，比如部门与部门之间的掣肘与制衡，比如上边与下边之间的矛盾与冲突，比如会不会引起社会恐慌，会不会引起境外关注……这一切问题都不是问题之后，我们才会去解决另一些事情。关于这一系列的失踪案，其实在邵如昕时期就有了些眉目，但是查下去之后，结果却根本无法公开。"

我鄙夷道："为什么？"

绝无情道："你知道我们为什么会断定这失踪案件与血金乌之宫有关吗？"

我道："不知道。"

绝无情道："因为邵如昕曾经抓到过血金乌之宫的一个长老，长生子。抓到他的时候，他身边有六名被证实失踪的少女。"

"长生子？"我狐疑道，"血金乌之宫似乎没有这个长老。"

"长生子，原本血金乌之宫排行第七，影行子之下，野狐子之上，他被邵如昕抓到之后，心算子才重新补上第七长老之位。"绝无情道，"血金乌之宫的妖人，是死一个补一个。"

我皱了皱眉头，原本以为灭掉了阴阳子、血童子、农皇子、影行子、心算子、野狐子，收服了重瞳子，血金乌之宫便只剩下无着子和御灵子了，血玲珑失却臂膀，迟早也有一败。但是没想到，这似乎给了血金乌之宫剔旧补新的机会。

看来还是要灭了血玲珑，才能真正做到对血金乌之宫釜底抽薪！

绝无情见我不说话，便继续道："当时，邵如昕抓住了长生子，也见到了那六名失踪少女，但是结果却是这六人全部自杀。"

"啊？"我和老爸面面相觑。

绝无情淡淡道："是当着邵如昕的面自杀的。"

"什么原因？"

"不知道。"绝无情眼中幽幽地闪过一抹郁色，道，"当时她们似乎是在举行一个仪式。六个人围着一口缸，割破脖颈大动脉，将血喷入其中。六个人的血流得非常快，就像是被什么力量往外吸一样，只是片刻间，那缸就快满了，六个人干干瘪瘪地死了。"

我忍不住打了一个激灵，感觉浑身上下都有些冷得发木。

"那你们没有问那个长生子是怎么回事？"

"长生子只是哈哈大笑。我们请来了山术高手施法对其进行迷魂，也只得出了一句有价值的话——那血是为他们宫主血玲珑所采。长生子邪性极高，功力颇深，我们所请来的那山术高手并不能完美操纵他——当然，如果是你以三魂之力的大圆满境配合慧眼施展迷魂科，那就另当别论——邵如昕一怒之下，亲手用竹签划破了长生子的喉咙气管，眼睁睁看着他挣扎了三十分钟后才死！"

邵如昕是够毒的，不过这次听起来却似乎不是令人太反感。

我道："既然都知道是血金乌之宫干的，你们难道还没有办法？"

绝无情道："没有办法。第一，找不到血金乌之宫的总舵所在，找不到血玲珑；第二，不知道那些少女为什么会自杀；第三，不知道血玲珑要那些血干什么；第四，这结果无法对外公布。"

"这么多年来，你们都找不到血金乌之宫的所在位置？"

"找不到。先前的丁小仙，也就是木仙，是九大队安插的卧底，她甚至成了御灵子的徒弟，可是即便是她，也不知道血金乌之宫总舵所在。我们五大队派出去的卧底，也无法接触血金乌的核心。我们只知道，血金乌之宫总舵一有风吹草动，便会转移。血玲珑更是几十年来都不在世上露面，据传她时常闭关，就连她的亲信子弟都不知道她究竟在何处闭关。"

"所以你让我来找，你有把握我能找到？"

"你是个充满异数的人，手里还有神相令这一强大力量，整合民间术界和我们的力量，我相信会有所收获。"绝无情道，"另外，这次的失踪案发生在洛阳，距离这里并不算太遥远，你应该想到一些事情了。"

"你的意思是，血金乌的力量已经渗透到河南地界？"

"我认为，应该是这样。你希望从血金乌之宫那里找到天书的线索，我希望这一系列失踪案件在我任上终结，更希望血金乌这个邪教永远消失。咱们的敌人是相同的。"

我笑了笑，道："是暂时相同吧。"

"总比永远不同好。"绝无情说着，就准备往外走。

我道："天书如果找到，你们会怎么办？"

"等你找到了再说吧。现在就想，似乎太远。"绝无情说着，推门而出。

我和老爸对视片刻，我开言打破了沉默，道："怎么办？"

老爸道："叫你奶奶和五老一起来商量吧，骨灰盒的事情，稍后再说。"

"好。"

很快，奶奶、陈汉昌、陈汉名、陈汉礼、陈汉达、陈汉隆齐聚于此。

陈汉昌先开口道："骨灰盒的事情，我已经让人沿着颍水两岸去查了，到底是从哪里入水的、是什么人干的，相信很快就有结果。"

陈汉昌没有提我让望月交代他办的事情，但是我知道，他一定已经吩咐人去办了。

我和老爸将绝无情所带来的消息又当众说了一遍，本想等着大家发表下看法，但是没想到，我刚说完，陈汉昌就说道："我知道血玲珑要那些少女的血干什么。"

"啊？"我惊诧地看向他。

陈汉昌道："元方，还记得咱们的远祖陈名城吗？"

"当然记得。"我又回想起伏牛山中无名洞穴里受陈名城的魂念传授咒禁十二科的种种情形。

陈汉昌道："还记得他为什么会终老在那里吗？"

我道："因为一个和女人订下的赌局。"

"那个女人你可知道是谁？"

我摇了摇头："不知道。"

"很多人都不知道，甚至也不知道当年名城远祖为什么会突然失踪。"陈汉昌道，"如果不是我整理家族志，从前人遗留的种种琐言碎语中发现蛛丝马迹，又听了你从伏牛山中带回来的有关名城远祖的故事，我也不知道。

"那个女人叫佟薇，是清顺治年间人，出自清朝贵族叶赫那拉氏，机缘巧合下救了名城远祖，心生爱慕，却被谢绝，怨愤之下，定下赌约，只要她能保持少女容颜三十年，名城公当娶她为妻。否则便要名城公出家为道，独居深山，永不得出。然后她做到了，名城公不愿意娶她，便出家消失在伏牛山。

"这个佟薇本是富贵人家的千金小姐，又怎么会懂驻颜不老的异术？原因就在于血金乌之宫！"

我惊诧道："又跟血金乌之宫有关？"

"是的。"陈汉昌道，"她的家族十分富有，也十分有权力，这让她终于找到了一个自称会驻颜不老术的道士。那个道士告诉了她一个方法，只要按照那个方法，每半年重复一次，青春就会永葆，一辈子都不会衰老。"

"每半年一次！"

屋子里的人都面现惊色，我也觉后背发冷，因为我们都明白这是什么意思。

每半年失踪六个妙龄少女。

每半年重复一次的秘术。

这两者之间难道没有什么关系吗？

只听陈汉昌继续说道："那个道士告诉佟薇，如果想要驻颜不老，就必须杀人如麻，拿别人的性命换自己的青春。佟薇为了赢取赌局，无论怎样都表示愿意，她先拜了那个道士做师父，然后得了那个秘术。

"道士说，你每隔半年，也就是在每年的清明和重阳，过节那两天，杀六个少女，这六个少女一定要十八岁而且还没破过身的黄花姑娘。你把她们杀了，然后把血取出来，盛放到浴缸里，到子夜时，你去那里面沐浴，要泡足半个时辰，让那些阴怨之气完全渗入你的体内。再隔半个时辰之后，你把那些被杀少女的尸骨埋在你住的房间的地下，头骨和头骨摆放在一块，肋骨和肋骨摆放在一块，如此类推，分门别类，摆放整齐。然后在屋子的四个墙角里摆下厌镇术，不得让那些冤魂逃脱。这样坚持下去，你就能永远年轻美貌了。"

　　三爷爷陈汉昌说话的声音很轻，似乎没有掺杂丝毫渲染恐怖气氛的感情，只是娓娓道来而已，屋里的灯泡光亮也还很灿烂，四下里坐的都是人，按理说不该害怕。可是我却忍不住打起了冷战，感觉浑身上下都是冷飕飕的，四周静得可怕，历经种种险恶困苦浴火、重生后的我，此时此刻还是毛骨悚然。

　　不知道沉默了多久，陈汉礼才骂道："那个道士是个什么东西，教授别人这样邪恶的办法，简直就是妖道！还有那个女人，这么歹毒的方法，她也照做不误？"

　　陈汉昌看了我一眼，然后道："那个道士出自一个咱们十分熟悉的门派，他和我们陈家也打过不少的交道。"

　　我道："是血金乌之宫？"

　　陈汉昌点了点头，道："那个道士正是血金乌之宫的那一代宫主，但是他隐去了这个身份，在江湖上只是个游方天下的闲散道士。即便这样，他也是大名鼎鼎，天下练道修行之人几乎没有不认识他的。他的大名叫易骨封，道号三阳，从术界残存的资料来看，就是他发明出了臭名昭著的'易皮幻容术''绝地养尸术'，改造了'滴血过气术'……但是这些邪术却不是他最得意的手笔，他最得意的本事就是'浴血滋元长生长春术'，也就是他说给佟薇的邪术。"

　　"混账东西！"奶奶骂道，"丧心病狂，这个易骨封脑子里肯定满是屎尿，才会弄出这么多令人作呕的旁门左道。"

　　陈汉昌叹口气道："佟薇成了易骨封的得意弟子，并且修炼邪功的天赋极高，甚至后来居上，这让她在后来坐上了血金乌之宫宫主的位置。"

　　我道："她是血金乌之宫的下一任宫主？"

　　"是的。"陈汉昌道，"佟薇寿命极高，在百岁之时，收养了一个女婴，给那个女婴取名血玲珑。并且在死后，将血金乌之宫的宫主之位，传于血玲珑。"

　　"就是现在的这个血玲珑？"我讶然惊呼。

　　"就是现在的这个血玲珑！"陈汉昌道，"五十多年前，与天默公、天佑公、天养公、东木先生、太虚子纵横天下，独霸西域的血玲珑！"

我慨然而叹道："不用说，佟薇一定把那个浴血滋气长生长春之术传授给了血玲珑，血玲珑有模学样，也干些杀人取血的勾当！所以才会有这么多人每隔半年就失踪一次。"

陈汉昌点了点头，道："她们肯定不是自杀的，应该是受了某种邪术而被蛊惑，所以才心甘情愿在活着的时候，将血放出来。我想在这种情况下，那血里所蕴含的怨气会更浓郁吧。"

我久久没有吭声。

想起来之前木仙说过的话，她就是为了学会永葆青春的本事才投身到血金乌之宫，但是并没有取得御灵子的信任，又由于阿秀和我的缘故终于反水，弃暗投明……每当提起这些事情时，她还惋惜自己吃了大亏，再怎么着也应该等自己学会了永葆青春的法术再反水不迟……

现在，如果把这个法术详细说给她听，恐怕她会庆幸自己幸好早离开了吧。

陈汉昌继续说道："少女失踪这件事情，大哥活着的时候，也曾经提及，而且大哥在游历之时，还曾经试着查探过。只是这失踪事件被传得诡异之极，好端端的大活人凭空消失，本来就足能引起普通人的恐慌，更何况连警察都束手无策。最早的失踪人员搜寻了数十年都生不见人、死不见尸，听闻此事者无不谈之色变，人心惶惶，各种谣言四起，受害者家庭往往也讳莫如深，所以可以把握的线索少得可怜，大哥也无功而返。"

"如果难度不大的话，绝无情又怎么会上赶着到陈家村来找元方出手？"陈汉名锁着眉头道，"这件事，咱们本来可以管。但是绝无情一来，五大队一插手，事情就有点变了味道。咱们不管吧，毕竟知道了，道义上说不通；咱们管吧，又好像是接受了五大队的派遣，这让其他门派知道了，会不会被瞧不起？"

"这次的事情，咱们必须要管啊。"陈汉礼点上一根烟，深深地吸了一口，喷出一股浓浓的烟，一双锐利的眼睛盯着我道，"此事无关五大队，因为陈家与血金乌之宫本来就是你死我活的态势！而且，既然这个什么长春长生的邪术是血玲珑亲自弄出来的，那么这些失踪的人极有可能是供她享用，咱们如果查出来那些失踪的人到了哪里，不就抽丝剥茧、顺藤摸瓜查出来血玲珑在哪儿了吗？查出来血玲珑，那么神相天书难道还怕找不着吗？"

众人都听陈汉礼说话，陈汉礼却盯着我，因为决定权在我手上。

我与老爸对视一眼，然后不约而同地点了点头，我道："七爷爷说得是，不管五大队绝无情有什么要求，这件事咱们必须要管！不单单是为了术界道义，也为了神相天书。"

我这么说了，众人自然无话，片刻后，奶奶才道："千头万绪开头最难，这件事全无着落，虽然知道了案子是血金乌之宫做下来的，但是线索几乎半点也无，刚才老七说要抽丝剥茧，要顺藤摸瓜。我想的是，怎么个抽丝剥茧法，怎么个顺藤摸瓜法？"

陈汉礼摇了摇头，道："大嫂，我只是说说自己的看法，想办法、出主意、做主的还是元方嘛！"

这个陈汉礼总是不遗余力地把我往难事上推，推上去了就不肯再搭一根指头助力，就仿佛我出了丑、丢了人，对他有多大好处似的。

我心中一直对其厌恶，只是碍于同族又是长辈的面子，能忍则忍。

我半是赌气、半是讽刺地道："魇魅血局、血鬼河童的事情那么难做，就连族内还有些人想看我的笑话，巴不得我淹死在河里，我不也照样做好了嘛。奶奶不要担心，世上无难事，只怕有心人。我有心去找，就不怕找不到。"

"上次是在自家的地盘上，咱们占据天时、地利、人和。"

陈汉礼悠悠道："这一次，人家在暗，你在明，五大队几十年都没处理好，恐怕要悬了。"

"老七，能不能少说些风凉话？"陈汉名不满道。

陈汉礼吐出一口烟，道："忠言逆耳利于行。光听得进去好话，听不进去坏话的人都是些什么人？大的是亡国君，小的是败家子。"

这话一说，众人脸上都不自然起来，个个都偷偷瞄我。

我心中恼怒：你陈汉礼反复挖苦，我也没怎么招你，还得了个"亡国君""败家子"的评价。

我本来想说一句："忠言确实逆耳，但是这世上最难辨别的就是忠奸。大奸似忠嘛！"

但是话到嘴边，我又强忍着咽了下去。

说出来，还真是显得我小家子气了。

于是，我淡淡道："那就这么定了，绝无情说案子发生在洛阳，报纸上说是在龙王湖附近，三爷爷帮我查查龙王湖的信息，就从这里入手。"

"好。"陈汉昌应了一声。

我道："等那些骨灰盒的来历查清楚之后，我就动身。"

陈汉昌又应了一声，意有所指道："你说的事情，我都会尽快查清楚的。"

我知道陈汉昌的意思，我说的事情，还有周志成的事。

我满意地"嗯"了一声，道："要是没有别的事情，大家就回去吧。"

众人纷纷告辞，唯独陈汉礼磨蹭着没走，陈汉隆还叫了他一声："七哥，走吧？"

陈汉礼假装没听见，蹲在地上系鞋带。

陈汉隆也是精明人，平时大会、小会基本上一言不发，那是抱着少说话、少说错，谨言慎行的作风。

现在看见陈汉礼这个样子，便知道是故意的，当即和陈汉达一道走了。

等众人都走后，我看着陈汉礼道："七爷爷还有什么事情吗？"

陈汉礼却慢慢地站起了身子，道："没事。鞋带开了。"

我和老爸面面相觑，陈汉礼这是什么毛病，明明是故意留下来的，现在又弄出这一副做派。

　　难道真是鞋带开了？

我实在是不想搭理他了，转身就往屋外走。陈汉礼却快步过来，似乎是要和我抢着出门，到我身边时还挤了我一下，惹得我当即就想鼓动混元之气把这个老愣头青震得满地打滚。

不料，一道低沉的声音却突然传来："小心陈汉名。"

嗯？

我大吃一惊，脸色骤然一变，待要再问时，却见陈汉礼昂首走出屋外，身边烟缭云雾绕，神色淡定如常，眼中充满对我的不服、不屑，就好像刚才的话根本不是他说的。

我呆了片刻，直到众人走远，然后才看向老爸道："刚才陈汉礼说了什么？"

"他？"老爸迟疑了一下，道："他说鞋带开了。"

"最后走的时候又说了一句。"

"啊？没有啊，我没听见。"老爸也有些吃惊。

我心头一震，陈汉礼深藏不露，刚才居然用了六相全功的口法——蚊声入密！

六相全功的口法有诸多绝技，之前经常提到的一种便是龙吟，此法被老爸、天佑公多次施展，是以超常的大规模音波进行攻击之绝技。

蚊声入密则是口法中的另一绝技。顾名思义，蚊声，是指声音极低，仿佛飞蚊鸣叫，若非凑近耳朵，很难听见、听清；入密，则是机密入耳，以蚊声入密对人讲话者，声音只能由一人之口传入一人之耳，外人根本无法听见。而说话者在发声时，口形也没有任何变化，类似腹语，所以外人也极难看见。

陈汉礼以蚊声入密之法对我讲话，显然是不想除我之外的其他人听见，但是他知道我一定会告诉老爸，而且是装模作样磨蹭到陈汉昌、陈汉名、陈汉隆、陈汉达和奶奶离开之后才告诉我，这就说明陈汉礼所防备的人，只是上述五人。

而他所说言语的内容又非同小可，甚至让我惊诧得半天说不出话来，防备陈汉名？

为什么要防备他？

我突然想起一事来。

先前陈家汉字辈里有一个人叫"陈汉明"，与"陈汉名"音同字不同，在汉字辈中以年龄来说排行是第一，只是不是嫡系，所以不能得《义山公录》真传，但是又觊觎此书，数十年前图谋作乱，被太爷爷陈天默警告过，后来不思悔改，反而意图谋害爷爷陈汉生。当时陈天默已经不在家中，二太爷陈天佑发觉此事，便辣手废掉了陈汉明。

爷爷心慈手软，只是将陈汉明逐出陈家村，并未施以极刑。陈汉明离开陈家村之后，化名厉千秋，在大何庄金鸡岭经营势力，与何九叔沆瀣一气，差点在金鸡岭上害死我，最终被我感化，弃暗投明之时，又被神秘人下蛊毒杀……①

陈汉名与陈汉明乃是一母同胞的亲兄弟。

---

　　　① 详见拙作《麻衣世家》第一卷。

难道陈汉名要为哥哥报仇了？

暗中又做了什么加害本家本族的行为？

一时间，我想不出个所以然来，心乱如麻。

老爸盯着我看了半天，也不见我说话，只好问道："元方，你的神情不对，究竟是怎么回事？"

我道："刚才陈汉礼走的时候跟我说了一句话，小心陈汉名。"

"嗯？"老爸吃了一惊道，"我确实没听到。"

"他应该是怕隔墙有耳，是用六相全功口法之蚊声入密对我说的。"

"原来如此。"

"老爸，你觉得他这话是什么意思？小心陈汉名，小心五爷爷什么？"

"陈汉名，老五叔……"

老爸沉吟了片刻，然后摇了摇头道："我从小就认识他，认识四十年来，他对你爷爷一直毕恭毕敬，对族里的事情诚诚恳恳，为人也精明强干，不差于你三爷爷，从来都没差错，是人人尊敬的麻衣五老。陈汉礼这么说，我实在不知道是什么意思。"

我点了点头，道："我也从来不觉得五爷爷有什么问题。这个陈汉礼倒是处处与咱们为难，难道他是故意挑拨？"

"陈汉礼一直都是那个秉性。"老爸道，"你爷爷在的时候，他也不是完全心服口服，你爷爷做什么事情，他都会挑刺，倒不是专门针对你。"

"嗯……"我沉吟道，"那这件事情就太奇怪了，陈汉礼应该知道我对他的信任绝对没有我对陈汉名的信任强烈，他就算是想要挑拨是非，也不会蠢到用直接言语攻击这种方法。但是如果不是挑拨是非，那么向来不出问题的五爷爷到底做了事情让他这么说？"

"咱们外出不在村子里的时候，都是麻衣五老和你奶奶执事。"老爸道，"要不，问问你奶奶，或者问一下你三爷爷？"

"不行。"我摇了摇头，道，"陈汉礼以这种方式告诉我，明显就是为了避开奶奶和麻衣五老中的其他四人，绝非单纯只是为了避开陈汉名一人而已。去问奶奶，恐怕会出什么事。"

老爸也深以为然，道："那再把陈汉礼叫来问个清楚。"

"咱们和他向来不合，突然间单独叫来商量事情……"我顿了一下，道，"如果陈汉名真的有问题，那他知道以后，肯定会有所疑虑，这样做恐怕会打草惊蛇。"

老爸道："那你想怎么办？"

我想了想道："先按兵不动吧。为了一句好没来由的话就大动干戈，不智；但是防人之心不可无，陈汉礼的话或许也不是空穴来风，咱们也不能真的什么都不做，我让望月、彩霞、元成、元化暗中观察，防备陈汉名。望月、彩霞是我的徒弟，又是族外人，元成、元化是我的嫡系，只要交代清楚，他们绝不会走漏消息。他们暗中调查，别人都拿他们当外人、当孩子，也不会引起五老的注意。"

老爸想了想，道："可以，那就这样吧。"

商量完这个事情，我正想出去，老爸忽然又说道："还记不记得晦极的事情？"

"晦极的哪一件事情？"

"你不是怀疑他是你爷爷吗？"

"嗯？哦！对了！"我恍然大悟，拍着脑门，道，"在桂省的时候，咱们商量着回来之后要问陈汉昌、陈汉名他们有关爷爷火化的事情，爷爷在炼尸房中火化之时，只有他们两个在场。哎呀，回来这么久，先是忙着安抚柳族的变故，解决万籁寂、望月的事情，自己又练武，竟然把这件天大的事情给抛到脑后去了！老爸，看看找个合适的机会，用个合适的方式，去问他们？"

"不用了。"老爸道，"我已经问过了。"

"你已经问过了！"我吃惊道，"什么时候的事情？怎么不告诉我？"

老爸瞥了我一眼，道："你问我问不都一样？我又不会瞒你、骗你。"

"那是怎么回事？"

"晦极不是你爷爷。"老爸淡淡道，"你爷爷已经完全被炼化了。"

"陈汉昌、陈汉名都这么说？"

我心中有那么一丝丝失落、失望，还有些许怀疑。

"我是分别问他们两个人的。"老爸道，"他们说的一样，而且两人的反应都一致，对我问这个问题显得很奇怪，奇怪我为什么会问这个问题……这样子看来，他们应该没有说谎，晦极不会是你爷爷。"

"只有他们两个在场，说不定早就串通好了怎么说，说没说谎也不一定。"我突然觉得，陈汉礼让我防备陈汉名可能就是跟这件事情有什么关系，只不过美中不足的是，陈汉礼只让我防备陈汉名，没让我防备陈汉昌。

老爸道："如果他们说谎，说谎的动机是什么？"

我愣住了，无话可说。确实，陈汉昌和陈汉名如果说谎，他们的动机是什么？

"可能是爷爷交代他们这么做的？"

"如果是你爷爷交代他们这么做的，那么这件事就属于绝对机密的事情。绝对机密的事情，你爷爷万万不会交代给两个人去做！尤其是一个是亲兄弟，一个不是亲兄弟。况且，这件事情，又不是非要两个人共同才能完成。"

老爸的话有道理，我又无法可解。

这一会儿，陈汉礼的话，还有晦极的真正身份，一股脑绞缠起来，我瞬间觉得有点头痛欲裂的难受。

"走吧，等有机会抓到晦极，揭开他的面具，就知道他到底是谁了。"

老爸说着，走了出去。

我又静默了片刻，也走了出去。

"哥，你要不要去我实习的医院？"

我刚出来，老妹就拉着我问道。

"去你们医院干什么？"我疑惑道。

"我们学校有失踪的人啊！"老妹不满道，"你吃饭的时候到底有没有认真听我说话?"

我突然想起来,老妹的学校虽然不在洛阳,但是她即将毕业,选择实习的医院就在洛阳。

而洛阳不正是最近一起失踪案件的发生地吗?

吃饭的时候,老妹好像说了,但是我又累又饿,没有认真听。

想起来之后,我便说道:"怪不得你要回来,你是不是想游说我去,然后凑热闹?"

"哥,你真聪明!"老妹兴奋道,"我给您打下手。"

"少给我拍马屁!"我冷冷道,"你不准参与到这些事情里来,好好学你的习,实你的习。"

"样子!"老妹白了我一眼,道,"谁稀罕跟你!有人带我玩!"

"周志成?"我急道,"你要跟那个浑蛋去掺和这件事?"

"你怎么骂他浑蛋?"

"就骂他浑蛋了怎么着?"

"我就跟着他掺和了怎么着!"老妹冲我直瞪眼。

"我!"我伸出手作势欲打。

"江灵姐,我哥要打我!爸、妈,我哥打我!"

"陈元方!"

"元方!"

"啊,没事,没事,闹着玩的……"我狠狠地瞪了一眼老妹,道,"我会去洛阳的,你先别跟着姓周的掺和。否则,我这边就没你的事了!"

"好!"老妹喜笑颜开道,"一言为定!"

"你就作吧!"我戳了戳老妹的额头。

老妹却道:"哥,想不想知道人是怎么失踪的?"

"嗯?"我吃惊道,"你知道?"

"我当然知道!"老妹得意扬扬。

我看了老妹片刻，然后有些不耐烦道："你别胡闹了，赶紧睡觉去。"

我才不信她会知道人是怎么失踪的，不然绝无情的五大队都别混了，自行解散算了。

老妹却一把拽住我的衣服，道："你别走啊！你怎么不信啊，我就是知道，因为失踪的六个人里，有三个是我们医院的，而且我还认识她们！"

"啊？"我这才吃了一惊，站住不动，扭过头来，微微动容道，"你们医院的人失踪了三个？"

"是啊！"老妹道，"她们三个，我都认识的。"

我见老妹不像是在开玩笑，便把她拉到一旁，低声道："你真知道她们是怎么失踪的？"

"嗯！"老妹使劲点了点头，道，"她们是被一道白影、一张笑脸给抓走的。"

"什么白影？什么笑脸？"我惊诧道，"这是什么东西？人还是……"

"我也不知道是什么东西。"一向胆大包天的老妹这时候也有些悚然，道："总之，说起来还有些瘆人。"

我道，"你快详细说说是怎么回事！"

老妹道："我认识我们科室里的一个小护士，才十八岁，叫胡蒙蒙。她是个实习护士，就在我实习的科室里工作。五天前的晚上，我值班的时候，她找到我，神神秘秘地问我：你相信这世界上有鬼吗？我笑了笑，问她怎么了。她看看左右，然后低声说：咱们医院经常闹鬼！说完这句话，她自己先打了个寒战。不过，你是知道我的，我当然不会害怕。"

老妹当然不会害怕，这妮子出了名的胆大包天，至少，从小比我胆子大，不然也不会学医。

我怕蛇、老鼠、蜈蚣，但是老妹身为一个女生，居然一点都不怕，而且还说那些东西可爱。

我从小都拿她当怪胎看!

她上大学的时候，经常要到解剖室做实验，回来的时候就给我讲各种解剖的过程，常常害得我吃不下饭。当时，许多男同学都不敢单独做实验，她敢，不但敢做，而且还敢独自在实验室里解剖到半夜。

有一次，我去她们学校找她，在实验室门口等着，她出来的时候，一身血，从头到脚那种，就像是掉到了血潭里，把我吓了个半死。我问她怎么回事，她说刚才在解剖一条狗，割错动脉了，血喷出来，浇了一身，真正的狗血淋头……

我胡乱想着之前的事情，只听老妹继续讲道："胡蒙蒙见我好像不相信，就说你要是不信，我给你讲个事情，这个事情里的两个人，就是咱们医院之前失踪的那两个人。老哥，这两个人我就叫甲和乙吧，反正你也不认识。胡蒙蒙说，在某一天黑夜，护士甲值夜班的时候，站在病房楼上看茫茫夜色时，忽然在对面门诊楼上看到了一道白影从上到下一掠而过，像个幽灵一样，而且门诊楼的玻璃墙上还似乎出现了一个人的诡异笑脸。那一刻，甲就有点神情恍惚，隐隐觉得这是不祥之兆，心生恐慌之余，她把这件事情告诉了乙。乙劝她说那是幻觉，哪里有什么白影啊，笑脸啊，肯定是工作太累了才出现的幻觉，就放心大胆地生活吧，生活里都是阳光!但是乙没有想到，在她告别甲以后，甲就失踪了!"

听到这里，我眼皮霍地一跳，道："然后呢?"

老妹道："甲失踪之后，乙跟医院里反映了这件事情，医院里也派人找了找甲，没有找到。但是也没当回事，都以为她是受了惊吓，自行离开医院，或者回家，或者到亲朋好友那里去了，再加上刚刚找不见人，也不好报警，所以就说等等看。但是从此以后，乙心中也产生了阴影，她把这件事情又讲给了胡蒙蒙。但是，可怕的事情就在于，她讲给胡蒙蒙听之后的当天晚上，她站在病房楼上发呆，无意中朝对面门诊楼瞥了一眼，只见一道犹如人形的白影悄然掠过，从楼顶急往下坠，而且还有一张带着诡异笑容的人脸出现在玻璃墙上!乙吓坏了，赶紧跑去告诉胡蒙蒙，胡蒙蒙安慰她了好长时间，乙还是很害怕，胡蒙蒙就说:你先值班，我去找陈元媛，她最胆大，我叫她来跟你分析分析是怎么回事，你肯定就不害怕了。等胡蒙蒙找到我以后，就跟我讲了这个事情，当我们回去找乙的时候，乙已经不见了。也就是说，她也失踪了!"

我的眼皮又是一跳，道："那胡蒙蒙呢?"

老妹道："就在三天前的夜里，她着急慌忙地跑来找我，说她也在病房楼上看到白影、笑脸了。她特别害怕，让我陪着她，但是我要值班，没办法陪她一块睡觉，就让她跟着我，在值班室里坐着。后来，有一个急诊病人过来，我跟着去忙了一阵，当时也没太注意胡蒙蒙，潜意识里感觉她一直在我身边晃荡，但是等我忙完再找她的时候，人已经不见了。她也失踪了。这三个人，失踪时间超过两天之后，警察就介入了，但是到现在，还没有找到人，报纸也报道了，可是还没有结果。"

老妹说着，神情就有些低落起来，我知道，她可能是心中内疚，感觉如果自己照顾好了胡蒙蒙，对方就不会失踪。

我拍了拍她的肩膀，道："这事情不是你能左右得了的，不必内疚。我猜你也不会无缘无故回来，还让我去你们那里，你也不是想掺和这热闹，是想让我帮你找找这几个失踪的人吧。"

"我当然想让你找到她们了。"老妹道，"但是我也想掺和这件事！"

"为什么？"我不满道，"你一个小姑娘家，就不能安分一点？"

老妹沉默了片刻，然后盯着我，道："老哥，胡蒙蒙失踪之后，我天天晚上站在病房楼上去看那门诊楼。"

"你有病啊！"我又惊又怒，浑身的冷汗一下子就冒出来了，我知道胡蒙蒙等三人失踪的后果是什么，就是死亡。

鲜血被抽干而死！

"你站在那里干什么？"我气急败坏地瞪着老妹道，"我知道你胆大，但是不是这么个胆大法！你能干什么？就算你能看见那白影，看见那笑脸，你能怎么着？你知道是人是鬼？你知道怎么抓住它们？你知道怎么找到胡蒙蒙？你是有功力还是有道行？不知道天高地厚！"

老妹一句话也没说，低着头默然无语。

我教训了她一阵，然后听见江灵的脚步声从内而外，道："你嚷嚷什么呢？不会好好说话？"

我没搭理江灵，只是盯着老妹，道："你以后注意点！实话告诉你吧，你看也白看，她们能看见那些白影和笑脸，你看不见。"

"为什么？"老妹惊诧地抬起头。

"因为你太老了！"我半开玩笑半认真道，"胡蒙蒙是十八岁，如果我没猜错的话，那个甲和乙也是十八岁吧？"

"是啊。"老妹惊道："难道失踪的人都是十八岁？"

"是的。"我叹了一口气，道，"失踪的人都是十八岁的少女，你都二十一了，跟她们相比，当然是太老了。"

"我还不到二十一！没过二十一岁生日，不算！"老妹不满道，"就算是二十一，也不老！"

"二十一当然不老。"江灵走出来瞪了我一眼，金木双锋在她身上来回晃荡，她手里的白色念珠在月光下闪耀着莹莹白芒，看上去分外晶亮，却又柔和无比。

我讪讪地笑了笑。

老妹又问我道："老哥，为什么失踪的人都会是十八岁？还有，你是怎么知道的？"

老妹太爱多管闲事，这一点虽然跟我相似，但是我可以这样，却不愿意她也这样，所以我不想告诉她具体原因，就道："你知道就行了，没必要问我为什么。而且，这也不是重点，重点是你要知道，很多时候，很多事情，你强出头没有用，因为你管不了。"

"可是……"老妹看了看我，欲言又止。

"可是什么？你怎么了？"看着老妹的神情，我突然感觉事情有些不对。

"老哥，你说错了。"

"什么错了？"

"我也看见那道白影和那张笑脸了。"老妹幽幽地说道。

也不知道是夜里太冷，还是老妹的声音太过于低沉，抑或是她的神情有些怪异，我在这一瞬间竟然被激起了一身的鸡皮疙瘩！半晌，我都没有说出话来，只是愣愣地看着老妹。

"你们，你们俩怎么了？"江灵也感觉出事情似乎有些不对劲，看看我，又看看老妹，道，"什么白影？什么笑脸？你们俩在说什么？"

我没有心情再把事情给江灵讲一遍，只是看着老妹，道："你什么时候看见的？"

我的声音已经有些发颤，心中却是庆幸至极，老妹没有出事，如果她也失踪了，我该怎么办？

老妹沉吟了片刻，道："昨天夜里，我站在病房楼上，看见的。"

我看着老妹，一时间有些发呆。

"那你……不害怕？"我不知道自己该说什么，迟疑了片刻，问出了这么一句话。

"害怕。"老妹道，"我也害怕，所以我去找了周志成。"

"然后呢？"

老妹道："他跟我一块待在科室里，坐了一个通宵，直到天明，我才睡了一会儿，然后就回来了。"

我长出了一口气，看来害怕是老妹回家的一大原因。

而且，老妹没有出事，那个周志成似乎要记上一功。

只是，白色的影子、诡异的笑脸……这些东西是怎么回事？

既然我已经知道这是血金乌之宫的人在作怪，便不相信是鬼怪在作祟。

但是，掳走人，弄这些幌子做什么？

明明能悄无声息地让人失踪，何必多此一举，弄出笑脸、白影引人注意？

不对！

我突然疑虑大起！

夜里，医院里值班的医生、护士还有病人以及家属等，绝非只有一人，站在病房楼往外观望的人也不会只有一个，如果这白影和笑脸是人人都能看到的，那么这事情早就传开了。

换句话，也就是说，只有失踪的人才能看到白影和笑脸。

为什么会这样？

仔细思索下来，可能会有这两种情况，第一，失踪者在失踪之前就被凶手锁定，然后特意制造出白影和笑脸让失踪者看到，以引起其心中恐慌，趁机行事；第二，那白影和笑脸是某种验证，只有看到它们的人才是凶手想要掳走的少女，也就是能看到白影和笑脸的少女必定符合某种共同的特质。

这两种可能性都很大，但是还有问题。

因为老妹也看到了，可是老妹没有失踪。

而且，如果是第二种可能，老妹符合某种特质，那会是什么特质？

再一个，回到最根本的前提，陈汉昌不是说过吗，所谓的长春长生邪术需要的都是十八岁少女的血；而且绝无情也说过，近十多年来失踪的人都是十八岁的少女。

既然都是十八岁，为什么会让老妹看见？既然让老妹看见了，为什么老妹又没有失踪？

循环难题，这前后实在是矛盾，无法可解！

突然间，我脑海里灵光一闪，一个念头骤然迸现：难道是周志成？

他是凶手？

因为他喜欢老妹，所以没有对老妹动手？

不过，这些念头迅即我又给否定了。

一个二十来岁的实习医生，即便是有玄术家族的背景，又能做成什么大事？

说他是血金乌之宫的门人，而且负责为血玲珑掳掠人口，这实在是荒谬可笑。

更何况，如果他是血金乌之宫的门人，行动举止都该万分隐秘，唯恐他人知道自己的身份，又怎么会在老妹面前说三道四，显摆自己。

陈汉昌已经查他的底细去了，在得出结论之前，我还是先不要胡思乱想了，说不定，正是因为有他在医院里陪老妹待了一个晚上，老妹才没有出事吧。

我使劲挠了挠头，心烦意乱地看了看老妹和江灵，道："好了，都回去睡吧。"

"那你去不去啊？"老妹道。

我道："当然去。"

江灵道："到底是怎么回事，还没跟我说呢。"

我道："你们两个反正要睡一块，让元媛给你说吧。"

看了看时间，夜里十点，不算太早，也不算太晚。但是这时去叫元成、元化来商量暗中观察陈汉名的事情，肯定不太妥当，二叔见这么晚叫他的儿子们出来，一定会嚷嚷着问，让族中其他人看见了也不好。

于是，我便先吩咐了望月和彩霞，让他们第二天去找元成、元化，再私下里把我的意思转告给他们。这么做似乎更好一些。

感觉该办的事情都办过之后，我便去躺在了床上，脱衣睡觉。

可惜，感觉几十分钟都过去了，我还是颠三倒四、辗转反侧，怎么都睡不着。

下午本来被江灵训练得疲惫不堪，但是这时候精神却无比振奋。

想要练敛气冥想入睡，却又无法集中精神，清静心地。

使劲闭上眼睛，脑海里却各种人、物轮番浮现：一会儿是数不清的骨灰盒顺水而流，一会儿是看不清脸的失踪少女踽踽而行，一会儿是白影掠过，一会儿是笑脸浮现，一会儿是绝无情阴沉的眼，一会儿是陈汉礼的话，还有陈汉名的音容笑貌、假想中的周志成，还有从来都不揭下面具的晦极，未曾谋面过的血玲珑也以一妙龄少女的姿态出现在脑海中……

老黑在门外一迭声地打着呵欠，似乎要睡了，这更刺激得我无法入眠。都说狗睡得晚、起得早，这不瞎说嘛。

就连在隔壁御风台修行的望月和彩霞都觉察到我的躁动，望月轻轻敲了敲墙壁，道："师父，您有什么心事？"

我回道："事情太多，烦躁了，心静不下来，就难以入睡。"

那边沉默了片刻，然后望月道："师父，我把轩辕八宝鉴给您吧？"

望月近来修行阴阳大执空术，已经有了新的进益，虽然没了朔月之魂附身，但是凭借《义山公录》的奥义，再加上我和他的相互切磋琢磨，道行已经恢复至之前的水平。

阴山锁魂、捏空禁锢、置换乾坤、天手刑裂、地道轮转都可以再行施展，但我和望月都感觉他的道行不该就如此止步不前。又因为他的道行虽多属大山术范畴，但基本上也可以归为目法一类，和我的灵眼、法眼、慧眼、夜眼有相似之处，而我的灵眼能够开启，实际上是借助了轩辕八宝鉴的灵力。而且之前太虚子也说过，他的莹目之术乃是通过几十年参悟轩辕八宝鉴得来的，所以，我才想让望月拿走轩辕八宝鉴，进行参悟。

朔月之魂已经移植到木偶傀儡之上，还在冀北曾家进益，所以望月使用轩辕八宝鉴也没有什么禁忌。

只不过望月参悟宝鉴的时日尚短，来日方长，暂时还没有功力大增、道行高长的好处呈现。

眼下，听他说要把宝鉴还给我，我稍稍有些惊讶，道："你把宝鉴给我干什么？我暂时也用不到它。"

"或许能用得到。"望月说，"这些日子来，我参悟宝鉴，虽然没有什么显著的进益，但是有一点却非常清晰，观摩宝鉴，可以心静如止水。您现在既然心绪烦乱，不如观镜，或许会有奇效。"

观镜……

常言道：心静如止水，水止如平镜。

既然睡不着，拿宝鉴在手，观摩一番，说不定确有效果。

我沉默了片刻，道："好，那就拿过来吧。"

片刻之后，敲门声起，我没有开灯，打开屋门，只见望月背对着我站在那里，双手背后，拿着宝鉴，老黑站在他身旁，也背对着我，一人一狗，在淡淡的月光下，显得既落寞又潇洒，且略带风骚不羁。我正要开口，只听望月淡淡说道："师父，我知道你没穿衣服，所以不便回头，只能负手而立，你拿好宝鉴，关上门，自己好好观摩吧。"

我呆呆地接过宝鉴，望月扭身走进御风台，头颅斜仰，双手后握，白衣胜雪，衫摆飘飘……

我看了看自己，光着膀子，穿着个大裤衩，趿趿了一双拖鞋……这师父，实在是……

"呼！"

老黑见望月走了，长出一口气，一双狗眼不屑地瞥了我一下，然后重重地把脑袋耷拉在地上，半死不活地装睡。

我朝狗头上踩了一脚，然后愤愤然回屋关门。

我把轩辕宝鉴放在床头，自己盘膝坐着，盯着镜面观看。

镜面很干净，黄澄澄的散发着淡金一样的温和光芒，将整个屋子都照得宁静祥和。

这镜子我不知道已经看了多少遍了。

用夜眼、法眼、慧眼、灵眼都看过，却什么特殊的事情都没有发生。

这次还是一样，我轮番用四大目法，细细观看，仍然没有什么变化。

但是，望月说得没错，这一番观摩下来，心情确实平静了许多，不像之前那么烦躁了。

心平气和之际，我想起来自己曾经用血滴入过镜中，也用混元之气注入过镜中，但是却好像没有用三魂之力试过。

念及此，我立即紧盯宝鉴，两道三魂之力从眼中迸现，直奔宝鉴。

魂力甫一接触宝鉴，立即蜂拥而入。

我心中又惊又奇，这宝鉴竟是包容万物，不但对阴气、阳气、元气全盘接受，对三魂之力也是来者不拒！

刚起了这个念头，忽然间我感觉到有些不对劲。

三魂之力的外泄有控制不住的迹象！

跟极气、元气不同，宝鉴对魂力的吸纳似乎不能饱和。

竟然是有多少，吸进去多少，吸进去多少，沉寂多少，所有的魂力都石沉大海一般，再无回响。

我惊骇无比，如果这样子下去，我的三魂之力岂不是迟早都会被镜子吸光，到那时候，我可就魂飞魄散了！

好端端的，因为睡不着去看镜子，然后被镜子吸得魂飞魄散，就算死，也是个天大的笑话。

我赶紧闭上眼睛，拼命收回魂力，但是却毫无效果。

魂力完全不听调控，飞蛾扑火一般逝去！

三魂之力不管有多强横，不断剧烈外泄也终有枯竭的时候。

即便是大圆满境界的我，也不会例外！

此时此刻的我就陷入了这么一种绝望的状况。

我想要把轩辕八宝鉴给丢掉，但是心中有这个念头，却无法付诸实践。

一股诡异的吸引力将我的双手牢牢握在宝鉴之上。

我的神志渐渐昏沉，渐渐模糊，就连眼睛都开始变得不再清晰。

一种实质的被掏空感，从脑袋蔓延到周身。

这是一股令人心悸的恐怖，一双看不见的大手从头颅中慢慢地往外掏着东西，将其挖成空壳。

似乎要不了多长时间，我就要彻底丧失意识，并在无知无觉中魂飞魄散。

不知道以前有没有人这样死过，或许，我要创造一个尴尬而可悲的开端。

阴沟里翻船，用这句话来形容此时此刻我的心情，实在是再贴切不过。

多少大风大浪都闯过去了，因为睡不着觉玩镜子，结果死翘翘了。

堂堂一代神相令主、麻衣陈家嫡系传人、四大目法拥有者、阴煞阳罡混元之气正逆双脉大圆满境的不世出高手……

我恨死望月了。

他出了一个天大的馊主意，不但害了我，也害了他自己。

如果我死了，他一定被天下人骂作弑师的凶手。

虽然不是直接的……

意识混乱之际，我都不知道自己脑子里胡思乱想的是些什么。

我想喊，喊"救命"，望月、彩霞就在隔壁，老黑也在门外，这两人一狗都是听力极好的主，只要我喊出去一声，哪怕是轻微的声音，都会令他们警觉，只要望月冲进来，拿走宝鉴，我就能获救。

但是，我试了多次，嘴巴努力张了又张，嘴唇虽然有所蠕动，但是声音却始终无法从喉咙深处发出。

我想动，动一下身子，发出一点动静，不管是从床上翻下去发出浩大的声势还是只能抬一下脚、动一下胳膊，发出轻微的撞击音，都同样能引起他们的注意。但是，此时此刻，我的四肢、我的周身百骸，都处于一种极度脱力的空虚无实感。

除了轻微的颤抖，我无法动弹。

真是绝望到了无以复加的地步！

"师父没有动静了。"我依稀听见彩霞在隔壁低声说道，"应该是睡着了吧，看来你的法子真的有用。"

"那是自然。"望月淡淡的声音里透着一丝得意。

"哈……"门外的老黑也发出一声长长的哈欠，听上去又惬意又无聊。

我的眼睛彻底闭上了。

在闭上的瞬间，我最后一眼的视觉留给了轩辕八宝鉴的淡金色镜面，我看见镜中的我的双眼，空洞得仿佛深不见底。

要死了吗？

也许下一秒，就要彻底丧失一切知觉意识了吧。

我的脑海里开始频繁闪烁过往的影像。

无数人和物，还有各式各样的事，都开始快速地回放。

我之前听人说过，在人缓缓死亡的时候，他以前经历过的人生会在脑海里重新出现一次。

那是整个人生的快速再现。

一旦再现结束，人，也就真的死亡了。

死亡之后，灵魂进入幽冥地界，走过奈河桥，喝下孟婆汤，前世的种种将会被遗忘得干干净净。

下辈子做什么人，过什么样的生活，经历什么样的事情，都不会再有前世的痕迹。

除非，你有办法，让这些事情例外。

唉……

这个镜子，我费尽千辛万苦从太虚老妖那里抢来，帮我开启了灵眼，对付尚是重瞳子的望月时大显神威，十二人坡又救了表哥的命，望山高一战，破了九山分定符阵……

功勋卓著，此时此刻，却要夺走我的性命！

成也萧何，败也萧何。

福祸相依，千古至理。

如果早知道会是这个结果，我还会不会将它从太虚老妖那里抢来？

应该还会。

对了！

突然间，我精神一振，这镜子吞噬我的三魂之力不会饱和，但是吞噬我的混元之气却会饱和！

如果我现在用混元之气注入其中，会不会尚有一线生机？

濒死之际，求生的强大欲念给了我强大的动力，我的手本来就紧紧地握着轩辕八宝鉴，此时此刻，我毫不迟疑地将周身的混元之气往双手调集，运送发散。

非常之时，也不必讲究那么多。

不管这样输出的混元之气是不是会被过多地浪费，总之是镜子能吸收多少，就吸收多少！

恍惚之中，混元之气似乎泄漏得更快了。

我知道这是镜子在吸收的结果。

而这一刻，我果然感觉到自己三魂之力的外泄程度似乎在减弱。

没有之前那么剧烈了。

而混元之气却一泻千里！

思及之前宝鉴吸收元气至饱满程度时需要的量，似乎没有现在这么多！

但是我也顾不上那么许多了，只要轩辕八宝鉴不把我的三魂之力吸收枯竭就行。

幸运的是，这个愿望似乎实现了。

三魂之力在某一刻终于停止流动，不再被宝鉴吸收。

命，保住了。

但，混元之气还是在疯狂涌出。

渐渐的，我又开始害怕起来。

三魂之力没有被吸收干净，混元之气被吸收干净的话，我还是会死。

今夜到底是怎么了？

轩辕八宝鉴突然间发生异变了吗？

之前明明不可能吸收这么多的东西，怎么现在没完没了了？

难道是因为把玩宝鉴的方式不对？

先无限度地注入三魂之力导致宝鉴拥有了永不饱满的灵力？

或者是，把玩宝鉴的时间不对？

之前我也确实没有在深夜把玩过它。

深夜的宝鉴和其他时刻的宝鉴有什么不同，我并不知晓。

我想要撒开手，奋力之下，却还是无法做到。

喊和动，也无法进行。

就连闭着的双眼，也无法睁开。

一双薄薄的眼皮，此时此刻仿佛有千斤之重！

怎么办？

怎么办？

就在我无限惶恐的时候，一股剧烈的疼痛突然从额头上传出。

这疼痛就像是有一根锥子缓缓旋转进入肉里、骨头里一样。

那部位，就在双目之间略偏上一些的天庭部位。

渐渐地，除了疼痛，还有一种清凉的感觉出现，似乎是肉被割开了，骨头露在空气中，受到了空气的流动，血液淌出，凉意浸染。

这是怎么了？

我无法可知！

或许先前用三魂之力注入本来就是个错误，再用混元之气注入更是个错误，我今夜是一错再错，一误再误。

正自懊悔、恐慌、不知所措，眼前忽然出现了影像。

是的，混元之气已经停止了流动，宝鉴不再将其吸纳入内。我的眼前出现了一片光亮的世界！

似乎是灯亮了。

很亮很亮，但是又不刺眼那种。

我没有死。

不但没有死，精神和体力仿佛还都恢复了正常。

我欣喜若狂！

可是，下一刻，我突然意识到，自己的眼睛并没有睁开。

我能感觉到自己的眼皮还处于紧紧闭合的状态！

眼睛没有睁开，但是却能看见光亮和清晰的世界，这种感觉，除了恐怖，还是恐怖。

不对！

我很快就发现了另一个不对的地方。

我看见的这片光亮的世界不对。

这不是我的屋子。

这是一片辽阔的、白茫茫的世界。

无边无际，看不到尽头，空洞空旷，除了光亮，什么也没有。

这情形，让我瞬间想起来一个词——魂界。

之前，在伏牛山中无名洞府里，与名城老祖遗留的魂念相遇时，出现的那个世界，就是魂界。

一种只存在于想象的精神中，却又真实地仿佛亲身置于其中的世界。

但，这个世界是魂界吗？

我看见自己的手里还拿着轩辕八宝鉴。

我忍不住看了看镜中的自己。

这一刻，我惊呆了！

镜中的我，紧紧地闭着双眼。

而双眼之中略偏上的天庭部位，开着一条细缝，细缝中闪耀着一丝晶亮的光芒，神采奕奕，仿佛人的眸子。

那是……

眼睛？

我的额头上又出现了一只眼睛？

第三只眼？

像二郎神一样？

刚才的撕裂疼痛感就是因为它？

这怎么可能？

这一定是幻觉！

一定是假的！

我试着闭合它，它竟然真的闭合了。

那感觉，真实得就像是我在闭合自己的眼睛。

这到底是怎么回事？

突然间，我的心中闪过一丝念头，那念头连我自己都觉得难以置信。

莫非，我开了天眼？

就这么着，开了天眼？

五大目法中的最后一法。

成为神相所需身体条件的最后一步？

不，不……

我想过无数次可能的方式，却绝非是这种方式。

"元方，元方，你来找我了？"

突然间，一道熟悉的声音传来，我吃了一惊，循声去看时，只见一道婀娜的人影款款而来，眉目之间满是笑意，一张脸，惊艳无双，却是许久未见的木仙。

"你也在这里？"我惊诧无比。

随即，我又警觉起来，这是幻觉还是术局？

但木仙已经走到了我近前，笑道："这里绝不是幻觉，也不是术局，这就是真实的世界。"

说话间，木仙将手搭在了我的肩膀上，手指向上一勾，撩到了我的下巴，那轻柔滑腻的感觉真实无比，一股幽香也蹿入鼻中，正是一直以来，木仙身上那股熟悉的香味。

木仙轻轻一笑，媚入骨髓，容颜艳丽，绝世无双，刹那间，我竟有些目眩神驰。

突然间，我有了种奇怪的想法，刚才三魂之力被轩辕八宝鉴吸收过剧，我已经处于半昏半迷的状态，是不是其间发生了什么事情，以至于我刚才其实已经完全晕过去了，而此时此刻是醒来后被搁置在一个奇怪的地方？

这可能性并非没有。

因为这地方虽然像是魂界，但是却没有别人的魂念，没有别的魂念，单单凭借我自己的三魂之力，怎么能营造出这么个空间？

当初能见到名城远祖，就是因为他留下了一道魂念锁镇在遗书之中，被我触发而出，与我的三魂之力相激，才出现了魂界。

现在这个地方，虽然有木仙，但是木仙这影像绝非是她的魂念，因为她没有这个本事。

而且，在感觉之中，她就是个活生生的人。

不是想象，不是梦境。

我的感觉，向来都很准确。

"元方，我是真的还是假的，你难道还分辨不出？"木仙笑着，说着，手又在我脸颊上一滑，我浑身鸡皮疙瘩乍起。

"你怎么在这里？这里是什么地方？我之前是不是晕了？是谁救了我，又把我送到了这个地方？还有，你看我的眼睛，是不是额头上又多了一只眼？"

木仙的亲昵动作让我极度不适应。我往后退了一步，自觉脸上发热，如果不出意外，耳根一定红了。

"咯咯……瞧瞧你的窘态，我难道真能把你吃了？"

木仙娇笑几声，挺胸抬头紧贴而来，道："你问我这么多问题想要我怎么回答？你不要管我怎么在这里，也不用管这是什么地方，或者是谁救了你，我只问你，你要我还是不要？"

"要你……还是不要？"我大吃一惊，瞪眼看着木仙，一时有些不知所措。

木仙的脸上依旧带着笑意，但是眼神之中却是严肃端正，这表明她说的话不是在开玩笑，她就是真的在问这个问题。

"要还是不要？"木仙又问了一句。

"我不懂你是什么意思？"我稍稍定了定神。

"真不懂还是装不懂？"木仙嘴角一撇，弯起了一个美丽而诱人的弧度，道，"我问你想不想要我，要我的意思就是跟我好，跟我好的意思就是你可以随时抓我的手，摸我的脸，吻我的嘴，甚至可以扒光我的衣服！这样说，你懂不懂？"

说着话，木仙猛然上前，双手猛然捧住我的脸，往她面前一拉。我直觉额头上一点温湿，木仙已经放开手，重新退后，脸上带着邪魅的笑，玩味似的盯着我看，也不说话。

我只觉脑海里一声轰响，全身的血都在往上涌，我也不知道该说什么话，该怎么说才好，只是呆呆地看着木仙。

木仙的言行举动一向大胆豪放，对我也多次有过亲密的举动，但是我并不当真。一来，我知道阿秀钟情于我，木仙对阿秀的姐妹之情笃深，绝不会横刀夺爱；二来，木仙向来都是当着江灵的面对我异常亲密，这是故意气江灵的；三来，表哥梦白满腔欢心都倾注在木仙身上，木仙不可能不知道，既然知道，又怎么会对他的表弟我作非常之念想？

但是，今天，现在，木仙的话，还有她这举动，其中含义，实在是再清楚不过了。

我就算是傻子，也错会不了她的意思。

但是，为什么？

莫非是在试探我？

我警惕地看了一眼木仙，道："你别胡闹了。这个地方究竟是什么地方，你知不知道？"

"我可不是在试探你。"木仙没有回答我口中问的问题，反而对我心中所想的问题做了回答。

还没等我说话，木仙就又说道："阿秀钟情于你，与我有何干系？姐妹俩难道不能喜欢同一个人？江灵，确实讨厌她，但是她救我一命，我欠她一个人情，以后就不再让她难堪了。至于蒋梦白，他喜欢我，我却不喜欢他。感情的事情，岂能勉强？"

"你知道我心中想的是什么？"我惊愕不已。

"我当然知道。"木仙道，"我不但知道这些，我还知道你其实也喜欢我。"

"你……"

"你不用急着否认，即便是否认了我也不信，因为事实就是如此。"

我瞬间不知道该说什么好。

"无可奈何，还是无言反驳？"木仙笑道，"或者，其实，连你自己都不知道你内心深处的欲求究竟是什么。"

"木仙，你误会了。"我正颜道，"如果我之前有什么举动让你误以为我对你有所企图或者有所欲求，那么我现在告诉你，你就是我的朋友，由敌人而朋友而已。"

"何必这么道貌岸然，惺惺作态？"木仙一哂，道，"你不知道自己的心意，我可以帮你问出来。你现在钟情于谁？"

"自然是灵儿。"

"如果江灵死了呢？"

"没有这个可能。"我有些愠怒。

"你是不敢回答？"木仙毫不畏惧，道，"我替你说，如果江灵死了，你会伤心难过，但是要不了多久，就会有别的女人乘虚而入，这个女人有很大可能会是阿秀。但是再一个如果，如果阿秀也死了呢？下一个填补的人会不会是我？或者是邵如昕？"

"你……"

听到木仙不但假定江灵已死，还假定木秀也死，我实在是感觉又好气又好笑。

"怎样？你敢不敢回答？"木仙直勾勾地盯着我看，道，"你敢不敢把内心真正的欲念说出来？"

"那有什么不敢说的！"我有些不悦，道，"你就是想问我对你到底有没有非分之想。好，现在告诉你，等江灵和阿秀都死了，你再来排队吧！"

"你希望我死？"

我刚说完那一句话，背后忽然传来一道悲伤而熟悉的声音。

我吓了一跳，扭头看时，只见一袭青色长裙裹着一抹清秀脱俗的倩影，正哀怨地盯着我。

这熟悉的声音和熟悉的身量以及那熟悉的眼神和熟悉的容颜，不是阿秀是谁？

"你也在这里？"我一时有些头大。

"你希望我死？"阿秀再次幽幽地问了一句。

阿秀的心结是她太过于执着，明知事不可为而为之；明知前途是死路，也义无反顾走下去，此性不改，必误终生。

我道："刚才只是顺着你姐姐的话，一时嗔怒，口不择言。我怎么会希望你死？"

"只要你快乐，我宁愿自己受苦。你只要偶尔能看我一眼，或者，对我不管不顾也行，只要你心里有我的一席之地，我也没什么可说的。"阿秀郁郁道，"你知道我不会逼迫你做什么，不会让你为难。可是我想知道，如果江灵不在了，我是否会有希望？"

"唉！"我烦躁道，"你们这都是怎么了？没有人告诉我这是什么地方而只是问我一些无聊的问题？"

"你说我无聊？"阿秀呆呆地看着我，眼圈忽然就湿润了。

"我……"我也怔住了。

"我什么也不要你做，只问你一个答案而已，是不是我快死了，你也不愿意让我瞑目？”阿秀的眼泪断线珠子似的往下淌。

“好吧……”我无可奈何道，“有希望。”

“真的？”

“嗯。”

阿秀的眼睛一下子亮了起来，我刚松了一口气，就又听见身后传来一道冰冷的声音：“元方哥，你为什么要骗我？”

我急忙扭头去看，只见木仙身旁又多了个俏生生的身影，杏眼柳眉，轮廓分明，右胁有剑，左手念珠，正是江灵！

“我没有骗你啊。”我快步走过去，想要拉江灵的手，口中问道，“你也在这里啊，太好了，是不是你们把我弄到这里了？这里究竟是什么地方？之前我神志有些不太清楚，想不起来……”

我话没有说完，就见江灵往后退了一步，她并不愿意我碰到她，只是冷冷道：“你刚才说木秀有希望，那就是你心中还有她，可你又跟我说过，你心中只有我一个！你为什么要骗我？”

“我！”

这一刻，我只觉大脑昏沉，胸闷气短，一股邪火在体内乱窜，无处发泄。

看着江灵冷如冰霜的神情，再看看木仙在一旁似笑非笑，我真想大喊一声：“你们我谁都不要！”

“这么热闹？陈元方艳福不浅，不如都收下吧。”

我正狂乱，却听脑后又是一声冷嘲热讽，回头看时，只见阿秀身边也多了一人，眉目冷艳，唇齿清寒，三千青丝过腰身，一抹傲气贯百骸，不是邵如昕是谁？

“还有谁在这里，都给我出来！”我愣了片刻，然后一声大吼便喊了出来。

“元方，你喜欢木仙？”我的话音刚落，表哥梦白的声音立时传来，“你有了江灵，还有阿秀，怎么还这么心存不足？”

“岂止是色心不足？权欲也旺盛无比，陈家村一族之长不在其眼中，天下神相令共主也难填其心。你活着，我始终无法安然。”绝无情也出现了。

绝无情的身后，浑天成笑吟吟地站出来，道："陈队长说得不错，此人实乃你我平生第一劲敌！眼中钉、肉中刺，不除不快啊。"

除了这两人之外，并无五大队、九大队的其他人等出现。

"你们？"我冷笑两声，道，"就凭你们这两个手下败将，也要除掉我？螳臂当车，不自量力！还有，绝无情，你真是长了一张狗脸，说变就变，你还要不要我帮你破案了？"

"帮他破案？是要把我找出来吗？"

突然之间，一道声音轻飘飘传来，又柔又媚，简直说不出的动听和舒服。

木仙的声音已经到了媚入人之骨髓的地步，可是跟这个声音一比，简直可以算得上是难听！

邵如昕的声音淡定高傲又略带些冷漠，可是跟这个声音一比，竟也显得寻常无比。

这世上，山术、医术、命术、相术、卜术、古武术、御灵术、傀儡术都可以将人击败，这毫无疑问。但是，就刚才那一道声音来说，它竟然也可以直击人的内心，瞬间让人变得毫无攻击性。

因为这声音太过魅惑，不但是男人，恐怕连女人也无法抵挡。

我只听了一句话，就感觉浑身的骨头似乎变得只有四两重。

这是一种本能的反应，无关其他。

我迫切地想要知道，这声音究竟是谁发出来的。

当我回过头去看的时候，只见一道绝妙的玲珑躯体就站在不远处。

这一眼看去，我只觉得这身体无论何处都妙到了极处。

不可再高一点，不可再低一点，不可再肥一点，不可再瘦一点。

这身体，似乎已经是女人所能成就的最美状态。

只是她的脸，影影绰绰，无法看清。

但即便是无法看清，我也知道，她的面容一定也是美到了极致！

有些人，就是会让你有这种感觉。

一看就知道是智者，一看就知道是仁人，一看就知道是义士，一见就知道是顶天立地的盖世英雄，一见就知道是倾国倾城的绝世佳人。

"你是谁？"我问了一声。

"我就是你一直要找的人，血玲珑。"那声音依旧媚得让人窒息。

我不但有些窒息，还惊诧，只是，想象中的怒气却没有出现，就好像我知道她即便是我的死敌血玲珑，我也不会对她有所仇恨。

"你就是陈元方？麻衣陈家的后人？陈天默的曾孙子？"

血玲珑也不知道是在笑，还是没有笑，只听她款款说道："那些年华正盛的女人都死在了我的手里。你们陈家的《神相天书》，我也知道在哪儿。怎样，你要不要对付我？"

理智在提醒我，这个女人已经一百多岁了，我深深吸了一口气，道："当然。你穷凶极恶，恶贯满盈，如果不自行了断，我就只好对你施以辣手了。天书，本就是我陈家的东西，我志在必得！"

"好！说得好！"一道暗哑的嗓音骤然传来，我回头一看，只见晦极那高大的身影缓缓出现，道，"陈元方，我到底还是没有看错你。天书，你必须要拿到手！"

"你究竟是谁？"我道，"你让我拿到天书究竟对你有什么好处？"

晦极一笑，道："等你拿到天书之后，答案不就揭晓了吗。"

"咳咳，就凭他的本事，他能拿到天书吗？"陈汉礼的面孔突然出现，眼中不屑的光芒钉子般扎着我。

"老七，说话不要太难听！"陈汉名也来了，只是面孔阴晴不定，也看不出什么神情。

"你们都在这里？"

"对呀，我们都在这里！"也不知道是谁应了一声，我突然有些清醒。

这似乎不是真实的世界？

这到底是什么地方？

"对呀，这是什么地方？"又是一道奇怪的声音传来。

我环顾四周，只见所有的人一个个都奇怪地站着，奇怪地看着我。但是每个人又都像石雕木塑一般，一动不动，看上去诡异而可怕。

除了他们，似乎还有许许多多的人影缓缓出现在这里，只是影影绰绰，若不分辨，很难看清。

"陈元方，你到底在想什么？"

"你到底在想什么？"

"你想什么？"

"……"

许许多多的声音一起响了起来，我猛然间觉得有些天旋地转，隐隐觉得此情此景实在是匪夷所思。再一想，手中还握有轩辕八宝鉴，我便拿起宝鉴去看，这一看，竟赫然发现自己脸上青、红、白、黑、黄五色充盈，一张面孔竟扭曲得不成人样！

"啊！"

我失声而呼，仓皇四顾。

所有的人都不见了。

空茫茫的一片天地重现出现在眼前。

我惊愕无语。

这到底是怎么了？

"是你，取了通灵宝珠？"

一道声音忽然响起，出现在这辽阔而空旷的天地里，惊得我猛一哆嗦。

这声音是陌生的，我分辨不出是谁的。

"是何方高人？"

我朗声问道，环顾四周，这次却什么人都没有发现，连个鬼影都没有。

"我与你近在咫尺，你却只闻我声，不能见我人。只因我本已无生，在这镜中，只做一道镜灵罢了。"

"镜灵？"我惊愕道，"你是说，你是这宝鉴的灵魂？"

"你可以这般认为。"那声音道，"或者，你也可以换另一种叫法，我与你其实是本家。"

"本家？"我更加惊愕道，"你是我的哪个本家？你是谁？"

"你应该记得我。"那声音道，"轩辕岭下深地宫，万年不变尸鬼宗。我活着的时候，道号万年。"

"你是陈万年！"

"是我。"

"明末陈家的旁支，不世出的术界奇才，陈万年？"

"不敢当。"

我惊得无话可说了。

陈万年怎么会在轩辕八宝鉴中？

我呆了片刻，然后迟疑道："你是残存的魂念？"

那声音道："若更准确说的话，我只是一道残存的灵力。"

我诧异道："灵力？"

"对，是灵力。"陈万年道，"若是魂念，你便能见到我的影像，若是灵力，你只能感受到我的存在。"

我又呆了片刻，懵懵懂懂道："那这个地方是？"

陈万年道："这地方没有名字，如果非要有个称谓的话，你可以称其为灵界。"

"灵界？"我沉吟道，"那现在的我是什么？是人？是魂？还是灵？我又是怎么到这个地方来的？"

陈万年道："你将我唤醒，我便将你唤来。现在的你，亦真亦幻，你可以当作是人，也可以看作是魂，自然也可以当成是一枕黄粱梦。"

我沉默了片刻，然后摇了摇头，道："你的话，我有些不太明白。"

陈万年道："那我就先告诉你，我是怎么到这镜中的吧。"

"好。"

"我是陈家的后人，义山公的后人，虽然不是嫡系，不是长门，但是却也继承了义山公的天赋。我对玄门五术有天生的领悟，虽然没有《义山公录》，但是凭借自己对术界各门各派的参悟，我终究还是成就了一身出类拔萃的道行。

"数百年前，我苦苦寻求长生之道，却无法可解。陈万年本是虚妄之称，这天地之间，有谁能活得过万年？当然，或许真的有，只是我不知道罢了。

"我找到了通灵宝珠，传说中，有人称它是陈抟老祖的内丹所化，也有人说它是义山公的内丹所化。我想，如果传说是真的，那宝珠之中定然会有无上的法力，凭借它，或许我可以实现自己的愿望。但是，悟道的时间实在是太漫长了，我在轩辕岭地宫中待了一个甲子，直到老死，也没有悟出真正的长生之道。

"可是我要死了，我不怕死，我只是怕我死后，我的一切都永远消失，那我为什么要来到这个世上？我又怎么证明我曾经来到过这个世上？所以，我想我要以另一种方式存在。

"轩辕八宝鉴是上古宝器，是我派门下弟子耗费五十年的时间在轩辕岭找到的，所以，我才把我的地宫建在了那里。这宝鉴本身具有灵力，我参悟一生，与之心意相通，便把自己毕生的念想化进毕生的道行中，寄存在镜中。所以，我不是魂魄，只是灵力。

"至于通灵宝珠，我将其藏在了地宫的长明灯中，并在那里布下了一个绝妙的术局。人若在灯下待上个一时三刻，必生幻觉！再加上地宫中我精心设计的各种机关，我相信几乎没人能从地宫之中找得到通灵宝珠。

"但是，我相信只是我相信，天道却不是如此。几乎的意思，便并非肯定。不以本心之论，我知道，终究会有一天，通灵宝珠会被他人所得。这个人，将会把我从沉寂之中唤醒。

"现在看来，这个人就是你了。所以，你一定取走了通灵宝珠。"

我摇了摇头，道："我还是不太懂，轩辕岭地宫之中确实有各种机关，长明灯下也有幻术迷局，但是我却没有取走通灵宝珠。"

"你取走了，就在你身上。"

"哪里？"

"额上天庭，此时已化作天眼。"

闻听此话，我心头一震，继而是莫名的狂喜，额上天庭出现的那似目非目的异变，竟然真的是天眼？

可是怎么会开目开得如此容易？

太爷爷、爷爷以及列祖列宗曾经为了寻求天眼的开启之法，费尽千辛万苦，到头来，仍然是无法可解，我却误打误撞，机缘巧合之下给开启了？

实在是难以置信！

我忍不住问道："真的是天眼？"

陈万年道："假的。"

我一愣，道："假的？"

陈万年又道："真的。"

我不禁又是一愣，继而微微发怒道："究竟是真的，还是假的？你如果知道就说，不知道就不用说，何必戏弄我？"

"真真假假，假假真真，这是宝鉴，一切都是镜花水月、一枕黄粱。但黄粱也即人生，人生不过一梦。就似这镜中的你是真的，这镜外的你也是真的，但这镜中的你是假的，镜外的你也是假的。你到底是真还是假？"

我先是茫然，随即醒悟：此时的我知道自己是真的，那么宝鉴之外、灵界之外的我便是假的了；可是宝鉴之外、灵界之外的我来看，镜中的我又是假的了。

真真假假，假假真真，真就是假，假就是真，是真是假，无非一心。

心中所想是真，那就是真，心中所想是假，那就是假。

但真与假又只不过是两个不同的称谓罢了，分不清固然没有关系，分得清也没有什么太大意义。

但，人心存执念，却必须要分个清楚，要辨出个真假。

"你悟了。"

陈万年悠悠说道："现在还要问是真是假吗？"

我点点头，道："当然要问。"

"好。"陈万年道，"以此看来，你是真悟。逃脱牢笼，又复归牢笼，不是不愿意出去，而是愿意进来。只是这答案不该由我来说，我且问你，你说是真还是假？"

我沉默了许久，然后道："假的。"

说完这两个字，我又沉吟片刻，摇摇头，道："是真的。"

陈万年笑道："你看，连你都如此言说，究竟是真还是假，你分得清吗？又何必要分清？就好比这些人，你说真，便是真，你说假便是假！"

陈万年话音刚落，突然之间，这灵界之中就出现了一大片人影！

刚才还空荡荡的天地，此时此刻，猛然变得充盈起来。

老爸、老妈、老妹、老舅、表哥、奶奶、二叔、元成、元化、麻衣五老、十大高手、江灵、阿秀、木仙、邵如昕、望月、彩霞、绝无情、浑天成、青冢生、梅双清、晦极、血玲珑……以及神相令下十八家门派之族长、掌门，统统都在其中。

只是这些人，全都呆呆地站着，一动不动，木雕石塑一般，看上去像是真的人，又像是假的人。

陈万年道："这些人当然全都是假的，也全都是真的。他们能在这里，只因你心中有所念想。宝鉴可洞察你心，可照见你人生。在这片天地里，你可随心随欲。"

我道："随心所欲，是什么意思？"

"随心所欲就是想干什么就干什么！"

陈万年道："这里的所有人，你心中所能想见的所有人，你对他们都可以想干什么就干什么！这里的女人，你想要几个，就能要几个；这里的仇人，你想杀几个，就杀几个；这里的亲人，你想保几个，就保几个；这里身份诡秘的人，你想看就能看，想问就能问。这便是随心所欲。"

这话说得我怦然心动，所谓的女人想要几个就要几个，我并不敢多想。但是仇人想杀几个就杀几个，亲人想保几个就保几个，身份诡秘的人，想看就看，想问就问，这确实对我有莫大的吸引力。

我的仇人谈不上多，但是绝无情、浑天成绝对算是，因为我是他们的眼中钉、肉中刺，他们不除不快。

血玲珑自然也是我的仇人，从最初的何九叔到血金乌之宫九大长老频繁出动，数次差点置我于死地，置陈家村于万劫不复之地，血玲珑欲得天书，必定要除掉我。

身份诡秘的人也谈不上多，但是晦极绝对是最让我寝食难安的人，他究竟是谁，我前前后后疑惑了将近两年，可还是一直没有机会窥破他的身份。

陈汉名此时也算一个，他究竟做了什么事情，才让陈汉礼暗中提醒我要小心于他？

陈万年道："这里虽是镜中，但镜中就是人生。你在这里杀了谁，出了宝鉴，你仍旧能杀谁；你在这里护了谁，出了宝鉴，你仍旧能护谁；你在这里看穿了谁，出了宝鉴，你仍旧能看穿谁。你信否？"

"我相信。"我深深吸了一口气，我已经知道这轩辕八宝鉴真正的可怕之处。

不愧是轩辕黄帝铸造出的上古法器，灵力之强，混淆虚实真假，颠倒乾坤，凭空造化，着实是匪夷所思，可畏至极！

宝鉴的灵力就仿佛是一道天意的诅咒，凭借宝鉴的灵力，在镜中灵界所做的任何事情，现实人生中都可以一一照应。

我若是在这里杀了绝无情、浑天成，那么在现实人生中，他们的结局也一定是被我所杀。

如果在这里，我拆穿了晦极的面具，那么我看到的他的真实面孔，在现实人生中，也一定如是！

这绝对是莫大的诱惑。

陈万年道："如何，要动手吗？"

我深深吸了一口气，几乎抑制不住自己要激动起来。但是我心中还是强行压制自己的冲动，要沉得住，要沉得住，要想一想，再想一想。

"你为什么要帮我？"过了片刻，我问道，"万年先生，这么做，对你有什么好处？"

一阵沉默。

片刻之后，陈万年道："后生可畏。这时候，你还能问出这话来。怪不得会是你，能拿得到通灵宝珠，能进得到灵界中来。"

"那你就先告诉我为何。"

不信直中直，须防仁不仁。

我生性多疑，经历越多，便越是多疑。

没有无缘无故的好处，也没有无缘无故的坏事，一切都要有个缘由。

我对陈万年好像没有做什么好事，还拿走了他的通灵宝珠，那么他为什么要告诉我这宝鉴的灵力？要启发我悟出这宝鉴的妙用？要让我在这里随心所欲？

陈万年道："是报答。没有你，我便无法在这里被重新唤醒。"

我道："这个你之前已经说过，但是我不明白，为什么是我把你唤醒了？我又是如何把你唤醒了？"

"我是一道沉寂的灵力，沉寂此中已近四百年。"

陈万年道："因为沉寂才是永恒的唯一途径，但是我仍想醒来，跟所有沉寂的人和物一样，恒久的沉寂只是为了片刻的苏醒。我的苏醒需要更强大的灵力激发，也就是强大的灵力注入轩辕八宝鉴中，这需要注入的灵力就是三魂之力和混元之气。而且，注入之时尚有限制，必在夜里子时。你现在懂了吧？是你将我从沉寂之中唤醒，所以我要帮你做一些事情，更何况，我们本是同宗。"

"我似乎有些明白了。"

误打误撞，我在夜里子时，用三魂之力注入宝鉴，结果引起了宝鉴的激烈反应；为了自救，我又将混元之气注入其中，结果便唤醒了陈万年沉寂在这里的灵力，并将我带入了镜中的灵界。然后便有了后来的亦真亦幻之人之景。

因为被我唤醒，所以要为我做一些事情，这理由似乎也并无不妥，可以接受。

但是，我想了想，又问道："将你唤醒，对你来说，有什么好处？"

"好处就是我又可以看，又可以听，又可以想了。"陈万年道，"我将以这种形式，永恒地存在于镜中，做一道不生不灭的境灵。我毕生追求的愿望实现了！"

"可以看、可以听、可以想？就这些？"

"就这些。这些足以证明你的存在。我所畏惧的死，就是不能再看，不能再听，不能再想！若干年后，你也一定如此。"

"哦，我明白了。"我点了点头，道，"这么说来，我确实对你有莫大的恩惠，我简直就是你的再生父母。"

"虽然听上去别扭，但是事实确然。"

"嗯。"

"那要动手吗？"

"不动。"

"嗯？"

"不动。"

陈万年诧异道："为什么？"

我笑了："因为这事情对我来说太妙了，简直是天大的好事。"

"因为是天大的好事，所以不做？"

"对。"

"这是什么逻辑？"

"我的逻辑。"

"我不懂。"

"因为你不是我。"我道，"我的感觉就是不动。"

"绝妙的好事你居然不做，我要报答你，你居然不受？我刚才还以为你聪明绝顶，现在看来，你简直就是天下最大的愚者！"

我笑道："若是如你所说的那样随心所欲，那我一定就是个傻瓜。"

"真的不动？"

"真的不动。"

"那你想做什么？"

"让我出去，离开这个灵界。"

沉默。

沉默了许久。

"哈哈哈……"陈万年大笑起来，笑得让我也感觉可笑。

"陈元方，陈元方！好一个陈元方啊！"

　　陈万年的笑声四处回荡，显得古怪又邪魅，周围所有的人影人像在这一瞬间突然全都消失，这片特殊的天地重新变得空荡无物。

　　但是我的心却安定下来，踏实下来。

　　我也笑了。

　　陈万年道："你是如何觉察出的？我似乎并无什么破绽，而且我的话也全都是真的。"

　　我摇了摇头，道："至少有一句话是假的。"

　　陈万年道："哪一句？"

　　我道："你让我对那些人动手，并非只是为了报答我将你从沉寂之中唤醒。"

　　陈万年道："那我只能再问一次，你是如何觉察出来的？"

　　"我读书多。"

　　"嗯。"

　　"尤其喜欢读书。"

　　"嗯。"

　　"知道刘备吗？"

　　"当然，汉昭烈大帝，先主刘备，我怎么会不知道？"

　　"知道徐庶吗？"

　　"徐庶徐元直，也是许昌禹都人士，与我们尚有同乡之谊，卧龙诸葛亮平生挚友，汉末三国之真义士、真谋士。我也知道。"

　　"知道徐庶和刘备是什么关系吗？"

　　"徐庶是刘备寄身新野时之军师谋士，先于诸葛亮辅佐刘备。"

　　"知道徐庶和刘备是怎么认识的吗？"

　　"你究竟要说什么？"

　　我笑了笑道："诸葛亮和徐庶是挚友，又有同窗情分。两人曾共同以弟子礼侍奉水镜先生司马徽，司马徽也是我禹都人士，汉末贤明传遍天下。刘备曾拜访司马徽，当时还不认识徐庶、诸葛亮，从司马徽家中离开之时，路遇一豪杰卧于石上仰天高歌，仪表不俗，相貌出众，刘备见而称奇，便与此人共语，一席话了，惊为天人，便力邀此人充任自己的首席谋士，第一军师。

"此人自称姓名是单福，也接受了刘备的邀请。他看了看刘备的马，说这匹马名为'的卢'，是天下奇马，有一利也有一弊，利是救主，弊是妨主。救主就是能救它主人一命，妨主是能害它主人一命。而且的卢先前已经救过刘备一次，所以接下来就要妨主了。

"刘备深信不疑，却又念及的卢曾经救过自己性命的恩情，不愿意舍弃，便问单福，可有破解马妨主人的方法。单福说，有。刘备问，如何解除？单福问，您可有仇人或者可有讨厌的人？刘备说，有。单福说，这就好办了，把的卢马赠予您所讨厌的人或者仇恨的人，等这人被的卢妨害过后，再把马收回来，自己骑就没事了。

"刘备听了这话之后，勃然大怒，拂袖便走。单福想要跟随，却被刘备拒绝，单福问刘备何故变卦。刘备说，我请先生来为我出谋划策，以安定天下、解救苍生，却没想到先生给我出的第一条计谋就是教我如何害人保己！您这样的人，岂是贤人？您这样的人，岂能辅佐我平定天下？我不敢用你了，你另谋高就吧！

"此人听见这话，纵声大笑，说人人都称刘玄德是仁义刘使君，我并不全信，今日一试，果然如此！单福是在下的假姓假名，在下姓徐，名庶，字元直。今后愿意诚心诚意、竭尽全力辅佐刘将军。

"这就是徐庶和刘备结识的过程，你可明白我的意思？"

陈万年沉默了片刻，道："我似乎明白了。"

我道："我不敢跟刘备相提并论，但是我的想法和他是一样的，如果是好人，怎么一上来就先教我如何害人？若念及同宗之情谊，你是我的前辈，我是你的晚辈，哪有一个前辈上来就教唆晚辈如何害人以谋一己之私呢？"

"所以你才疑忌我，你才不听我的话。"

"正是。"

"见贤思齐，善莫大焉。"陈万年叹道，"我还是小觑你了。"

"很多人都在小看我，所以我更加不能让人小看。"

"只是我先前所说并不是虚言妄语，你如果在这里杀人，出了宝鉴，那人仍旧会被你所杀，而不能杀你。若是你在此处获悉某人机密，出了宝鉴，那人之机密仍然会为你所知。"

我点头道："我深信不疑。但是我却不愿意做此投机取巧之事。就好比那的卢马，能救人也能害人，有一得必有一失，我在此中得此好处，难保不会在彼处得彼祸端，因果循环，报应不爽，此乃天道。正所谓一饮一啄，莫非前定？您是行家，怎会不知？"

"好！说得好！"陈万年道，"真是好一个'在此中得此好处，在彼处得彼祸端'！你一语道破天机，若刚才你真在这里动了什么手脚，固然能得些好处，但是不用出这宝鉴，便就有彼处祸事等着你！"

我道："这祸事对你来说，一定是好事吧。否则，你也不会极力撺掇我去做了。"

"自然于我有好处。"陈万年道，"如果你动了手，那么你便永远不能出此灵界、出此宝鉴了。"

"什么？"饶是知道会有祸事报应，但听闻此言，我还是吃了一惊。

陈万年笑道："既然被你识破，现在便都对你说了吧。你如果刚才杀人害人，宝鉴便会将你留下，至于宝鉴之外你的真身，自有他灵替代，那灵便是我。你进来，我醒来，你留下，我出去，你成境灵，我成你。"

"原来如此。"我喃喃地说了一句，刹那间已经遍体生寒。

幸好自己刚才虽然心中万般渴望要动手，却没有真的动手。

多疑、小心、谨慎救了我一命！

陈万年又道："你也不用恨我，如果你心术不正，便应得此报；如果你心思纯正，也并无祸事。"

"虽然言辞堂皇，但是其心可诛！"我冷笑道，"不过你的强词夺理也可听一二。我不恼恨你，只可怜你，虽然能存在万年，可惜只能存在这镜中了，若是有朝一日，谁把这镜子给毁了，恐怕你也就不在了。"

"唉……"

陈万年长长地叹息了一声，道："人生如梦幻泡影，如露亦如电，一切有为法，当作如是观啊……我静寂些时，你也走吧，当然也愿你随时再来，陪我说说话，打发打发这孤寂。"

我沉默了片刻，道："我怎么走？"

陈万年道："时辰到了，你便自行离开，镜中一昼夜，镜外一时辰。你子时以魂力注入此境，丑时以元气注入此境，寅时灵入此境，在此中又待了三个时辰，镜外当是寅时一刻。待到镜外正卯，你便可出去了。"

我想了想，道："也就是我还要在这里面待上十五个时辰？"

"是。"

十五个时辰，三十个小时，一天一夜还要多出六个钟头！

想到这些，我忍不住倒抽一口冷气，道："难道就没有别的办法出去？非要挨够时间？"

"挨够？"陈万年道，"你居然用这词眼。难道你不想在这里面待？"

"我当然不愿意待在这里，"我道，"要什么没什么，除了无边无际白茫茫的天地，连个鬼影都没有。"

"你真是不知天高地厚！"陈万年道，"多少人梦寐以求要进到此镜中尚不可得，你已经能自由出入，竟然还不知足，还要嫌弃。"

我听得诧异，道："进这里面除了能见到些自己心中所想虚幻的东西，还能有什么好处？谁会梦寐以求进到这里来？"

"时间差就是最大的好处！"陈万年道，"这里的时辰与镜外的时辰并不一致，而人的寿命终归有限，道行之修行却永无止境。人的皮囊肉体终归要腐朽成土，而灵魂却永远存在。你在这里修行一天一夜，镜外只不过一个时辰；你在这里修行一年，镜外只不过一月；你在这里修行一个甲子，镜外只不过五年。人生能有几个甲子让你修炼？你居然还不知足！"

我瞬间醒悟过来，我的肉体在镜外，我的灵魂在镜中，对时间的感知在于魂魄，而被时间消磨的却只是肉体。

我在镜中修行度日，肉体却耗损极其缓慢，他人需要耗费十二分的岁月磋磨所能达到的效果，我只需进入宝鉴，肉体耗费一分即可。

这真是莫大的恩赐！

我当然不能不知足。

陈万年又道："这里的另一好处是，灵力补给。灵魂永远不会对饮水食物有所需求，而只会需求维系其清明的力量源泉。而这灵界之中，最不乏的就是这些。你不会疲惫，永远不会疲惫。只会孤独而已。所以，我被你唤醒，也是个苦事。"

我道："多谢指点。不过晚辈还要请教一事，我的天眼，究竟是开了，还是没有？"

"在镜中你已经有了天眼，那么，到了镜外，你也必定会有天眼。"陈万年道，"只不过，镜中之事，与镜外之事，在时间上，或许不会那么精准到完全一致而已。"

我略有些失望地点了点头。

开启天眼本来就是我昼思夜想之事，所以进了灵界，便会出现天眼，这跟老爸、老妈、奶奶、江灵、阿秀、晦极、血玲珑等人影像出现的原因一样，都是心中有所念想罢了。

我正在沮丧，陈万年忽然道："有了通灵宝珠，又能进入此镜，若是勤加修行，难道还怕开不了天眼？"

我精神一振，道："前辈莫非知道如何开启天眼？"

陈万年道："我尚在世的时候，也曾动过寻找天书的念头。世上皆传，欲得天书，先开天眼，欲开天眼，必先通灵。通灵无常，先启四目，四目俱全，通灵天眼。

"也就是说天书非天眼不能观，天眼又非通灵而不可得。所谓通灵即化通灵宝珠为己用，但是通灵宝珠的效用无常不定，必须先取四目方可奏效。四目也就是麻衣相法中所提及的除天眼之外的其余四大目法——夜眼、慧眼、法眼、灵眼。先开启了这四大目法，然后结合通灵宝珠的效力，勤加修持，才能开启天眼。

"我以半生精力，先寻到了通灵宝珠，然后寻求开启四大目法，夜眼最易修炼成功，但是慧眼、法眼、灵眼都是异常难练，我得知轩辕八宝鉴对修炼目法有大用途，便逐日参研琢磨，但是我穷究一人毕生之力，终于还是功亏一篑。所以，天眼，我并没有练成。

"只是我看现在的你，四大目法一应俱全，又能进入这灵界，修炼的时间是足够了，通灵宝珠又为你所得，条件也足够了，接下来就看你的悟性还有天意。你天资是有的，也足够睿智，我想悟性必定不会太差，若是再有天意属你，稍加时日，必能功成。届时，天书究竟是何等模样，你只需让我略略观摩，我也不算白白为你作嫁衣了。"

我沉默了片刻，道："这宝鉴确实对修炼目法有大作用，我的灵眼便是受到了宝鉴的激发才炼成的。之前持有宝鉴的人也不是我，而是一个叫太虚子的邪道，他通过宝鉴练成了莹目之术。据说，和灵眼只有一步之遥，只可惜他耐不住寂寞，重出山林，下了红尘，终究是没落得个好报。"

"太虚小道虽然修的是邪道，但也算是一代人雄。"陈万年道，"他不但练成了

115

莹目之术，还练就了镜花水月。"

我诧异道："你知道太虚子？"

"历来持有轩辕宝鉴的人，我都知道。"陈万年道，"我之前虽然一直沉寂，但是并非死寂，而是想要苏醒却有心无力。也算不清是多少年前了，太虚小道似乎是遭受了什么人的重创，道行功力并不高深，与我门下尸鬼宗的宗主相差无几。但此人精于卜术，最能算计，以一己之力，竟从轩辕岭中悄然将宝鉴盗走，然后躲进穷山恶水老林之地，食野果，饮露水，以树为巢，以叶为衣，苦苦钻研宝鉴。

"此人虽是邪道，但是天资实在聪慧，他竟也窥破了宝鉴的灵界之秘。以魂力和元气注入此中，可致神游天外，不但补足了损失的道行，还练就了莹目之术和镜花水月。只是他的魂力不如你圆满，元气不如你精纯，无法使我苏醒，他进入此界也不能长久，又因修邪道者最易心浮气躁，注定不能大成，所以才携镜下山。

"至于你，也就是因为破了他布下的镜花水月，所以才得了这宝鉴。我都知道。"

"嗯。"我点了点头，道，"你果然都知道。那你就真不知道天眼是如何修炼的？"

"精诚所至，金石为开。"陈万年道："我说了你时间和条件都已足够，接下来只是悟性和天意。人有千万，千人千面，万人万心，各个修行之途相异，无非是因地制宜、因材而变罢了。我知道的不一定适合你，你想出来的也未必能得我首肯。再者，我就算知道具体的修炼途径，告诉与你，就凭你的猜疑心性，你敢练吗？"

"不敢。"

"诚哉斯言。"陈万年道，"还有什么话要问的吗？"

"没了。"

"自行琢磨吧。"

"多谢。"

天地沉寂了。

我没有看到陈万年的身影，从头到尾只是听到他的声音，现在声音没有了，就像他的人已经走了，但是我却不敢确定。

谁知道这是不是他的一个局，或许他有影像，只是不敢现身出来，现在的他，就在暗中偷偷窥视我。

我不知道他究竟有什么目的，或者根本就没有目的，一切都只是我的瞎胡猜测。但是，人心难测，不可不防。

一切，还是小心为妙。

这片所谓灵界的天地，其实就是陈万年的私人领土，如果我待会儿真能按时出去，我以后绝不会轻易再进来。

不过，现在，还是如陈万年所说，安安静静地修行吧。

此处环境也真是无可挑剔，没有一丝一毫的杂音乱耳，没有一缕一抹的异色乱目，没有一星一点的臭味乱鼻，空气异常温润。久而久之，不但不觉疲乏，反而神清气爽。

我的心绪也和躺在床上时完全不同，焦躁不安、纷纭复杂的意念完全消失，此时此刻，心地澄明，足可修持。

既然不知道天眼的修炼之法，那就还修行六相全功之中的练气之术吧。

气，万功万法之宗。

固本培元，总归不会有坏处。

对于天眼，就按照陈万年所说的那句话"精诚所至，金石为开"，我一心念它，条件、时间全都具备，悟性也向来不差，至于天意，无非就是运气、机缘而已。

运气这东西，向来都是决定人物成败最关键的因素之一，或者还可以把"之一"给去掉，就是最关键的因素。

运气好就是好命，运气不好就是衰命，自古如此。

项羽对刘邦，百战九十九胜，输了一次就自刎江东，临死前大叫："此天亡我也，非战之罪！"

有人喝水能噎死，有人走路能拾遗，运气这东西，实在是莫可名状，玄之又玄。

我自忖爷爷以命寿为代价给我换回的运气向来也不差。且吉人自有天相，相逐心生，我既不为恶，霉运也不追我。有朝一日，天眼定能开启！

练气，也不知道过了多长时间，先前注入镜中的三魂之力和混元之气全都恢复，重归饱满之境。

几乎是在物我两忘之际，突然心有所感，修行竟自行中断。我正自愕然，忽觉一阵头晕目眩，仿佛水面纹路纵横，恍恍惚惚，白茫茫的灵界渐渐消失……

"记得再来……"

陈万年的声音仿佛是从很远的地方缓缓传来，亦真亦幻。

待到我知觉重新恢复如常，睁眼逡巡四顾的时候，只见卧室还是卧室、宝鉴还是宝鉴，我在床上，宝鉴在我手上。

一切都没有变化，就像什么都没有发生过一样，床上连点挣扎的痕迹都没有。

隔壁是御风台，门外传来老黑阵阵呼吸声，窗外天色蒙亮，凉风透来，看看时间，不早不晚，正是正卯时刻，也就是清晨六点钟。

"呼！"

我长出了一口气，神色复杂地看了看手里的宝鉴，一颗心落回腔子，我终于还是出来了，陈万年没有说谎。

我应该算是一夜没有睡觉了，但是此时此刻却感觉不到丝毫的困顿，反而精神抖擞。

我盯着宝鉴，自忖在镜中灵界的修炼待到出了宝鉴，果然还是效用一致。

唯一不能确定的是，镜中所谓的那个陈万年，对我究竟是好心还是歹意。

如果青冢生或者太爷爷在就好了，他们对轩辕八宝鉴的了解肯定要多一些，有他们在，应该会给我些有用的意见。

现在，倒不知道该问谁了。

奶奶、曾舅爷对宝鉴的了解似乎还没有我多……

既然如此，那就从长计议，适合的时候，我再进一次宝鉴。对于陈万年，我虽然心有芥蒂，但是却也不惧，毕竟如果他能害我，这一次就可以了，似乎不必等到后来。

不过，我仔细照了照镜子，额上天庭部位一点痕迹都没有，平整光滑，连条皱纹都没出现，更不用说有裂缝了。

天眼，自然是没有开启。

只是，经过这一夜死里逃生的奇遇，再加上现在精神饱满，我半点睡意都没有了。

我穿好衣服，开了屋门，老黑被我惊醒，疑惑地看了我一眼，也没吭声。

我走上房顶，远远望着流经陈家村的沉沉黑水，望着一马平川的广袤土地，望着鳞次栉比的千家万户，心中五味杂陈，一时竟也不知道到底是什么感觉。

这是我的家，也是我的领地，我掌管这里的一切，我也保护着这里的一切。

只是，潜意识里，我总感觉，有一天，会有人来，想要彻底毁灭它，毁灭这里的平静和安宁。

可我决不允许！

我慢慢攥紧了拳头，任谁都不能伤害它，否则，我绝不留情。

但是，望着望着，我突然又觉得一阵落寞。

前途漫漫，天地辽阔，人生无迹，我踽踽而行，究竟哪里会是我的归宿？

"师父。"

望月和彩霞走到我的身边，轻轻地呼唤了一声，我也轻轻地应了一声。

这一瞬间，有种亲人在旁的感觉，温暖极了。

我不是一个人。

"师父，心静了？"彩霞问道。

"嗯。你们两个，过得两日，跟我一道去洛阳。"

很快，三爷爷陈汉昌便送来了周志成的消息。

这消息便是没有消息。

周志成其人，并无关注度。

也就是说，此人既非术界名门弟子，也非世家之后。

但是他为什么会知道绝无情和浑天成呢？

原因也不复杂，周志成有一个同学，也是学医的，这个同学是某著名世家弟子，在医术方面的造诣颇高，被五大队相中，并已挖走。

这个同学跟周志成关系不错，再加上炫耀心理，便将五大队、九大队的一些事情透露给了周志成。

综上所述，周志成就是一个普普通通的人，或许他就是从他那个同学那里偷师学来了一些三脚猫的术法，然后在老妹面前显摆。

我没有去问三爷爷是如何查到这些消息的，我只要知道结果就行了。

另一件事情，也就是颍水上漂浮的骨灰盒，三爷爷也查出了眉目。

这件事的结果倒是出乎我的意料。

那些骨灰盒里装的全都是骨灰，真真正正的骨灰，没有什么邪门歪道的法器或者蛊惑人心害人身体的东西，这倒是跟我先前猜疑的有所出入。

至于那些骨灰的主人，也就是死者，他们的来处更是出乎我的意料——洛阳龙王湖！

也就是，跟失踪少女的失踪地点在一个大范围内。

更精确一点，是龙王湖附近的吴家沟。

那是一个山村。

拥有近两千居民、五百余户的大山村。

三爷爷说，他们那里不知道发生了什么事情，接二连三有人莫名其妙死亡。也不知道是什么原因，村子自上而下一致对外沉默，选择自己处理这些事情。

对于那些莫名其妙死亡的人，村子里主张火化尸体，然后放入骨灰盒，不写姓名、出处，不入土填埋，而是派人用某种方法携带到百余里之外的嵩山，从颍水发源处丢入。

他们此举的用意是在泯灭这场灾难的源头，但是否有效果，就不得而知了。

三爷爷猜测，吴家沟里一定有术界的人物存在，而且把骨灰盒丢进百余里之外的嵩山颍水源头，让其顺流而下，以消除祸端就是那可能存在的术界人物指点的。

否则，以一般村民的认知，怎么会么做？

当然，这也只是三爷爷的猜测，到底有没有术界人物存在吴家沟，也很快就会有结论，因为三爷爷已经派人深入吴家沟去查探了。

三爷爷还带回来另一个消息，五大队、九大队的人已经全都去了洛阳。

绝无情和浑天成全都是亲自前往。

吴家沟的事情，想必两家也会插手。

报告完这些消息，三爷爷盯着我道："元方，你怎么看？"

"这还有什么可说的。"我道，"不管是失踪案，还是骨灰盒事件，既然源头都在洛阳龙王湖周边，那就一定要去了。"

老爸也一直在一旁静听，听我这么说，便道："你打算什么时候去？"

"事不宜迟，迟则生变。"我道，"今天准备妥当，就可以出发了。"

老爸道："准备带谁去？"

"你肯定是要跟我去的。"我笑了笑道，"望月、彩霞也要去，江灵肯定不甘落后。这些事情，邵如昕、绝无情都棘手难办，咱们也不能掉以轻心，最好是玄门五脉的人都有参与者，这样也不易吃亏。所以我想，曾舅爷、张老爷子还需委屈一下，跟咱们一道了。老舅、梦白、梦玄两位表哥里也出来一位，带灵物策应周全。"

"别的人呢？"老爸道，"不带了？"

"还有谁需要带？"我觉得老爸话里有话。

老爸道："玄门五脉，还差卜术。"

我笑了，道："老爸，你忘了洛阳是谁的地盘？"

"嗯？"老爸一时还没反应过来。

三爷爷已经开口说道："洛阳最大的玄门世家是邵家，内外圣王邵康节之后，卜术独步海内，无人可及。"

"对！"老爸恍然道，"邵家！"

三爷爷道："当年，大哥被世人称作'神算'，其实已经犯了邵家的忌讳，这样称呼也不准确，毕竟大哥不是算，而是相，但世人常常将玄门五脉混作一谈，区分得不那么仔细。就因为如此，邵家跟咱们陈家，多多少少有些不睦。可是如果推究起祖宗渊源来，相术、卜术本来就很难分家，邵氏与咱们陈家其实也出自同根。术界先人已有定论——陈抟老祖以先天图传种放，放传穆修，修传李之才，之才传邵雍。邵雍便是那个百源先生邵康节了，他也是陈抟老祖的弟子呢。"

"邵家似乎不管这些。"我道，"他们应该是想跟咱们比个高低，所以邵如昕当权的五大队时期，一直与陈家不和。好在，后来五大队内讧，绝无情异军突起，暗算了邵如昕，邵如昕这个算无遗策的女人隐隐倒向了咱们这边。你们想，这次，洛阳发生了这么大的事情，邵如昕会置之不理？而且，据我猜测，绝无情一定会借助这次事件，对邵家施加压力！"

三爷爷笑道："元方你的嗅觉倒是敏锐老辣！如你所料，绝无情的五大队已经对邵家施加压力了。"

"哦？"我好奇道，"绝无情准备怎么搞事？"

三爷爷道："绝无情知会邵家，此次发生在洛阳的失踪案，毫无疑问是术界人士所为，但是上边却查不到任何蛛丝马迹，那就说明犯案人员一定具备某些优势，比如占据了天时、地利、人和。而能在洛阳占据这些优势，又是术界门派的还会有谁呢？洛阳翟家一向是奉公守纪，翟锋、翟镝还为五大队出谋出力，差点死而后已，所以翟家肯定不是凶手了。那还会是谁呢？剩下的就是邵家了，邵家要想洗脱嫌疑，必须得出力找到凶手，否则……"

"这个歹毒的绝无情，真是嫁祸的行家好手！"我道，"比之邵如昕，毫不逊色。邵如昕以前这么对人，这次也算是得了现世报。不过，这对我们来说是好事，以邵如昕的本事，肯定料定了绝无情会找自家的事，她岂能袖手旁观？我之所以去洛阳不带卜门之人，就是因为那里有邵家，有邵如昕。试想一下，天下间卜术能比得过邵如昕的高手，还有几个？"

"似乎没有了。"老爸点点头，道，"那就这么定了？"

"这么定了。"

"好，我去通知他们。"

老妹还要回医院，我让她安生待在家里，她死活不听，非要蹚这摊浑水，我也无可奈何，想着她去了或许也有用处，毕竟她也看到了那白影和笑脸。念及此，我也不再勉强。跟我在一起，应该不会出事吧。

老爸通知各人之后，说："张熙岳的身子已经恢复了，只是在闭关的紧要关头，暂时无法出来，要走，还需等两天。

"曾子仲那边在祭练一尊新的山术法器，恰巧也需要两日时间才能成功。

"你老舅那里，他又外出闯荡荒山野岭去了，蒋梦玄跟他一道外出；梦白尚在家中管事，最近似乎有要紧的族中事务处理，无法快速脱身，他说事情一旦了结，马上就出发。"

"嗯。"我点了点头，世上之事本来就是这样，没有谁是时刻准备着给你帮忙的，所以我也理解，道，"不用催他们，让他们先办好了自己的事情再说。"

老爸道："你梦白表哥还让我问你一句话。"

"什么？"

老爸瞥了一眼江灵，江灵装作没看见，老爸只好道："他问你木仙会不会去？"

我赶紧也瞥了一眼江灵，江灵又装作没听见，我只好道："不去，我没告诉她。"

"哦。"老爸走了。

"木仙到底去不去？"江灵忽然扭过头，幽幽地看了我一眼。我吓了一跳，连声道："不去，不去！"

"真的？"

"真的！"

"那咱们在家等她吗？"

"怎么可能！"我道，"我打算兵分两路。"

"兵分两路？"

"张熙岳、曾舅爷、表哥他们都有事情，咱们再等两天怕会误事，不如你我和望月、彩霞带着元媛先去她所在的医院，查查失踪的事情。"我快速地说道，"老爸在家等着张熙岳他们，会合齐了直接去吴家沟，咱们两边一起查，效率更快。你说对不对？"

"嗯，有道理，那咱们今天就走？"

"今天就走！"

族里派出公车，载着我、江灵、老妹、望月、彩霞直奔洛阳。

下午一点，便到了。

先吃了午饭，然后在医院附近订了旅社。

那医院在市郊，吴家沟是山村，两下里相距路程也不近。

食宿的事情都安排妥当之后，我们便决定开始查探。

查探这种事情，没有特别好又特别快的手段，只能耐心地慢慢寻找蛛丝马迹。

我让望月、彩霞负责医院外围，我、江灵、老妹则直奔医院之内。

老妹问我要不要见一见周志成，我想了想，说："不用了，现在没时间，等闲下来再说。"

夜色，应该在不久之后就要降临，我倒想看看，那白影和笑脸究竟还会不会出现。

白天，医院里的人很多，我、江灵、老妹往来穿梭并未引起多少人的注意，只是有几个医生、护士认识老妹，见面的时候打声招呼，说些"你回来了"的话。

医院的病房楼和门诊楼相距不足百米，站在病房楼上可以望见门诊楼的侧面。

老妹说，她是站在六楼上看见的白影和笑脸。我也站在她说的那个位置，朝着门诊楼望了许久，并且用法眼和灵眼都观望过。

可结果是，我并没有什么发现。

医院里对之前的失踪事件没有任何反应，至少在外人看来，医院一如往常，并无异样。

等到吃晚饭的时候，我们和望月、彩霞见了面，两人在医院外围也是什么都没有发现。

江灵来的时候兴致勃勃，现在却有些焦躁，她吃饭很快，吃完之后就皱着眉头道："咱们这么查下去，能查出什么结果？什么时候是个头儿？"

我开玩笑道："白天应该不会有什么结果，没听说过，'月黑风高夜，杀人放火天'吗？作案都是晚上。"

江灵白了我一眼，道，"问题是，案子已经做过了。"

"那也要夜里查。"我道："总会留下什么蛛丝马迹，能不能发现，就看我们的本事了。白天医院里的人实在太多，来来往往，咱们干什么都不方便。有些地方又有人看守，咱们也不能进去。"

江灵嘟囔道："血金乌之宫真是一群孬种！遮遮掩掩的不敢见人，天天跟捉迷藏似的，一点意思都没有……"

望月突然道："师父，我似乎见到邵家的人了。"

"是谁？"

我还没有说话，江灵立即警觉似的问了一句。

彩霞笑道："是个生人脸，我和望月都不认得。中年人，四十多岁的样子，道

123

行不低，一眼就看出我和望月并非普通人，但留意了几眼后，就自顾自离开了，也没跟我们说什么话。应该是知道我们并非犯案之人吧。"

"哦。"我点了点头，道，"毕竟是在邵家的地面上出的事情，再加上绝无情的压力，他们派人出来找很正常。不但是他们，五大队、九大队肯定也有人手混迹在附近，就连其他的术界门派，肯定也有打探消息的，浑水摸鱼的，路见不平的，你们如果见面了想理就理，不想理也无所谓，只是不要起了冲突。敌人毕竟在暗中，见咱们起了冲突，不定怎么笑呢。"

"是，师父。"望月和彩霞都点了点头。

"这个你们拿上吧。"我把神相令拿出来，递给了望月，道，"如果有人跟你们为难，你们就以此令示之。天下术界，连带陈家，一共有十九门都是归这神相令约束，他们见到此令，只会对你们毕恭毕敬，不敢相伤。神相令约束外的门派，见了这令牌，也要给几分面子。"

"谢谢师父。"

望月感激地看了我一眼，伸手接过了令牌。彩霞心思单纯，想不了太多，但是望月可是聪明绝顶的人，一下子就明白了我的意思。

彩霞不是人，是得道的天尸，虽然看上去跟人无异，但是道行高的人肯定能辨别出异样。在这个环境里，有天尸出现一定会引起不明底细者的关注，我给他们神相令就是为了避免不必要的冲突发生。

"好了，可以行动了。"我看了看时间，已经到了夜里八点，天色完全黑了下来，医院里灯火通明，但是热闹程度较之白天，却远远不如。

依旧是望月、彩霞在外，我、江灵、老妹在内。

夜里，门诊楼已经关闭了，急救科室独处另一个高楼，门诊这边基本上空无一人。

我和江灵翻上二楼，顺带着把老妹也拉了上去。

既然白影和笑脸是在这个楼上出现的，那我就一层一层去看，逐个排查，看看这里究竟有没有猫腻。

我们检查得很慢很细，两个小时下来，我们三人只辗转了两个楼层。科室的门虽然是锁着的，但是想要弄开并不困难，我们连厕所也没放过，但还是没什么异样的发现。

没有邪祟的痕迹，没有法术的痕迹，也没有歪门邪道之人。

"谁！"

在我们爬上三楼，刚从楼梯口拐进走廊时，一道黑影一闪而逝，速度快得惊人！

江灵轻喝一声，立时追了上去！

我没有动，只是站在原地逡巡四顾，我怕还有别的人在，老妹手无缚鸡之力，留下她一人相当危险。

江灵自身体异变之后，虽然恢复正常，但是功力有增无减，在陈家村生活之际，又常得老爸亲自教导，本事日益精进，此时的速度也是快得惊人。

但那黑影明显要比江灵高上一筹，眼看着就到了楼道尽头，若是那人从楼道跳出去，攀着栏杆，逐层下跃，足能逃脱。

那人也有这个本事。

江灵也知道会有这个结果，追袭过程中，将手在腰间一拍，两枚黄色命符立时飘了出去！

"疾！"

江灵朝着命符一口气呼出，轻喝一声，轻飘飘的命符立即像得了力量一样，离弦之箭般飞速前行！

再加上江灵本身的速度，顷刻之间，那命符便到了黑影脑后。

我认得那命符，一大一小，名唤"天五滞元符"，五行属性为土，符力阻顿！

"咄！"

江灵又是一声轻喝，天五滞元符瞬间便贴在了那黑影的脑后。

黑影的步伐顿时一滞，果然缓了下来。

这一刹那，"刷"的一声响，金木双锋已经拔出，江灵连人带剑流星般划向那人。

这一剑，当然不是为了杀人，而是为了挟持。

剑锋若在人颈之侧，紧贴喉部或颈部大动脉，任谁都不敢轻易再跑。

眼看着江灵就要成功，却听得"啪""啪"两声脆响，那黑影脑后刚刚贴上去的纸符几乎在同一时间裂成两半，飘然而落，自燃成灰。

江灵立时受到符力反噬，闷哼一声，拿剑的手不由自主地一抖，方向便已偏离。那黑影回过身来，伸手一探，掌心之中早弹出一物来，迎着金木双锋的剑锋而去。只听"当"的一声脆响，金木双锋被弹开数寸，江灵的身子也往后移开半步；那黑影却立定身形，缓缓将弹出之物收回掌心，且慢慢扭过脸来，在月光下露出一张白皙如玉的脸来，脸上携带的那高傲冷艳的神情也似乎万年不变。

"是你！"

"是你！"

我和江灵异口同声，诧然呼喝。

这个人我们都认识，当然都认识，因为她是邵如昕！

刚才她那掌心中弹出来的东西也不是别的，而是压鬼钱。

"你果然是因祸得福，这才几日不见，连你也能与我递上招来。"邵如昕看着江灵，冷冷说道。

邵如昕明褒暗贬，讽刺江灵原本跟自己差得很远，后来是因为诅咒之力才变得厉害，这其中的挖苦讽刺，江灵怎么听不出来？

本来就不是善茬，这时候岂肯善罢甘休，江灵当即收了金木双锋，也"哼"了一声，道："你比我大了那么几岁，多活了那么几年，功力比我高，道行比我深，原也自然，没什么了不起的。只可惜，年纪大了，就该走下坡路了。我想再过个几天，咱们又重逢，你可能就不是我的对手了。"

江灵嘴刁，专拿邵如昕软肋下手，邵如昕二十六七的年纪，比二十一二的江灵来说，在年龄上毫无还手之力。

"小妮子！"邵如昕目光一寒，似乎想要发作，但又忍住了，道，"望山高欠你一个人情，我懒得与你斗嘴。"

"好了，好了。"我见这是个话缝，赶紧上前，劝道："你们不要斗嘴了，也不算是敌人。"

"那也不是朋友。"邵如昕冷冷地回奉了我一句。

"对！"江灵也道，"迟早还是敌人！"

眼看两人还要掐架，我赶紧转移话题，问邵如昕道："你怎么在这里？你来这里干什么？"

"明知故问！"邵如昕道，"你来这里干什么，我就来这里干什么。怎么，陈元方，咱们也才几天不见，身边就又多了个如花似玉的小姑娘？"

"你好，我是他妹妹。"老妹大大方方地朝邵如昕伸出手，笑道，"我叫陈元媛。"

"哦。"邵如昕略显尴尬，迟疑了片刻，也把手伸了出来，跟老妹轻轻一握，迅即抽走，道，"邵如昕。我知道你，也见过你的照片，只是本人跟照片有些不同，夜里看上去更不一样。"

"你有我的照片？"老妹惊奇道。

"嗯……户籍资料上看到的。"邵如昕既然曾经是五大队的首领，对陈家又如此上心，见过老妹的照片也没什么奇怪的。

老妹也立即明白过来是怎么回事，脸上依旧挂着笑："常常听人说起你，雷厉风行，巾帼不让须眉。"

"听谁？"邵如昕问老妹，却拿眼看我。或许是以为我常常跟老妹提起她吧，但这怎么可能。

老妹道："一个同学。"

"哦。"邵如昕略显失望，转而道，"你们有什么发现？"

"没有。"我摇了摇头，反问道，"你呢？"

邵如昕道："我见过一个人，不，也不能算是人。"

我听邵如昕说得奇怪，道："不能算是人，是什么意思？"

邵如昕道："是无着子，修炼阴灵无着邪术的无着子。"

我吃了一惊，脑海里立即浮现出在伏牛山中见到的那个古怪而诡异的形象，道："他在这里？"

"是。"

"这里失踪的人，是他干的？"

"不知道。"邵如昕道，"我是昨夜在这楼上无意撞见他的，他也窥见了我，当即飘然而去。至此，再没有出现。我今天夜里在这里也是想再找找看。"

我沉吟了片刻，道："这么说来，这楼上出现的白影和笑脸很有可能就是无着子搞的鬼了。"

"什么白影、笑脸？"邵如昕略有些诧异道。

"就是失踪者失踪前，在病房楼上窥见门诊楼上出现的诡异情景。"我说了之后，邵如昕还是茫然。我知道她不明内情，便道，"我老妹也是见证者，我让她再给你讲讲吧。"

老妹将之前的事情又说了一遍，邵如昕听得十分仔细，临了，还深深看了老妹一眼，道："你也看见了？"

老妹点了点头。

邵如昕沉默片刻，蓦然道："这里查不出什么了，我仔仔细细找过几遍，你们也不要再浪费时间了。"

说完，邵如昕扭头便往楼下而去，我喊道："你干什么去？"

"再去别处探查，没必要跟你们搅在一块！"邵如昕头也不回地去了，很快，就看见她的身影从二楼一跃而下，瞬间消失在苍茫夜色里。

"怎么，想去追回来？"江灵走到我跟前，似笑非笑道。

"啊？不是，没有。"我连忙否认。

江灵不依不饶道："那你眼巴巴地看着干什么？想去追就追，我肯定不拦着你。"

老妹在一旁笑，我也干笑道："怎么会。我只是想着多一个人，能多出一份力嘛。她的本事不小，又精通卜术，正好弥补咱们的不足，没有别的意思。"

"哦。"江灵恍然大悟道，"怪不得你来洛阳之前，调派人手，不找卜门的人，原来是有所预谋。你早就知道邵如昕会在这里等着你，会帮你的忙，是不是？"

"不是。"我头大道，"邵家在洛阳势力太大，哪个卜门的人来这里也放不开手脚，强龙不压地头蛇。那个，时间不早了，这里既然没有什么好检查的，咱们就赶紧再到别处去看看……"

话没说完，我赶紧开溜，不料还是被江灵追了上来，一把扯住耳朵，道："你往哪个别处去看看？还想着偶遇你家邵大姐？她说这里没什么，就没什么了？就在这里找，再仔细检查一遍！"

"好，好，好！"我双眼直掉泪，道，"你先放开我耳朵，咱们从三楼查起……"

凌晨两点，我们才从门诊楼里下来。

这个时候，除了急救中心里灯火通明之外，医院里基本上没有什么人在走动。

我们在门诊楼那里基本上一无所获，白白浪费了几个小时。不过我也没敢当着江灵的面说出来，女人最爱莫名其妙吃醋生气，不让她撒撒气，必将大祸临头啊。

其实，准确来说，还是有一点收获，就是从邵如昕那里知道了无着子曾出现在医院里的消息。

无着子的本事诡异至极，曾经在老爸、陈汉琪、太爷爷这三大绝世高手的合力包围下成功逃脱，如果是他在这里作案，凭五大队、九大队的人马来抓捕人犯，根本不可能有所作为。

如果是我碰上他，该怎么办？

说他是人，他又不是人，说他是鬼，他也不是鬼。

逍遥游之奇行诡变对人可以，对尸魔也可以，但是唯独对这种不人不鬼的东西，没有什么办法。

因为他基本上没有肉体，而且能附着在一切虚无缥缈之物上，尤其是祟物，就连祟气冲天的雾都能利用。

我一路上胡思乱想，正走之际，忽然有种异样的感觉，这是一种危机感。

就好像有一支黑洞洞的枪口在暗中瞄准着我，随时都会给我一枪。

这感觉让我胆战心惊，我警惕地回顾四周，却什么都没有发现。

江灵看见我的样子，诧异道："你看什么？"

"不知道为什么，总觉得附近有什么危险在接近。"我忧心忡忡道。

江灵和老妹听见，都是一怔，随即也四处去看，然后道："什么都没有啊，你是夜眼，暗中窥物如同白昼，你怕什么？不会是精神紧张了吧？要不回去休息？一连奔波了十几个小时了。"

我正要说话，忽觉脑后一阵发麻，一种极度的恐慌瞬间涌上心头，我想也不想，看也不看，立时将双手伸出，一手搂着江灵，一手搂着老妹，使劲按下！

我们三人一起趴在地上，然后才听见"噗""噗""噗"三声闷响。

这声音是利器没入土中的声音。

还没等我抬头去看，又听得"嗤""嗤""嗤"三声轻微的爆破响声，一股烟雾腾地而起，朝伏在地上的我们裹卷而来。

我毫不迟疑，左手撑地，右手"呼"地一掌挥出，混元之气激荡而出，迎上烟雾，如摧枯拉朽，眨眼间已经干干净净。

我这才看见，在我们面前的半尺之地，一前两后斜斜地插着三枚飞镖也似的东西，黑黝黝若生铁制成，一多半都没入土中，裸露在外的部分是尾部圆环还有一点点侧刃。

飞镖近旁的地上，另有三处碧粼粼的东西，还有些灰烬。夜眼细看之下，那碧粼粼的东西似乎是火药烧灼之后留下的痕迹，那些灰烬则应该是纸屑燃烧而成的灰。

这时候，江灵一跃而起，金木双锋同时出鞘，茫然四顾。

我拍了拍身上的土，慢慢从地上爬起来，蹲着，道："人已经走了。"

"走了？"江灵也蹲下身子，道，"是什么人？我刚才竟然连一点响动都没听见！这飞镖打来，我更是连破空之声都没有察觉，实在是匪夷所思。我不应该这样啊。"

"不必惊慌，我也没有听见。"我道，"这应该不是咱们听觉的问题。"

江灵诧异道："那你不是把我们俩按倒了吗？你还说人已经走了，听不到，怎么知道？"

"那是心相。"我摸了摸胸口，道，"是感觉。眼睛、耳朵、鼻子、身体不可靠的时候，就靠这个了。"

老妹倒是一点也不怕，伸手就去拉那飞镖，我"啪"地将她的手打开，道："有毒！别乱摸！"

"有毒？"老妹吃了一惊，随即又道，"你怎么知道？"

"你还是学医的。"我白了她一眼，道，"凑上去使劲闻闻，多大的药味。"

老妹果真凑近了去闻，半晌才抬起头，道："没多大味啊。"

江灵道："听你哥的没错，他的鼻子跟老黑一样，是狗鼻子，跟咱们不一样。"

"你才是狗鼻子。"我没好气道，"我这是相味之术。"

老妹笑道："好像有股硝味。刚才是不是有什么东西爆炸了？我明明看见一股烟朝咱们扑来，老哥把手一挥，那烟就散了。你们看这地上还有些碧粼粼的痕迹。"

"是有什么东西爆破了。"我道，"还有纸屑燃烧的痕迹。"

"我知道了。"江灵道，"这是我们命门中人的手笔。爆破的东西一定是命丹，燃烧的也不是纸屑，而是命符。"

"命门中人？"我沉吟了片刻，也觉得江灵说得有理，对命术来说她是行家，比我看得清楚。更何况，在这里，我们最大的敌人就是血金乌之宫了，血金乌之宫的宫主血玲珑更是命术至尊。

只不过，刚才对付我们的这几下手段，似乎也不怎么高明。

且不说手段是偷袭，卑鄙无耻，单就这威力而言，还不如我一掌三成的功力。

"这不会是血玲珑亲自来下的手，也不会是无着子。"我道，"难道是血金乌的其他弟子？新晋的长老？"

说着话，我把飞镖从地上拔了起来。

老妹惊呼道："哥，你不是说有毒吗？你怎么还敢碰！"

"放心，你哥那爪子跟老黑一样，是狗爪子，不怕毒。"江灵继续埋汰我。

老妹不知所以，瞪大了眼，看看我，又看看江灵。

我知道江灵这是刚才没从邵如昕那事儿里缓过劲儿来，也不搭理她。飞镖外表涂的一层厚厚的毒碰到我手上的肌肤，被极气激荡，立时消融，那飞镖的真身也就完全显露出来。

这三枚飞镖一模一样，都在三寸长短，尖端成三角形，如同标枪的头，尾部也各有一个圆环，手指头恰恰能够套进去。但我知道，这绝非是套手指用的，而是往镖囊一类的腰皮带子上钩挂所用。

这飞镖尖端与尾部之间还有一寸余长的柄相连，两侧都有锋刃，乌光闪闪，锋利至极。

"好家伙！"

我倒吸一口凉气，道："这东西本身就锋利得吹毛可断，又涂抹了剧毒，再加上命丹、命符，来者虽然本事还未臻绝顶高手之列，但是手段毒辣，是奔着咱们的命来的。灵儿，你也是惯用飞镖的人，你认得这三枚是出自何门何派吗？"

　　我将那枚被我消了毒的飞镖递给了江灵，江灵小心翼翼地接了过去，放到眼前仔细端详。反复验看之后，江灵道："上面倒是没有任何标记，刃部的锋利程度也十分惊人，还有这飞镖的模样，并不常见，而且这构造其实也不利于准确投掷目标。一次投三枚，而又如此精准的人，一定是个使用暗器的高手。在中国，我所知道的术界门派、古武世家，似乎没有哪一家用这种飞镖，也似乎没有用类似飞镖的人。至于旁门左道、歪门邪道，有没有用这类飞镖的人，我就不知道了。血金乌之宫应该不乏这样的人手。"

　　"你们老说血金乌之宫，说这个邪教的宫主有多厉害，还活了好大年纪，跟咱们陈家有世仇，那她为什么不出来，直接杀了咱们？"老妹道："她怎么总是派一些不管用的小喽啰出来偷鸡摸狗地打？"

　　"她要是能出来，恐怕早就出来了。"我冷笑道，"恐怕她是离不了老巢，或者说离了老巢就玩不转。"

　　"啊？"江灵还是第一次听我这么说，连忙道，"什么意思？"

　　我道："血玲珑那老妖婆，天知道她现在究竟活了多少岁，至少不会比太虚子、青冢生年纪小。人毕竟不是乌龟，就算她精通命术，寿命远超常人，也终有限度。所以，我一直在想，她为什么不敢像太虚子一样亲自出山？

　　"无非是两个原因。第一，她活着还是没活着还是个谜。说不定人早死了，血金乌之宫怕坠落名声，所以总是假称他们宫主在闭关。第二，就算她真的还活着，年年闭关，也说明身体不行了，不敢出山，怕一出山就会被灭。就冲她每年都要十二名少女养颜延生，坐以待毙，指日可待！"

　　"有那么一点点道理。"江灵点了点头。

　　明明是很有道理，我也懒得和江灵争辩，只是盯着那飞镖，道："你刚才说，在中国似乎没有见到有人用这东西，那会不会有另一种可能？"

　　江灵诧异道："另一种什么可能？"

"外国人。"我眨了眨眼睛道，"会不会是有外国人使用这种飞镖？"

"外国人？"江灵一下子愣住了，道，"你真是敢想！"

"这有什么不敢想的？"我道："阿南达不就是南洋的外国人吗？也厉害得很，差点没弄死咱们。"

"你这么一说，我倒是也有些怀疑了！"江灵瞪圆了眼睛道，"这东西倒真有可能是来自国外，比如，东洋人。"

"日本？"我皱了皱眉头。

"我刚才不是说这飞镖的刃部锋利惊人吗？"江灵道，"日本的刀剑铸造技术源自古中国，尤其是秦朝时的大方士徐福东渡扶桑后，带去的先秦冶炼技术，这在中国现代可是失传了。你熟读历史，难道不知道？"

我当然知道，日本刀号称世界四大名刀，锋利坚韧，名不虚传。

两千多年前的中国春秋、战国时期，正值青铜剑铸造技术的登峰造极时期，千古留名的铸剑大师干将、莫邪、欧冶子都出自这个时期。

尤其是欧冶子，采赤堇山之锡，若耶溪之铜，经雨洒雷击，得天地精华，千锤百炼锻造出湛卢、纯钧、胜邪、鱼肠、巨阙五大名剑，冠绝华夏。

秦时的大方士徐福，精通天文、玄门术数，他为了给秦始皇寻求长生不老药，带五百童男、五百童女，泛舟前往传说中的蓬莱仙山，结果一去不回。中华大陆隔海相望之处，却陡然崛起了另一个国度，这便是古时的扶桑、东瀛，今天的日本。

绝世宝剑的制作技术，在日本也日渐成熟，累世不绝。

所以，江灵一提日本，我就陡然警觉起来，看着那飞镖喃喃道："日本，日本的玄门术界……"

老妹却道："日本人为什么也来蹚这浑水？"

我看了她一眼，道："日本人不是蹚这失踪案的浑水，而是要来蹚神相天书的浑水。巧取豪夺，自明朝而今，数百年来，贼心不死！"

江灵忧心忡忡道："如果是日本术界也想染指天书，事情就更棘手了。"

"日本的术界现在是哪家独大？"我道，"如果真是日本术界来插手，我想，一般的小门派也不敢来中国本土，在咱们碗里捞肉吃。"

江灵道："日本的玄门术界多称忍者界，徒众也多称忍者。著名的大流派有伊贺派、甲贺派、纪伊派、武藏一族、柳生一族。其中使用兵刃最强的是柳生家族，日本大名鼎鼎的'新阴流'剑技便是柳生家族发明光大的，日本历史上名噪一时的剑士'柳生三天狗'全出自这个家族，分别是柳生宗严、柳生宗矩，还有柳生十兵卫。"

我听得一阵头大，道："咱们还是先回旅社，你慢慢跟我说。"

江灵道："我知道的其实也就这么多，你爸爸是兵刃和武术的大行家，等他来了，把这飞镖给他看，一定能认得出自何处。还有曾子仲、张熙岳两老，对日本忍者的了解也肯定比我多。"

"好，那就回去等他们来吧。"我道，"要真是日本人，非灭了他们不可！"

"你可千万不要大意。"江灵严肃道，"日本忍者打小修行，都是在绝境中生存下来的千里挑一的好手，并不是好惹的。"

我笑道："战术上重视他们，战略上藐视他们。仅此而已。"

江灵沉默了片刻，道："其实，刚才，这对头能无声无息地把暗器打来，差点要了咱们三人的命，这就说明不是一般人了。我没有听到暗器的破空之声还可以说得过去，但你也没有听见。如果是青冢生、你爸爸在这里，岂不是也听不见？这种打暗器的手法简直是出神入化了。要不是你的心相厉害，咱们现在不都没命了？"

江灵这么一说，我眼皮霍地一跳，声音猛然提高了些，道，"我说的，刚才心里一直感觉有件事情模模糊糊，还没处理明朗，却一直想不起来是什么事情，你这么一说，我想起来了！这地方有鬼！"

"啊？"老妹先是惊诧，随即兴奋道，"有鬼？在哪里？哪里？"

"鬼你个头！"我骂了一句，道，"我的意思是这医院里有古怪。"

"什么古怪？"江灵疑惑不解。

"我猜有人在整个医院周围布下了某种术局，久处其中，听力、目力、嗅觉、触感会渐渐迟钝。"我道，"刚才根本不是打飞镖那人手段出神入化，而是咱们的听觉迟钝了！"

江灵惊诧道："为什么这么说？"

"因为咱们的听力没有受到任何伤害。这是其一。"我道，"其二，飞镖到了我的脑后还毫无声息，世上绝不可能有人能做到这种程度。"

"如果是鬼呢？"老妹幽幽道，"鬼拿着飞镖扎你的后脑，不就没有声息了，你一回头，鬼也不见了。"

月明星稀，四周静默无人，老妹突然这么说，倒是让我脸色一变，不过我随即缓过神来，戳了她额头一下，道："鬼个屁！我有法眼，还有伍子魂鞭，哪个鬼敢近身？还拿飞镖戳我？"

"可你不是也有灵眼吗？"江灵道，"灵眼相气。如果有人在咱们四周布下了术局，降低咱们感官的敏感程度，你的灵眼难道就发现不了术脚？"

"入兰芷之室，久而不闻其香；入鲍鱼之肆，久而不闻其臭。"我道，"如果这医院真有人布了局，那一定是极其高明的局，也是极其高明的人。在咱们进来之前，一定没有，进来之后，从无到有，从小到大，而咱们已经慢慢适应了，包括我的灵眼，也慢慢适应了，反而会看不到。这就好比温水煮青蛙，等青蛙感觉到热的时候，已经跳不出去了——一切都被麻痹了。"

江灵打了一个寒噤，似乎是被我说得有些惊怖，道："是什么人会有这样的手段？"

"能做到这一点的，不是山术高手就是命术高手。"我道，"就立场来说，一定是咱们的敌人。邵如昕不是说见到无着子了吗，我猜，极有可能是他。当然，你把日本忍者说得那么厉害，也不排除会是他们。忍者，不就擅长隐藏在暗中偷袭，或者布置陷阱吗？"

"要是忍者的话，那一定是影忍。"江灵嘟囔道。

"你说什么？"我没听明白江灵的话，愣了一下。

"影忍，就是神出鬼没，像影子一样的忍者。"江灵解释道，"日本术界的绝顶高手！来无影，去无踪！"

"你就喷吧！"我道，"长他人志气，灭自己威风！"

江灵反唇相讥道："你就狂妄自大吧！"

我不服气，还要再辩。

"哥……"老妹突然拉了拉我，道，"还是赶紧走吧，回旅社你们再吵。你不是说温水煮青蛙吗？在这里时间太久，会被煮了吧。"

我们三人回到旅社，望月和彩霞都在，各自一问，除了见到些陌生的术界人物之外，并无其他有价值的发现。

我问望月道："血金乌之宫里有没有谁能将整个医院纳入术局之中？"

望月愣了一下，道："师父为什么这么问？"

"我怀疑有人布下了一个大局，整个医院都在局中。我们进入医院，其他地方还未发现有何异样，但是听觉已经变得迟钝了。我怀疑这可能是血金乌的手笔。"我顿了一下，道，"而且我们遇到了邵如昕，她说曾在此地见过无着子。"

"无着子是否有如此能耐，我并不知晓。"望月缓缓道，"但是血玲珑一定有这本事。"

我道："血玲珑真的还活着吗？"

望月点了点头，道："还活着。"

"不是谣传？"

"不是。"

"你近年来又见过她？"

"我能出山就是受她直接命令。"

"确定是本人？"

"确定。我的眼睛，不会看错。"

我沉吟了片刻，道："你之前最长有过多长时间没见过她？"

望月道："在我出山之前，血玲珑曾进行了一次大闭关，闭关时间是五年。这也是我们之间没有见面相隔的最长时间。她似乎每隔十年都要闭关一次，每次闭关的时间都不一样，越来越长。似乎是年龄太大了，寿命偏高，需要不断修行才能维持性命吧。"

老妹道："那你知道她用那些少女的血吗？她是怎么用的？"

"我不知道。"望月道，"我曾经虽然是血金乌的长老，但是却也不是她真正的心腹。血金乌壁垒森严，教规苛刻，总舵之地，三年一换。西域广袤，群山环伺，沟沟壑壑，谷底洞府，不计其数，每换一次总舵，她都会单独居住一处，那地方就连九大长老也不得接近。血玲珑修行的命术诡异可怖，多是古之禁术、秘术，她活的年数太多，猜疑心十分严重，对谁都不是很信任，所以，凡是她自己修行的法术，都是绝密，不会让我们知道。我想，就连那些帮她猎捕少女的教众，也不知道她修炼的整个过程和具体方法。"

江灵道："她到底活了有多少岁了？"

望月道："有人说她是乾隆年间人，寿命已有二百余岁。但具体是多少岁，我并不清楚。"

"真的有人能活到二百岁？！"老妹惊奇道，"医学奇迹！"

"能活到二百岁的恐怕不止她一个。"我在一旁道，"我曾查询史料，史书中记载了一位医门中的传奇圣手，云南籍贯的李庆远，康熙十六年生人，民国二十四年去世，寿至二百五十六岁，历经康熙、雍正、乾隆、嘉庆、道光、咸丰、同治、光绪、宣统直至民国，先后有二十四位妻子，一百八十余后人……在其两百余岁时，还去大学讲学。就连美国的《时代》杂志以及纽约时报也对此人做过报道。"

"我也知道他。"江灵道，"我师公对他十分推崇，平日里起居修行都学此人，保持人体三通，又常要坐如龟、行如雀、睡如狗，不食荤食，清茶淡饭。"

"啊！"老妹大声嚷道："我一定要研究研究他，说不定能学到些正规的驻颜不老的本事，不像血玲珑那样，损人利己！"

"嗯嗯。"江灵连连点头，道，"研究研究，咱们一起研究！"

"可是我还很好奇血玲珑的样子。"老妹看着望月道，"望月哥，她是不是看起来真的只有十八九岁？"

"呃……是。"望月叫我师父，老妹却叫他哥，他一时没有反应过来，愣了片刻后才道，"我入宫近二十年，只见过她一次，单论模样，不足二十。"

"居然是真的！"老妹惊奇地叫了一声，江灵她们俩一个个大眼瞪小眼，脸上的神情说不出来是愤怒还是羡慕，或者两者兼有吧。

我翻了翻白眼，又问望月道："那她的本事究竟有多高？为什么不亲自出山来对付我？"

"本事之高，不在鬼医、毒圣以及陈族长之下。"望月沉吟道，"甚或更高一筹，但是说来奇怪，她确实从未有过要亲自出山的念头，不管血金乌之宫发生了什么样的变故，她都只是派遣手下处理。至少，自我进宫之后，从未见过她亲自出山。或许，是为了守护可望不可即的《神相天书》？当然，闭关的时候，我们也不知道她在何处，究竟是不是假托闭关而外出，我们也不得而知。"

我听得一阵头大，道："连血金乌之宫权力核心内的人，说起血玲珑来都是一团迷雾，外界对她的信息知之更少！知己知彼才能百战百胜，这样下去，咱们可是半点便宜都不占，她在暗处，咱们在明处，什么时候才是个头？"

江灵道："她不是一直在暗处嘛，习惯就好了。"

"好什么好？"我牢骚道，"就好比眼前，连医院里有没有她布下的术局都不确定，下次再遭暗算如何是好？逃过一次命是侥幸，难道还能逃过两次、三次、四次？"

彩霞道："但师父不是有灵眼吗？如果医院周围真的被人布下术局，您难道还望不到术气、术脚？"

我道："我怀疑是进入医院之后，这术才被发动起来，而且是以渐强的态势发动，灵眼被动地适应了这个过程，久而久之并无反应。"

"哦……不识庐山真面目，只缘身在此山中。这是当局者迷，旁观者清。"彩霞沉吟了片刻，然后眼睛一亮，道，"可是现在您已经出了医院，再望医院，可有术气？"

旅社就在医院附近，听彩霞这么一说，我才如梦方醒，如果说刚才是在局中，那么现在已经出了局，为什么不从旁观者的角度去看？

我立即登高去望医院所在的方位。灵眼之下，只见那里杂气丛生，条条状状、丝丝缕缕、团团絮絮，既不是一个颜色，也不是一个首尾。

细辨之下，无非是些从不同人身上发散出的恹恹病气、沉沉死气，间杂有些灰暗色青气、紫气，是医院该有之气，并无异状。

若是医院周围布下一个大的术局，以正道设立，必然会出现五行正色，或青气冲天，或白气森森，或红气氤氲，或黑气浓重，或黄气蒸腾；若是以邪道布置，也会出现五行色，却是偏色，或青中带黄，或白里透灰，或红烟发暗，或黑雾呈紫，或黄霾发赤……总之，绝不会是这些散乱不成规模的丛生杂气。

我有些失望，难道是我先前猜错了？这医院周围并没有什么术局？

但是，我和江灵的听觉迟钝确实是存在的。

暗器打到脑后兀自不知，这医院之中怎么可能没有古怪？

"师父，怎么样？"彩霞见我下得高处，垂下眼帘，却一言不发，忍不住问了一句。

我摇了摇头，道："没有看见什么术气。"

"啊？"江灵、彩霞面面相觑。

望月没有吭声，显是沉思。

老妹看看这个，又看看那个，瞪着眼道："怎么都不说话？"

我迟疑了片刻，道："会不会是这个局的范围更大，整个洛阳都在其中？"

"不可能！"江灵一下子站了起来，大声道，"谁会有那个本事？就算是神相复生，也未必做到！就算血玲珑真的还活着，真的活了二百多岁，也不可能这么厉害。是不是，望月？"

"我不知道。但是，应该做不到吧。"望月向来都是这种态度，对于不十分确定的事情，就不给出个十分确定的答案。

我也觉得自己的想法有些匪夷所思，可是除了这个解释，又想不到别的更好的解释。

琢磨了半天，我脑海中灵光一闪，道："会不会有这种可能，有人在医院中暗里布置，专门等我入彀。只要我进入医院，他就开启术局；只要我离开医院，他就撤了术局。这样，我在医院中会受到影响，出了医院，却又什么都发现不了。"

"这个有道理！"江灵道，"无着子不是就曾在医院中出现过吗？说不定就是他在暗中捣鬼，他的本事可也不小！"

望月沉默了片刻，也点了点头。

"好了，暂且不管这个了。"我见这种可能性都被大家认可，略感有些轻松，便把之前偷袭我们的飞镖拿出来，让望月看了看，问他道，"这是不是你们血金乌之宫的东西？"

"不是。"望月这次十分肯定地回答道，"血金乌之宫里所有能够出山的人，用的所有武器我都知道，没有这种。"

"当然……"望月想了想，又补充道，"如果在我离开以后，血金乌又补充了新的教众，用了这种新的武器，也有可能。"

"我知道了。"我把飞镖收了起来，道，"今天的事情，就暂且告个段落，明天继续查，但是要万分小心，我料那想取我命的人还会出现，我们引蛇出洞，守株待兔！"

因为晚睡，第二天我醒来的也有些晚，白天里的查探工作几乎又是一无所获。

说几乎的意思就是还有点收获——我见到了周志成，是老妹陪着我们来回在实验室里流窜的时候碰到的。

也不知道是不是主观带入了厌恶的心思，还是此人真的令人讨厌，总之，我从见他第一面起，就心绪不佳。

我不知道他从他那个进入五大队的同学那里得到过多少有关我的信息，见没见过我的照片，但是我也不在乎他认出我来。

当我看见一个身高跟我相近，同样瘦削，但是肤色远比我要白的、二十三四岁模样、一头不长不短的头发梳着三七分、披着白大褂的男生冲着老妹两眼发亮跑过来时，老妹说："这是周志成。"

我当时就把目光扎他身上了，准确来说，是钉在了他的眼中。

周志成的目光与我的目光极其短暂地略一交接，就马上闪躲开来，从这之后，就再没有敢与我对视。

这一点，让我立时心生蔑视，更加不满，只有心中有鬼之人才不敢与人对视。

你若是正义凛然、无所畏惧的男子汉大丈夫，怎么连我的眼睛都不敢看？

我又不是要勾走你三魂七魄的狐媚子。

周志成不敢看我，只跟老妹说话："你前几天回家了？没什么事儿吧？要不是问过你们科室的主任说你请假了，我差点以为你也失踪了……"

"咳。"

我轻咳一声，打断他的絮絮叨叨。

周志成有所察觉我对他的不满，还是不敢看我，对老妹讷讷说道："这两位是你……"

我不等他把话说完，拉着老妹的手，道："办正事要紧，不要在这里磨叽！"

老妹边走边回头对周志成说道："回头再找你，我们有事儿！"

"哦……"周志成怅然若失。

走出实验室，江灵笑道："我看他一定是对元媛有意思。"

"有屁意思。"我冷冷道，"这人不好，不要深交。"

"怎么不好了？"老妹不服气道。

我道："额头宽而不平，两眼深而不阔，双眉过于浓重，上唇过于狭薄，面上棱角过于尖锐，令人不快。这是刻薄狠戾之相，心机深重！你这个半吊子，不是他的对手。"

"什么对手不对手？"老妹道，"他在学校的时候是我学长，现在在医院里又是我为数不多的朋友。我们不作对，怎么成对手了？"

"这我不管。"我道，"他反正不是好人，尤其是他那双眼睛，看我的时候，目光闪烁，捉摸不定，相逐心生，这是心思不纯正。"

"我看你这是先入为主。"老妹道，"你一见人家就瞪着眼，杀气腾腾，谁敢跟你对视？"

"我又吃不了他！怎么就不敢对视了？此子绝非善类！"说着，我又目视江灵道，"灵儿，你赞不赞同我的说法？"

江灵道："你用法眼和灵眼了没？"

我道："用了。你问这个干吗？"

江灵道："那你在他身上有没有看到祟气和修炼邪道者的青灰之气？"

"没有。"我确实没有看到什么祟气，也没有看到什么青灰之气，自然，修正道者的青气也是没有看到的。他肯定还不够格，尚无气生成，就是个三脚猫的角色。

江灵道："这就说明人家一不是邪祟，二不是邪道。"

"但他是心思不正的坏人。"我道，"我用肉眼相形也不会看错！"

"你的法眼和灵眼还算比较客观。"江灵道，"但是肉眼呢，就比较主观了。所以……"

"所以什么？"我瞪眼道。

"所以，我还是决定和元媛站在一起。"江灵道："你肯定是先入为主了，人家也没做什么坏事嘛。"

"好，你们两个！"我气得不知道该说什么好，憋了半天，才道，"你们女人就是会吃亏吃到这一点。不听劝，死得惨！"

"那木仙、邵如昕开始还不都是坏人，你怎么就交往了？"江灵反唇相讥。

"我怎么交往了？那是情势所迫！"

"鬼才信！"

两人牵手挽胳膊走了，剩下我一个人不知道说什么好。

晚饭我也没吃好，也不想搭理她们。

老妹见我是真生气了，又来讨好我，挤眉弄眼地说道："哥，等吃完饭，咱们去医院一个最特殊的地方，那里说不定会有收获。"

"不去！"我懒得搭理老妹。

老妹继续循循善诱道："真的是一个很特殊的地方，而且很刺激！平时都不让人进。"

"什么地方？"我没有吭声，江灵在一旁兴致勃勃地问，两人仿佛演双簧。

"太平间。"老妹故意缓慢而低沉地说出了这三个字。

我心中一动，医院的太平间，确实还没去过，这也确实是个特殊的地方，说不定真有什么线索，还有那个无着子会不会就在里面藏着……

这个地方必须要去，但我赌气，还是没有说话。

老妹引诱我道："老哥，你真不去？"

"不去！"我斩钉截铁地说道，心中却想，只要你们再跟我说句好话，我就答应去了。

不料江灵道："他不去，咱们两个去，少了他还轻松。"

"也对！"老妹赞同道，"那吃完饭，咱们就去。实在不行的话，我就叫上周志成。"

"好主意。"江灵笑道。

"不行！"我实在忍不住了，道，"不能只有你们两个去，更不能叫周志成，要去也得我去！"

"哟，不是不去吗？"江灵挖苦我。

"那个周志成，是真有问题。"我苦口婆心地说道。

"好了，好了。"老妹挽着我的胳膊，道，"这事儿以后再说，不是还没怎么着嘛。"

"唉……"

我长长地叹了一口气，真是无可奈何。

医院的太平间在负二层，我们三人坐电梯下到此楼。

这时候已经夜里九点，负二层几乎没人，至少我们三个没看见有人。

出了电梯，由老妹带领，拐拐进进，赶到了太平间门口。

老妹倒是轻车熟路，我问她是怎么回事，她说之前好奇医院的太平间是什么样子，就偷偷来这里看过。

太平间的铁门是锁着的，从门上玻璃窗可以看到里面整齐地摆放着一张张停尸床，还有尸体储藏柜。

停尸床上停放着一具具尸体，都用塑膜裹封，整个室内白气丛生，站在铁门之外，还能感受到渗入肉里的阴森凉意。

"不好！"

我猛然叫了一声，把江灵和老妹都吓了一跳。

江灵逡巡四顾，什么都没有发现后，问我是怎么回事，我道："这停尸房里如此之多的尸体，我的灵眼却没有看到大规模的尸气，法眼也几乎没有什么反应。昨天夜里是听觉迟钝，现在是视觉迟钝。"

江灵和老妹面面相觑，脸色都有些异样。

沉默了片刻，江灵道："那怎么办？"

"既然有这种感觉，那就说明敌人有可能又准备暗算咱们。"我咬了咬牙，低声道，"我想冒个险。灵儿你看护好元媛，不用管我！"

"嗯。"江灵紧张地点了点头。

我回头看了看四周，依然没一个人，只有楼道里的灯在亮，那些灯还是被我们打开的。除了我们三个的呼吸声，我听不到任何其他的声音。

这情形，让人很不舒服。

在某一刻，我甚至感觉一切都很诡异，我们三个到底是在干吗？

我们到这里真能查出什么东西吗？

会不会在这里送命？

这期间，江灵也低声嘟囔道："不大对劲，我总感觉这个地方有种说不出来的古怪，很压抑。"

老妹说："太平间啊，灵姐姐。都是死人，不压抑难道还会很活泼？"

"不是死人的那种压抑。"江灵道，"是其他的。"

老妹踮着脚往里看，突然间指着太平间房门斜对着的一个角落，说："你们看那个是什么东西？"

我顺着她手指的方向看了一眼，只见那是一个半尺多高的白色圆柱体，我又看了一眼另一个角落，发现那里也有一个同样的东西。

我还没有开口，江灵已经惊疑道："这个东西怎么这么眼熟？我应该在什么地方见过。"

不错，我也有一种很熟悉的感觉，这些东西，我似乎也见过。

我又仔细地看了那两个圆柱体，脑海里一念闪过，我猛然间醒悟，几乎是在同一时间，我和江灵异口同声地说："又是魇镇术！"

老妹看了看我们，迷茫地问道："魇镇术？"

陈家村魇魅血局中出现过魇镇术的道具与此不同，但是魇镇术本身有很多方法，三角柱固然可以，圆石柱当然也可以。但无论是何等辅具，都只是符箓咒语的载体，需要刻字画符，并且按照一定的规则排布才能奏效。

所以，对于太平间里出现的圆柱体，我们只能说疑似魇镇术，要想确定，必须进去看清楚，看圆柱体上是否有符咒，看太平间的另外两个角落里是否也有同样的圆柱体。

我拿眼瞟了一眼门上的锁，用江灵的剑，似乎能打得开。

我还未说话，老妹道："为什么会有人在太平间摆放了这么些东西，在太平间里做什么魇镇术，目的何在？"

江灵道："这跟陈家村颍水里的魔魅血局一样，都是有人在利用阴怨之气做坏事。医院太平间里的死尸众多，而且还有很多是非正常死亡者，阴怨之气必定非常浓郁，心怀鬼胎者在这里布下魇镇术，目的不言而喻！"

我道："设下此局当然是为了集聚阴怨之气，但究竟是谁在聚集阴气？聚集阴怨之气的目的又何在？"

江灵看了我一眼，道："你刚才说灵眼不能相气、法眼不能相邪，昨天夜里听觉又异常迟钝，会不会就与此有关？"

我沉吟道："现在还不确定，咱们得先把门弄开，进去看看。把门弄开吧！"

江灵点了点头，就要用剑去削门锁。

"不行！"老妹却阻止道，"这里应该设有防盗警报装置，别看现在这里没人，只要门被强行打开，警报就有可能响起来，到时候肯定会有不必要的麻烦。"

老妹这么一说，我和江灵面面相觑，一时也无计可施。

老妹又道："咱们可以等，等到有人来把门打开，咱们就可以偷偷进去。"

江灵道："门什么时候会被打开？"

老妹道："肯定是在有尸体需要运过来的时候。"

"那是什么时候？"

"不确定。"老妹道，"如果没有的话，就要等正常的管理时间，可能是在明天白天上班的时候。"

我皱了皱眉头，道："这办法不行，时不我待——你们先在这里候着，我去厕所，回来再从长计议。"

两人点头无语。

这一层没有厕所，还需上去。

我转身从过道里往楼梯那边走去，接连走过两处黑暗无声的拐角，眼看就要进电梯，那边的楼道里忽然传来了脚步声，一步一响，十分有节奏，但在这有太平间而且闪烁着黄色灯光的空旷走廊里，听起来却格外的吓人。

难道是医院太平间的管理人员？

毕竟是不请自来，我稍稍有些心虚，不自觉地都屏住了气息，然后睁大眼盯着那个楼道的拐角处。很快，我便看见一个穿着白大褂的年轻女人走了出来，她向我这里走了几步，看到了我，神色怪怪的，然后什么话也没说，转身又走了回去。

这是什么意思？

难道感觉我是潜入此中的歹人，要去报告上级？

我飞快地跑过去，一边跑，一边喊："大夫，稍等一下。"

我刚跑到电梯口，那女人已经进去，电梯门刚要关上，我把手伸进去，隔开了电梯门，笑嘻嘻地进了电梯，说："医生姐姐，你要去第几层啊？"

那个医生没有说话，一动不动地站着。

我奇怪地看了她一眼，只见她的眼也正直勾勾地盯着我，我心里顿时一慌，浑身不舒服起来。

不知怎么的，此女给人一种很冷很僵硬的感觉，神情呆滞，躯干机械。

在这种环境下，我甚至隐隐有些疑虑，此女究竟是不是人？

法眼无法使用，我便以慧眼相之，若此人全然无神，或只有残魂余念，那必定是死人尸魔无疑！

但是慧眼开启，竟也无法相神！

我眼皮霍地一跳，总不会四大目法全部失效吧？

这医院里到底有什么古怪，竟厉害如此？

虽然不明所以，但是眼下显然不是思考这些问题的时候，因为电梯门已经关上了。

那个女大夫没有按楼层。

我正想再说话，忽然嗅到一股淡淡的药味，细细辨之，似乎有点像福尔马林，又好像不是。我看了一眼她，她竟然朝我笑了一下，这一笑让我刹那间如坠冰窟，浑身上下都涌出一股莫名的寒意。

我低下头，不去看她，无意间目光瞟到了她的手臂，我赫然发现她的手腕上戴着一个红线串着的牌子，牌子上的头两个字是——死者。

我的头"嗡"的一声开始响了，那不是太平间里的尸体手上戴的身份证明吗？

我的呼吸开始重了起来，不是因为害怕，而是突然发觉自己好像掉进了一个陷阱。

因为这时的我才意识到，眼前的这个医生甚至连呼吸声都没有。

电梯里只有我"怦怦"乱响的心跳声和粗重的呼吸声。

另一种危机感也自心底而起，因为我已经意识到，不单单是听觉、目力迟钝，嗅觉也显然远不及平常。

但眼前之人，几乎可以确定是死人无疑！

不，不是死人，而是变尸！

死人不会动，变尸才会动。

只是不确定眼前之女尸，是十种变尸中的哪一种。

更为可虑的是，此尸显然是故意引诱我至此的，那么江灵和老妹她们两个那里会不会也有类似的遭遇？

念及此，我忧心忡忡。

她没有按电梯楼层，我也没有按，我不知道此尸实力强弱、道行深浅，若是阴极天那种级别的死活人，对付目力、听觉、嗅觉均告迟钝的我，后果实在是不堪设想！

所以，我也不敢贸然有所动作。

我们两个都一动不动，电梯也一动不动。

这个时间点上，估计不会有人再来使用电梯。

气氛诡异到了极点！

一个人，一具尸，四目相对，一动不动地站在完全密闭的狭小空间之内。

我两眼死死地盯着她，不是我想看她，而是不敢不看她。她不动，我也不动，她若动，我一定要先动。慧眼失效，逍遥游无法施展，就算能施展，在此空间之内，也难以有所作为。

之前为了保护老妹的安危，我已经把轩辕八宝鉴挂在了她的脖子上当作护心镜使用。

至于伍子魂鞭，由于医院中多死尸，崇气深重，魂鞭若是在夜里随我到了此处，一定会发出"噼里啪啦"的响声，电石火花也必然会此起彼伏，那样造成的动静太大，会引起常人侧目，影响我们查探，所以我不得不将它从臂上去掉，留在旅社之中。

所以说，现如今，如果此尸暴然发难，那我只能靠此前几个月内，在老爸、江灵督促下所练习的武术身手了。

一想到这里，我额头上的汗水就一滴一滴地往下落。

女尸一直不动，我终于忍耐不住了，如果是我自己，我完全可以跟她耗下去，但是江灵和老妹还在太平间门口！

我深吸一口气，集中精神看着那女尸，她还是一脸冷冰冰的表情，我手指头轻轻伸出去，她还是不动，就好像什么都没有看到一样。

"啪！"

机不可失，时不再来，我飞快地将手指按在了电梯的开门键上。

在电梯门要开的瞬间，我闪身就走，但就在这个时候，她动了！

那个女尸动了。

她竟忽然伸出手，按住了电梯门的锁门键。

速度快得惊人！

我根本来不及出去，电梯门已然闭合。

我往后侧方猛退一步，手往腰间青藤药葫拍去，此女尸是劲敌，为保万全，需仰仗童童了。

那个女尸却阴瘆瘆地一笑，露出满口白牙，缓缓地抬起手，尖锐的指甲尖流星似的划过，闪电般朝我喉间抓来！

我若拍中青藤药葫，她的手必然要击穿我的咽喉！

我在心中暗骂一声，手掌由下而上，"呼"地拍出一道阳极罡气，与那女尸指间陡然相交，只听嗤然有声，那女尸的手略略往后一缩。我逃过了喉咙被刺穿的危险，但是额上冷汗却再次涔涔而下，因为我发现，体内极气运转竟然如此不力！

昔日在伏牛山中，我以阳极罡气逼得阴极天差点陨落，此时此刻却只是让此尸略略一滞！

这医院之中真是布下了好大的局！

非要置我于死地！

女尸已经又伸手朝我抓来，我不敢再以极气迎敌，抬脚就朝她身上踹去，到底是老爸所传授的本事，名师出高徒，我这一脚出其不意，将她结结实实地踹中了！

女尸一连往后退了几步，但又重新站定，一脸诡异的笑容，第三次朝我伸出了手。

我恼怒异常，大喝一声："童童何在！"

刚才不喊，是怕动静太大，但是这个节骨眼上，也不怕有人听见了。

"嘭！"

青藤药葫陡然炸开，一块拳头大小的透明胶状圆球迎风而长，瞬间已是婴儿大小，再眨眼间已朝着那女尸的脖颈腾挪而去。

我则趁隙去按电梯的开门键。

门慢慢地打开，我贴着电梯壁就往外跑，却不料身后一紧，回头看时，只见那女尸的手正好拉住我的衣服，把我往电梯里拽。

而童童就趴在她的脖子上，正死命地咬。

可女尸对此无动于衷，只是拉我，电梯门又要闭合，我下意识地去挡，手忙脚乱间，竟然被她又慢慢地拉回了电梯。

见鬼！

我真是恼羞成怒，回手又是一掌阳极罡气，结结实实地印在她的头顶百会穴，她的脸蓦然一阵发赤，仿佛焰火熏燃而过，但是她的另一只手却快速地朝我喉部伸来。

"咔嚓！"

她的手还没碰到我的喉咙，自己的咽喉处先传来一声脆响，紧接着，她的头就歪向了一边。

是童童咬断了她的脖子！

但即便如此，那女尸依旧没有丝毫退避，仿佛只要是能杀了我，自己被碎尸万段都无所畏惧。

这倒真有点戮尸的意思。

不彻底让她失去攻击我的能力，这电梯，我估计不好出去。

所以，眼看她的手再次伸来，我也把手递了上去，在她腕子下一绕，搭上小臂，罡气迸发，喀然声中，奋力旋转往下一折，只听"咔嚓"一声脆响，女尸手臂已经断了下来。

她的左手还拽着我的衣服。

童童腾出嘴来，转而又朝着她的左肩咬了上去！

童童也是真狠，满口的利齿上下搓动，只瞬息工夫，那女尸的胳膊就彻底断了下来。

"走！"

我将女尸的右手从我衣服上扯掉，扭头按了一下开门键，同时呼喊童童离开。

就在电梯门打开的这一刻，那女尸忽地合身朝我扑来，歪歪斜斜垂在肩膀上的脑袋还有一两丝肉连着，脸上满是怪笑，双唇张开，满口白齿森然外露，那张本来应该漂亮的脸蛋，现在看来却有说不出的恶心。

真是没完没了！

头都快掉了，还想要咬死我吗？

我不想再与之纠缠，一蹬脚，飞也似的往电梯外逃出。那女尸的身子扑倒在电梯门口，电梯门缓缓关闭，夹着了尸体，又倏忽打开，然后再闭合……如此这般，开开合合，那情形和声音，在这夜里，看起来和听起来都分外令人不爽。

"死了？"

童童擦了擦嘴，仰着小脸问我道。

我摇了摇头，表示自己并不确定。

直到此时此刻，我才又重新记起来自己刚才是因为尿急才来的，经过一番打斗，冷汗、热汗一起涌现，水分似乎不必非要从某个地方泻出，但是小腹却依旧有些异样的疼痛。

女尸还没有动，想必是刚才那一扑已经是她的最后一击了，此后，再也站不起来了吧。

我暗骂了一声，擦擦汗，准备就此离开。

但是刚转过身，那电梯关关合合的声音不停地响起，我实在是有点心烦意乱，便扭过头来，重新走到电梯门口，俯下身子，抓住那女尸的肩膀往外拉。

把她拉出来，电梯门就不会这样了。

不料，我的手刚一碰她，她整个身体都是一颤，刹那间，竟弹簧般弹了起来！

我又惊又气又觉得好笑，手下一滑，本来是抓住她肩膀的手略松了些许，变成抓住了她的衣服，再加上她猛然弹起，我不由自主地往外扯开，刹那间，白大褂连同她的贴身衣物全被我扒了下来。

罪过！

我心中不由自主地猛打了一个激灵，虽然对方是具变尸，是个死人，但性别毕竟是女的，而且还是模样、身段都不错的女人，扒掉衣服实在有失斯文，欠妥，欠妥。

君子非礼勿视，我当即扭头就走，但为了安全起见，还是先看了一眼她的反应，别我一扭头，她又朝我扑来，这次可是光着身子的。

但是这一看，我惊得目瞪口呆！

因为她根本不是光着身子的！

不，准确来说，确实是光着身子的，只是她那光着的身子上布满了密密麻麻的图文和符咒！

暗红色的符咒。

看得我刹那间有些失神，甚至有些头晕目眩。

我猛然惊觉，这些符咒似乎对我有着巨大的影响力。

脑海中灵光一闪，我已明白过来，就是这符咒削弱了我的四大目法，削弱了我的听力、嗅觉，麻痹了我对极气、魂力的调动灵敏度。

女尸又朝我缓缓走来，衣服之下的春光固然一览无余，但是我根本毫无兴致，一种出自趋利避害的本能反应是转身离开，因为这符篆就是专门针对我的。

可是我看见了另一处诡异的地方——她的胸口。

她的左胸之上有一个巴掌大小的黑洞！

这种模样的黑洞，我并不是第一次见。

我也完全认得这是怎么回事。

不但是我，童童也认得。

童童已经叫了起来："鬼鸮！是御灵子干的！"

不错，那黑洞就是御灵子的手笔，黑洞之内就是鬼鸮。

这尸体并非变尸，而是一个受鬼鸮控制的符篆载体。

我飞起一脚，朝着她的胸口大力踹去，同时口中喝道："童童，把那脏东西给我拿出来!"

女尸倒地的瞬间,童童已经扑了上去,只是他还没有下手,那女尸胸部就忽然鼓了起来,一团黑色东西快速蠕动着,很快便探出来一颗鸟头。

那正是鬼鸮的脑袋!

血淋淋的头,一双浑浊而腥黄的眼睛邪恶地盯着我们,一股恶臭气味突如其来。

童童的小手抓了过去,那鬼鸮却已经振翅而起,瞬间腾在空中,盘旋着俯视我们。

这绝非是一只普通的鬼鸮。

因为它与普通的鬼鸮不同。

黑色的羽毛尤其亮,腥黄的眼睛尤其冷,尖锐的鸟喙尤其长,腾挪的速度尤其快。

这是个祸害,必须要灭了它!

可惜我现在受符箓影响,御气不灵,不能腾挪,而想要彻底灭掉这鬼鸮,又必须粉碎它的脑袋,仅凭童童,恐怕不行。

我摸了摸口袋,那里还有三枚飞镖,正是之前被暗算时捡到的那三枚。

我目视童童,童童会意,我迅速拿出一支飞镖,"嗖"地朝鬼鸮掷去。

我的一切武术都是近几个月从老爸、江灵那里学来的,就算天资再好,短时间内也不可能达到极高的水平,最起码在招数方面无法跟成名好手相提并论,用暗器的本事更是提也不用提,不要说跟老爸打飞钉相比较了,就连江灵发环回镖的本事都差之十万八千里。

所以我根本就不是非要打中鬼鸮,只是幌子,童童才是真章。

鬼鸮被我的举动所惊,一个闪转,童童已经飞身而起,扑向鬼鸮。

这地方毕竟是地下室,高度有限,鬼鸮被童童一扑,失惊之余,往上猛然腾举,登时撞到天花板上,直线下跌,这倒是出了童童的意料,抓了个空,只好落地之后,再行腾挪。

但鬼鸮在往下跌落之际,却已斜斜飞向电梯那边。

就在此时,电梯门竟然诡异地开了!

刚才我把女尸拉了出来,电梯门明明是关着的。

眼下,显然不是想这些事情的时候。

电梯门不但开了,还有一个脑袋连带着肩膀露了出来,鬼鸮立时飞进电梯。

"啊!"

或是受到了惊吓,电梯中传出一声惊呼,一个人影滚了出来,电梯门倏而闭上。

我连忙跑过去去按那电梯门,电梯却已经往上升去。

这一刻,我隐隐有些失神。

鬼鸮也会使用电梯吗?

娘的!

"主人?"

童童在我身后喊了我一声。

我缓缓扭过头，看了一眼从电梯中滚出来的那人影，冷冷道："你来这里干吗？"

这人我认得，不是别人，正是周志成！

"我……"周志成嚅嗫了一下，目光只与我一接，眼皮就耷拉了下去，显然是不敢与我直视。

"说！"我厉声低喝，童童也龇牙咧嘴，狐假虎威。

"我，我……"周志成咽了口唾沫，反问我道，"你，你，在这里干什么？我，我是实习医生，你，你不是。"

"我来这里干什么要你管吗？"我冷笑道，"你这么怕我是因为什么？元媛跟你说过什么？"

"没，没有……"周志成摇头否定。

我舔了舔发干的嘴唇，道："我看的出来，你是个精明人，而且还是个好事的人，即便是元媛没有告诉你我的事情，你应该也能猜到我是谁，所以你才会怕我，对不对？"

"……"周志成没有吭声，显然是默认了。

果然知道我是谁！

我皱了皱眉，道："你到底是什么来历？接近元媛想干什么？你既然知道我，就该知道我的本事，听说过我的事情。你要是不说实话，我弄死你！"

我当然不会真弄死他，但吓唬吓唬还是有必要的，反正，从一开始，我就不喜欢此人，第一次见到他，看到他的面相，我就深感此人并非好人。

周志成显然是被吓着了，脸都白了，浑身哆嗦着，结结巴巴道："我，我真没有干，干什么坏事……我，我就是喜欢，喜欢元媛……"

"不说实话，嗯？"

"不，不！"我刚冷笑一声，周志成便受惊似的叫道，"真的，我真的喜欢元媛。还有，你们，你们是麻衣陈家，我，我想做你们家的女婿！"

"最后一句话还算是有点意思。"我道，"是先打听好元媛的家世，才接近她的吧？"

"不是。"周志成见我现在不会弄死他了，说话也利索了一些，道，"我是先喜欢她，然后才打听她的名字；认识之后，才从我朋友那里知道她就是你的妹妹。"

"你朋友是谁？"

"李昂。他是五大队的医门分队队员。"

"他是哪个门派的弟子？"

"他是云南李庆远的玄孙。"

"李庆远？"我吃了一惊，道，"就是那个活了两百多岁、中外闻名的李庆远？"

"对。"周志成有一点点自豪，道，"就是他！"

昨夜还提起过李庆远，没想到今天就又听到有关他的人物。

我瞥了一眼周志成，厌恶道："你得意什么？李庆远又不是你祖宗！"

"你还有门第的观念？"周志成似乎越来越胆肥了，道，"你是不是就感觉我不是名门之后，才不要我和元媛在一起？"

"放屁！"我骂道，"就算你是天王老子的家人，我也不让你们在一起。因为你眼珠子一转，老子就知道你不是好人！"

"我怎么不是好人了？"周志成不满道，"你也是第一次见我，我做什么事情了让你觉得我不是好人？"

"就凭这个！"我指了指自己的眼睛，道："你知道我是谁，就该知道我最大的本事是什么吧？"

周志成老老实实道："好像是相术。"

"不是好像，是就是！"我道，"我看你的面相就知道你不是好人，有问题吗？"

"有问题。"周志成道，"别的你看能不会看错，但是这件事一定错了，我就是好人，不是坏人。"

"少在我面前狡辩。"我道，"你就算说出个花儿来，我也不同意！"

"你！"周志成伸手指着我，还没说话，童童跳过来，狰狞着脸道，"坏东西，把手放下来，否则给你掰折了！"

周志成吓了一跳，连忙把手收了回去。

"屁怂货。"童童骂道。

"你个小东西！"周志成老脸一红，道，"你就是从血金乌叛逃的那个小鬼吧？"

"关你屁事！"童童凶狠道，"再乱说话，信不信弄死你！"

"真是一个德行！"

"说谁呢？"我和童童一起瞪眼。

"没说谁。"周志成摇头叹息道，"实在没有想到传说中大名鼎鼎的英雄人物陈元方，在现实生活中会是这种人。真是见面不如闻名！"

151

"少来这一套！"我冷笑道，"随便你怎么说，怎么激将，我就是看不惯你。你要是敢跟我耍什么花招，对我老妹耍什么花招，我真的会弄死你！"

"你真是不可理喻！"

"童童。"我道，"把你的元婴留下，你先去那边，看看江灵和元媛那里是什么情况，若是有变故，第一时间通知我！"

很长时间以来，为了修炼需要，我已经允许元婴回归童童的本体之内了。原本留元婴在耳中，只是为了保证童童不反叛，后来就没有那个必要了。

这次重新抽离出元婴，是为了联络方便。

元婴立时从童童身上剥离而出，化成一缕黑线，钻入我的耳中，童童扭头飞奔而去，周志成已经看呆了。

"别看了。"我盯着周志成道，"刚才问你的话还没老实交代。"

"什么话？"

"为什么来这里？"我道，"你是个实习医生，跑太平间这一层干什么？"

周志成道："我还没问你，你在这里干什么？这里怎么会有一具女尸？赤裸着身体？衣服是你扒下来的吧？"

"你倒是不害怕？"我意味深长地盯着周志成道，"这女尸是我杀的。"

"我有什么可怕的？我又没有得罪你，你难不成还要杀我？"周志成道，"我本来就是医生，再说，术界的事情我知道的并不比你少！"

"江湖百晓生啊。"我半是讽刺，半是疑心，道，"那这里的事，你知道多少？"

周志成一愣，道："这里……什么事？"

"别装糊涂，少女失踪案！"我冷冷道，"你们医院丢了三个护士，以你这长舌妇、包打听的习惯，不会不知道吧。"

"我知道。"周志成说，"所以，我看见你和元媛一起来的时候，我就知道你是来干什么了。其实，一知道元媛回家了，我就想到你会来。"

"你倒是油滑得很。既然知道我会来，应该也知道我来这里的目的，以及出现在这里的原因。"我道，"最后问你一遍，你为什么要来这里？"

我现在是确实没耐心了。

"我就是想看看你们在干什么。"周志成道，"我好奇，我也担心元媛。"

"就凭你。"我嘲讽道："担心得着吗？"

周志成脸色一红，立即又挺了挺胸，大声道："你少小看我，人各有所长！"

"踏踏……"

一阵脚步声传来。

回头看时，只见老妹和江灵正朝这边跑来，她们身后，跟着一蹦一跳的童童。

我登时出了一口气，她们没有事。

"哥！你去厕所去了这么长时间？在这里干什么？还要童童去找我们。"

老妹正说之际，突然瞥见周志成，登时惊异道："哎？周志成，你怎么也在这里？"

"呀！这里怎么有一具尸体！"江灵惊道，"衣服怎么扒光了，身上还有符箓？"

周志成指着我道：“是他扒光的衣服，人是他杀的。”

“这是丁兰！”老妹突然惊呼一声，又抬头看我道，“哥，是你杀了她？”

“少听这浑蛋胡说八道！”我厌恶地看了周志成一眼，又问老妹道，“你认识这女的？”

“也是个实习医生，我认识。”老妹脸色有些发白道，“到底怎么回事？”

“血金乌之宫的人杀了她，还用鬼鸮操纵了她，变成活死人。”我道，“刚才在电梯里，差点杀了我。看见她这一身符咒了吗？就是为了对付我弄出来的。”

“这是禁制咒。”江灵蹲下身子看了许久，这才站起来，道，“浑身上下的符咒，无一例外，全是极其高明的禁制咒，禁制耳、目、口、鼻、身、心的都有，有些我还辨别不出。总之，这符咒，连我师公都不一定完全识别出，更不用说制作出来了。”

“血玲珑的手笔啊。”我道，“她人虽然没来，命咒却已经到了。走吧，回太平间，把门弄开，我非要看看里面究竟是什么厉害的魔镇局。”

江灵皱眉道：“不怕警报响，有人发现？”

“管不了那么多了。”我道，“反正五大队就在附近，出了事情让绝无情去解决！咱们这也算是给他帮忙。”

“好。”江灵应了一声，道，“那就把锁劈开！”

我当先就走，走了两步，扭头看向周志成道：“你别跟着！”

“哥！”老妹道，“人都来了，你让他自己？”

“他都没老实交代他怎么会出现在这里！”我道，“你们也不想想，咱们来这里，他怎么会也来？”

“我说了，我是担心元媛，偷偷跟着你们过来的。”周志成辩解道：“我见你们下来了，就在上面等着，可是等了很长时间都没见你们上去，放心不下，就下来了。”

“你少瞎掰扯！”我道，“不让你跟着你就别跟着！死皮赖脸跟条狗一样，有意思？”

“元方哥。”江灵扯了扯我的衣服，把我拉到一边，低声道，“你别老是为难他，这样会愈发让元媛同情他，倾向他。即便你是为元媛好，也该换个方式，别让元媛感觉你是故意阻挠，无理取闹。你看元媛的表情……”

我回看了老妹一眼，脸色果然不好，既委屈又恼怒，红得像发烧了一样。

我心中不由得一震，暗道失算了，女生外向，在感情方面是没有理智的。别看我跟老妹从小到大在一起生活了二十多年，但是有朝一日她喜欢的人出现，我就是个外人。

先前还以为江灵也不信我，故意跟老妹一块儿气我，现在看来，江灵倒是比我明白得快，先稳住老妹再说别的。

于是我默不作声了。

江灵道：“周志成，我们办的事情比较危险，照看元媛一个就很难了，再带上你，估计会更费心神。有我和元媛的哥哥在，元媛是不会有什么危险的，要不，你就先走吧。"

"好。"周志成这次倒是痛痛快快地答应了，伸手在身上一摸，从口袋里掏出来一把物事，递给老妹道，"这个给你，不用砸门了。"

老妹一看，惊喜道："你有太平间的钥匙！"

周志成眨了眨眼，道："你不是总想到太平间里看看吗？我早就弄来了钥匙，等着让你用。"

"你真行！"老妹眼都放光了。

周志成一笑，摆摆手，潇洒地转身离开，这几个动作让我心里恨得痒痒的，恨不得马上上去一脚端在他嘴上：让你这货再笑！

鬼鸮之前飞进了电梯里，周志成不敢上电梯，转而去上楼梯，老妹则目送他离开，直到背影完全不见。

我心想，最好是外面鬼鸮还在候着，等周志成上去了，先吃了他再说。

但我也只是想想罢了。

"这个女尸还是背回太平间吧。"我道，"放在这里不合适。回头报案，让绝无情处理。"

说着，我就准备俯身去抱那尸体，江灵却一把推开我，道，"你还真想亲自动手啊？没穿衣服看得特别过瘾，摸起来也特别舒服吧？"

"没有，没有。"我赶紧落荒而逃。

江灵把女尸给抱了回去，我们在太平间果然发现房间的四个角落里都各有一根圆柱石，柱顶和柱身都刻有符箓图文，真是魇镇术。

江灵端详许久，对我说道："或许这魇镇术集聚此中的阴怨之气，是为了增加禁制咒的咒力，以便对付你。"

我沉吟了片刻，道："那就先毁了它们吧。"

和之前在陈家村处理魔魅血局石柱的方法一样，江灵先是用剑在四个圆柱上各划了几道，然后又贴上茅山符箓，这才和我一道把四个圆柱拿走带出去。

将石柱放在门口，我们又回太平间仔细检查了一遍，并无什么有价值的线索发现，我们三人只好悻悻而归。

"哥，医院里的最后一处地方也探看过了，接下来你准备怎么办？"路上，老妹问我道。

我叹了一口气，道："咱们这么检查下来，几乎可以说是什么都没发现。白影、笑脸，也没再看到，血金乌之宫的妖人一个没遇上，收获反而比不上邵如昕。我还真有点心灰意冷。"

江灵道："怎么能说什么都没有发现？至少发现有人在针对咱们。飞镖还有鬼鸮和女尸，魔镇术、禁制咒，这都是发现。"

江灵这么一说，我眼睛忽然一亮，道："你们说这会不会是一个幌子？"

"什么幌子？"江灵和老妹都茫然不解。

我道："这医院里出现失踪案是个幌子，吸引我来把我除掉才是他们的真正目的！"

"似乎有点道理。"江灵沉吟道，"可是程度好像不够。要杀你，这点程度够吗？"

"当然够了，不是差点把我给杀了嘛。"我笑道，"你们不要忘了，这医院里里外外，可不止咱们一伙。五大队、九大队、邵家、翟家还有其他术界门派的人，都在逡巡徘徊，咱们的敌人也是他们的敌人，血金乌想要杀我，也需防备它的对头们，所以，能有这程度就很厉害了。"

江灵点头不语。

老妹道："可是为什么要选在这个医院引诱你来？"

"你傻呀。"我看着老妹道，"因为他们要保证我必须会来，而这个医院恰恰有我不得不来的理由。"

老妹疑惑道："什么理由？"

江灵也笑了，道："元媛你是真傻！有你在这里，你哥能不来吗？"

老妹愣了一下，脸随即红了，颇有些难为情道："哥，我是不是当了坏人的帮凶？让你危险了。"

"我倒无所谓。你比我危险。"

我沉吟道："元媛，你可能不知道，这个医院里还有许多陈家村派出来的人，名义上是这医院的工作人员，其实都是带有任务的特殊人员。他们的任务就是保护你。这两天来，咱们在医院里走来走去，没有受到什么干扰，大部分原因也是因为有他们在。但是，无着子在这里，御灵子也来了，凭他们的本事，根本不是这俩妖人的对手。这件事也提醒我了，在血金乌没解决之前，你还是回村子里待着比较安全。"

老妹吃了一惊，然后道："哥，没有这么严重吧？如果真的像你说的那样，他们要是想对我下手，不早就得手了？"

"他们之前没有对你下手并不代表以后不会对你下手。"

我严肃道："之前没有，或许是因为他们没机会，也或许是觉得没必要，亦或者是时机不到。而现在，我的本事已经超出了他们的预料，局势也到了不是他死就是我亡的态势，他们该无所不用其极了。再者，不抓你，本身也是一种利用，这次不就把我引到了他们布置的陷阱里面了吗？或许是他们没有料到这次的事件会引起这么大的反应，五大队、九大队都来了，邵家、翟家等术派也闻风而动，他们疲于应付，对付我的效果不如预期，是失算了，要恼羞成怒了。所以，就算是不为别人，为了你哥哥，你爸爸、妈妈，你也得听话。"

老妹垂下头，道："我知道了。"

我本来还想再说一句"以后不要再接近周志成了"的话，但是话到嘴边，又怕引起老妹的反感，最终还是忍住了。

沉默了片刻，我道："第一天夜里，听觉迟钝；第二天夜里，听觉、嗅觉、目法、魂力、元气全都迟钝，好在程度不算太深，但是谁知道再待下去会是什么后果。所以，这个陷阱，咱们既然看穿了，就不再逗留，明天就离开这个是非之地。"

老妹惊道："哥，你不管这里的事情了？"

"不是不管，是不能这么个管法。"我道："这两天两夜的经历你都知道，医院护士失踪真的可能就是幌子，除掉我才是真章，我一天在这里，他们的阴谋阳谋、鬼蜮伎俩就会层出不穷。我虽然不怕，但是城门失火，殃及池鱼，会有其他的人受害，比如那个丁兰，无缘无故做了禁制咒语的载体，成了鬼鸮的宿主。敌人在暗，我们在明，他们主动，我们被动，不如离开，牵着他们鼻子走，变被动为主动。咱们离开了，他们的目的无法实现，也就会离开这里了。"

"那白影和笑脸也不查了？"老妹略有些失落道。

"不查了。"我道，"如果我所料不差的话，那也只是个幌子。听上去很诡异，其实就是为了引人注意，吸引你，然后吸引我。我不在，它频频出现，我来了，它半次都不露，显然是怕我看穿。"

江灵也道："元媛，听你哥哥的话，是为了大家好。"

"那行吧。"老妹也不坚持了，道，"反正你们都说凶手是血金乌之宫，那就不查了，直接把凶手抓到除掉替受害者报仇！"

我"嗯"了一声，道："只要他们跟着我走，我就叫他们有去无回！"

我们一边说话，一边往外走，不多时便出了医院。

在出医院的那一刻，一种神清气爽的感觉立时涌上心头，刹那间，我只觉眼睛亮了，鼻子通了，耳朵聪了，四肢百骸的毛孔都张开了，魂力圆满，元气充沛，简直如重生一般！

果然整个医院都是个陷阱啊。

那个丁兰的女尸肯定只是众多禁制咒语载体中的一个。

血金乌的手段真是阴险恶毒、卑鄙无耻到了极点。

此地决不可再留。

我深吸了一口气，正准备往旅社的方向而去，突然间两道人影从不远处快速掠过，虽然动作敏捷，且是溜着墙角走在暗处，普通人根本发现不了，但是在我的夜眼之中却清晰异常。

两人的说话声也传进了我的耳中：

"神相令都出现了。"

"那陈元方也在附近了？"

"他好像没在，是个女人拿着铁令，那个女人好像还是个变尸，所以被九大队堵住了。"

"听说陈元方一直跟九大队不和，这下可有好戏看了。"

"……"

听见这话，我不由得吃了一惊，拿神相令的正是彩霞和望月，怎么跟九大队的人杠上了？

是对方真不知道彩霞、望月是我的人，还是在故意找茬？

我对江灵道："你带着元媛跟着我走，我先去追那两个人。"

江灵会意，道："小心。"

我点了点头，立时展开身法，逍遥游御气而行。

那两人已经绕过医院东北侧墙角，似乎是往北或西而去。这几日下来，我对医院周边的环境十分熟悉。医院正门在南，前面临街，热闹非常。医院东侧也有偏门，门前街道窄小，多是些路边小摊小贩。北侧临护城河，河道与医院北墙之间有一条公路，路旁多柳树，十分偏僻。再往西侧，更显冷清，一条公路过后，便是城郊大面积开阔的树林子、土山了。

我疾行而去，临过拐角处已至两人身后，略一缓，我伸手拍了拍后者的肩膀，唤道："朋友，你好。"

两人都吓了一跳，尤其是被我拍到肩膀那人，浑身一哆嗦，差点没摔倒。他几个趔趄步子跌撞了半丈之地，然后才张皇扭过头来，手往怀里一摸，掏出一尊青铜帝钟来，摇了两下，铃铃作响，一双眼瞪得浑圆，惊喝道："谁！"

那个没有被我拍肩膀的人，也是狼狈地站好，然后"嗖"地从腰间抽出一柄尺余长的短剑，柏木制，有异香扑鼻，想来不是凡品。那人持剑朝我瞪视，喝道："好家伙！你是人是鬼？"

"两位道友好，在下这厢有礼了。"我抱着谦恭的态度，笑道，"惊扰到两位，实在是不好意思，在下是人，打搅两位是有事想问，还请行以方便。"

"是人？"持帝钟那人道，"大半夜，走路悄无声息的，还朝我脖子上吹气，也敢说是人？"

"有声音，有声音，你们听。"我在地上跺了两脚，发出沉闷的响声，嘴里笑道，"不是朝你吹气，是我跟你说话呢，我说朋友你好，你听到了吧？"

持剑那人"哼"了一声，道："是人，怎么没有影子？"

我道："月光稀薄，这里既无路灯，又墙高柳茂，没有亮处，怎么能有影子呢？两位也没有嘛。"

"休要狡辩！"持剑那人道，"你敢不敢摸一下我这柏木剑？"

"好。"

这有什么不敢摸的，我立时就上前走去，那人却又吓得往后一缩，喝道："你别过来！"

这下，我是真有些不耐烦了。后面江灵和老妹也赶来了，正事要紧，哪有工夫跟你们在这里扯淡，于是我道："实不相瞒，在下麻衣陈元方，刚才听两位说有人持神相令与九大队冲突，还想问问他们人在何处？"

　　这两人看见江灵和老妹从后赶来，本来已就先吃了一惊，再听我自报家门是陈元方，又是一惊，四只眼全都集中在我身上，左右上下来回扫荡。直到江灵和老妹走到我身后时，持剑那人才开口对旁边拿帝钟那人小声说道："是不是陈元方？"

　　那人也低声道："我没见过，不过看过照片，有点相像，但是现在是夜里，光亮不足，我怕会认错。"

　　持剑那人沉默了片刻，又看向我道："你说你是陈元方，有什么证据？"

　　江灵在后面笑道："是谁就是谁，这还要证据？你们又是谁？"

　　持剑那人傲然道："在下洛阳翟家翟不破，这是舍弟翟不立。"

　　"不破不立？哈哈……"老妹在后面掩嘴葫芦笑。

　　"原来是翟家的高足，失敬，失敬。"我拱拱手道，"向日里，翟家有两位老前辈翟锋、翟镝曾夜访陈家村，在寒舍御风台上与鄙人舅爷山门泰斗曾子仲有一番大战，不知两位可曾听闻？"

　　翟不破、翟不立面面相觑，翟不立低声道："看来似乎就是陈元方不假。他身后那个挎剑的女人我也见过照片，是茅山双姝江灵。"

　　翟不破道："血金乌的妖人就在附近，他们诡计多端，说不定还擅长易容，不能掉以轻心。"

　　我听得老大不耐烦。我要是血金乌之宫的人，早就把你们两个磨磨叽叽的浑蛋给灭了，还要你们在这里猜来猜去？

　　翟不破却道，"听说那天夜里曾子仲能侥幸取胜是因为得了陈元方伍子魂鞭的帮助，如果你是陈元方，还请取出魂鞭让我们兄弟开开眼界。"

　　这倒是难为着我了。

　　我道了声"抱歉"，说："实在是不好意思，因为之前要来回查访此间的少女失踪案，伍子魂鞭带在身上并不方便，所以无法取出让两位鉴别，还请见谅。"

　　翟不破道："那神相令呢？"

我有些动怒，道："刚才你们不是说了吗，神相令被一女子拿着，那女子是在下的徒弟彩霞！"

"没有伍子魂鞭，又没有神相令，我们怎么能相信你就是陈元方？"翟不破道："既然身份不能确定，那有些话就不便再说了，告辞！"

说完，翟不破拉着翟不立就准备离开，我这一刻真是要气笑了。

"站住！"

我正准备发飙，身后的江灵一跃而出，连跳几步，长剑"当啷"一声从鞘内抖出，一扭身便拦在翟不破、翟不立的身前，喝道："啰啰唆唆说了一大堆废话，耽误了我们那么长时间，这就准备一走了之？真当神相令主是个摆设？"

翟不破脸色一变，道："你想怎么样？"

江灵道："不想怎么样，很简单，令主问你什么话，老老实实说出来！"

翟不立大怒道："这是在洛阳地盘上，由不得你放肆！"

说话声中，翟不立晃动着帝钟朝江灵欺身而进，那帝钟铃铃作响，一时间刺动鼓膜，噪嘈异常。老妹在一旁连忙将耳朵捂住，江灵却一踔脚，长剑往前陡然一转，嗖地穿进帝钟之内，轻轻一划，帝钟之内的铃铛"叮"地坠落下来，铃声戛然而止。

翟不立呆呆地站在那里，似乎是吓呆了，江灵冷笑道："本不想与你动手，你偏偏要仗着地头蛇的势欺人。本姑娘一力奉陪，好叫你知道是你翟家的山术厉害，还是我茅山的命术厉害！"

"岂有此理！"

翟不破在一旁怒喝一声，道："你剑利，我的剑难道不利？"

喝声中，翟不破仗剑往前，劈空虚划，口里念念有词，临到江灵面前，道声："疾！"

只听"噗"的一声响，那柏木剑中竟然火花一样迸现出一缕光来，刹那间，异香扑鼻，浓郁异常！

我吃了一惊，这倒是异术。

江灵也惊，不敢让那白光近前，略往后退，手里摸出一道黄色符来，口中念念有词，也喝声："疾！"

那符箓轻飘飘朝着翟不破而去，翟不破用剑去戳，只听"嘭"的一声响，符箓烧燃成灰，白光也消失不见，柏木剑端上还有一点黑。

翟不破愣了一下，江灵立时挺剑往前，步伐极快，翟不破躲闪不及，剑尖已至咽喉，他登时呆住了。

我是神相令主，年纪虽不大，但是在术界地位不同寻常，所以盛怒之下，也不便随意动手。

江灵显然知道这点，再加上本性厉害，所以一上来就是辣手，毫不留情，倒是帮了我大忙。

眼见江灵用剑尖指着翟不破咽喉，冷笑道："是你的剑利，还是我的剑利？"

我赶快上前，拿手将江灵的剑按下，道："大家本来都不是敌人，何必兵戎相见？翟氏贤昆仲，这位是茅山江灵，她刚才的本事两位已经见过了，都是方家，应该能认得出是不是茅山弟子该有的套路？在下真是陈元方，还请两位不要再怀疑了。"

翟不破见我先按下了江灵的剑，又好话好说，面子上也下得台来，看了翟不立一眼，也收了柏木剑，朝我拱了拱手，道："我们兄弟学艺不精，让陈令主见笑了。实在是最近洛阳地面风声鹤唳，草木皆兵，不得已而这样。"

"非常时期，非常手段嘛，我理解。"我笑道，"我相信平日里翟家的待客之法绝非如此。怎么样，这下能否将刚才所说之事告知在下呢？"

"好说。"翟不破道，"说实话，我们兄弟也是道听途说，说九大队的人跟拿神相令的人发生了冲突，就在前面西北桐树林里，要不，陈令主就随我们一同前去？"

"好。"

我应了一声，心中却是不爽，早知道这事儿是正发生，还在不远处的桐树林里，谁还跟你在这里瞎纠缠。

当下，我带着妹妹、江灵，跟着翟家兄弟一起奔往桐树林。

路上，江灵低声问我道："元方哥，你说这次会不会是个陷阱？这俩人故意引诱咱们去的？"

"不会。"我道，"刚才你们相斗时，我便已经用灵眼相过他们的气息了，是青气，虽然不甚蔚然大观，但是却是纯正之青气，这足以证明他们是名门正派中人。翟家虽然跟陈家有点过节，但还不至于跟邪教沆瀣一气，给我下套子。"

"哦。"江灵点头不语。

我们刚入桐树林一半之境，便看见前面灯火通明，一群人影高低丛立，环绕在一起。

临近了，才发现亮着的是车灯，十几辆摩托车，都开着大灯。灯光之内，站着四堆人，人数最少的是两人，站在最中央，也是我最熟悉的人，望月和彩霞！

他们身旁、身后都有人，身前六人，全都是老面孔，为首者浑天成，浑天成之后是面条、笑脸、胖子、长发女、短发女。

左侧也是一群熟人，为首者绝无情，绝无情之后另有十多人，其中李星月、袁明岚、封寒客、高霖枫等人也是熟面孔。另有几个年轻人，陌生得很，只是不知周志成口中所说的那个李昂是否也在内里。

最后一众人站得零零散散，显见就不是一个大堆上的，都是些闲散的术界中人，跟翟不破、翟不立一样，闻讯来看热闹来着。

看来，不仅仅是九大队要找我的麻烦，五大队也有一份。

我一露面，绝无情和浑天成的目光就瞟来了，高霖枫还低声道："陈元方来了！"

这声音虽小，但是场中之人哪个不是身怀绝技者，基本上个个都听得清清楚楚，刹那间，又是几十道目光扫来，整个桐树林立时变得鸦雀无声。

"师父！"望月和彩霞齐齐躬身唤道。

"嗯。"我应了一声，走进内里，环视一圈众人，笑道，"望月、彩霞，让你们来查探洛阳的失踪案子，追探邪教妖人，你们怎么有空来这里跟浑队长、绝队长聊天，旁边还聚拢了这么多的听众看客？"

我这么一说，除了五大队、九大队的人之外，其余的术界中人都笑了起来，神色不无尴尬。

"是元方啊，咱们好久不见了，别来无恙啊。"浑天成笑得真像是遇见了多年未见的亲朋故交一样。

我回道："托您的福，许久没来找我的麻烦，我还能活得滋润些。"

"哈哈，你还是那么爱开玩笑。"浑天成笑道："嗯……这两位叫作彩霞、望月的，真是你的徒弟？神相令也是真的？"

"是不是真的，您九大队的堂堂首领，难道还不知道？"我明褒暗讽道。

"咳，我看他们一个是变尸，一个是曾经的血金乌门徒，不敢确定啊。"浑天成笑道，"我哪里能想到你会跟这些人为伍？"

"浑队长这话是要挑拨是非吗？"我冷冷道，"这两人都是好人，是立地成佛的人。别人不敢说，但是要是去比那些尸位素餐却一直有案不能破的所谓队长，那可要好多了。"

这话一出，浑天成不笑了，绝无情也站不住了，两人的神色都有些尴尬。

但绝无情终究是没有吭声，浑天成眼中却寒光一闪，杀机毕现。

我眼皮一跳，不由得向他身后看去，灵眼之中，那里竟然青气冲天。

不是杂乱之青气，而是术界正道人士所特有的青气。

若千里云层，如霞光万道。

这规模之宏大，绝非是一人所能发散出。

但是我却一个人都没有看到。

肉眼之中，那里连个影子都没有。

即便是以夜眼，也只能看到一处处树影，哪里像是有人？

但是，灵眼相气，绝不会出错。

浑天成究竟在那里藏了什么样的人，又藏了多少人，这些人该是怎样的高手，以至于浑天成可以有恃无恐，面对我也敢面露杀机？

到现在，我才突然明白，浑天成绝非是因为我不在望月、彩霞身边才去找茬的。他是故意的，他明知道我就在附近，而偏要这么做，目的就是为了我，就是为了把我引出来，不管他真实的想法是否是要杀了我，最起码也要威慑一下。

我也突然想起来在轩辕八宝鉴中灵界之内看到的那些影像，浑天成对绝无情说："陈元方是我们的眼中钉、肉中刺，必须除之而后快。"

这应该是他内心世界的真实写照。

那么，绝无情知道吗？

我看了一眼绝无情，他没有什么异样的神色，对我一如既往，没有多余的意思。

这至少表面，他和浑天成不一样，最起码不想在这个时候，在这里，把我给解决掉。

那么，绝无情知不知道浑天成在这里隐藏着一支可怕的力量呢？

这一点，我看不出来。

不过，可以试试。

我故意伸长了脖子，探着脑袋，往浑天成身后远处的桐树林中望去，以引起别人的注意。

这一举动让所有人都是一愣，纷纷惊诧地往我看的方向望去。

除了浑天成。

浑天成没有回头看，只是眼中闪过一丝惊诧之色。

绝无情往后看了，但眼中的光芒是茫然不解。

因为，他们什么都没有看见。

他们当然什么也看不见，连我都看不到究竟是谁，又有多少人隐藏在那里，以他们的肉眼凡胎又如何能看到？

而这结果也更让我心惊，到底是什么样的人，才能隐藏得这么好？

想不出来，更猜不出来，有些慌张，但是我笑了，意味深长地笑了，众人面面相觑，不知所以。

江灵拿手碰了碰我，低声道："元方哥，你在干嘛呀？看什么，又笑什么？"

我干咳两声，道："浑队长，你的属下就这么多人？"

浑天成环顾左右道："在精不在多。其实，也不少了。"

我笑道："除了他们呢？"

浑天成眨了眨眼，道："除了他们就没有别的了。"

"那你在那边埋伏了那么多人——"我指了指青气冲天处，道，"他们又是谁的人？"

此言一出，语惊四座！

九大队众人尽皆失色。

其余众人则是茫然不解。

"啊？"

"陈元方刚才说什么？"

"哪里有人？"

"九大队埋伏人手了？"

"……"

我纵声高呼道："藏在那里的朋友们，请现身，神相令主陈元方这厢有礼！"

我既然已经识破了他们的行踪，又客客气气地这么一说，对方如果是术界中人，就该现身了。

不管是不是朋友，最起码的礼数总该要有。

但是他们没有动。

什么动静都没有发出来。

这个时候，桐树林里又陆陆续续来了一些人，似乎都是些看热闹的，我的注意力都集中在那青气冲天之处，也无暇去看都是些什么人来了。

但人群开始骚动：

"陈元方在干什么？"

"故弄玄虚？"

"明明就没什么人嘛！"

"可能另有深意……"

我瞥了一眼浑天成，笑道："看来他们不得你的号令，是不敢现身啊。"

浑天成摇头道："陈令主，我不太明白你的意思啊。"

我暗自狠了狠心，目视望月、彩霞、江灵，让他们不要妄动，他们纷纷会意，我才朗声道："既然这样，那我就过去，亲自请他们现身。"

说罢，我便大踏步往前走去。

"嗖！"

我刚走了两步，一道破空之音倏忽传来，一道乌光流星般划落，直奔我额中。

好快的速度！

我是先听见声音，继而便看见流光，然后立时闪躲。

一枚乌黑的飞镖瞬间没入我身侧土中。

"果然有人！"

"有人在打暗器！"

"谁！"

"不要脸！"

"……"

这暗器从那青气冲天处飞出，围观众人见状，轰然鼓噪。

我则不动声色，一边全神贯注警惕，一边俯身将那飞镖拔出来，只见这是一枚状如五角星似的暗器。

五个角，各个锋利无比，寒光闪闪。

五个角，各个毒质深涂，碧光鳞鳞。

我以相味之术嗅了嗅，是熟悉的气味，不由得心中一动，这与之前偷袭我的那三枚飞镖似乎来自于同一拨人。

虽然暗器不同，但是材质相同、锋利程度相同，涂抹的毒药也一样，打暗器的手法也似一致。

难道上次我想错了，不是血金乌的人在暗算我，也不是日本人，而是浑天成的人？

正想之际，突然呼啸之声大作，我循声看时，赫然发现树林中乌光流窜，仿佛飞蝗漫天，各种模样的暗器，不计其数的量，正铺天盖地朝我袭来。

御气而行！

"元方哥！"

"师父！"

众人狂呼声中，我奋力而退。这天罗地网似的暗器，我身处其中的话，根本无法躲避，只能退后。

但是这时候，一道人影却从我身后鬼魅般欺近，掠过后退的我，瞬时立定，双手一张，刹那间，无数道乌光破空而去。

"叮、叮、叮、叮、叮、叮……"

一时间，金属相击之音此起彼伏。

"当、当、当、当、当、当……"

各种暗器接二连三地跌落在地。

没有一个打在我的身上。

我又惊又喜，冲着那人影喊道："老爸！什么时候到的？"

"就在刚才。"老爸道，"你没有注意到我们。"

来人不是别个，正是老爸。

也正是他的飞钉击溃了那铺天盖地的暗器。

虽然说我以逍遥游御气而行可以躲过去，但多少会有些狼狈，老爸这一出手，才稳居上风。

"那是麻衣陈弘道来了！"

"哎呀，曾门主也在！"

"还有张国手！"

……

我这才回头往人群中看去，只见曾子仲、张熙岳、梦白表哥果然都在人群中站着，见我回头，都朝我点头而笑。

绝无情的神色已经变得相当难看了，不是因为我，而是因为浑天成，他盯着浑天成道："浑队长，你到底是什么意思？你埋伏的是什么样人？为什么要对陈元方下手？现如今咱们的敌人不是他！"

浑天成意味深长地一笑，不置可否。

老爸却环顾四周，脸色阴沉道："武藏家的朋友，在日本是英雄，在中国成了缩头乌龟吗！"

"武藏？"

众人都是一惊，我也诧异道："老爸，真的是日本人？"

老爸冷笑道："你看这些暗器，哪个是中国的？都是苦无、千本、忍者镖！"

"嘿嘿……中华真有些厉害角色，能看得出我们藏在这里，又能打退我们的暗器，佩服！"一道生硬的声音响起，一众人缓缓从黑暗中走出来，个个都是黑色的紧身打扮，身材偏低，体形纤瘦，无声无息，仿佛幽灵，又像是涌动着的暗潮。

他们连脸也蒙着，只露出一双眼来，每一双眼都是精芒毕露，像极了黑夜里的饿狼。

"在下武藏三太夫。多多指教！"

"甲贺流猿飞佐助。多多指教！"

"柳生左右卫门。多多指教！"

"伊贺流雾隐才藏。多多指教！"

出现的人一共有十二个，但是却只有四个人通报了姓名，显见这四人才是头目，其余众人不足道也。

"浑天成！"

我还没有怎么说话，绝无情已经怒不可遏道："谁让你找来这么多日本人？"

"你说呢？"浑天成笑眯眯道，"他们能来，当然不可能只是我的能力使然。这是大老板的意思。"

166　　"为什么？"绝无情怒道，"为什么要用他们？"

浑天成道："那你想用谁？"

绝无情愣了一下，随即骂道："关起门来，咱们自己随便怎么闹都行，你居然把外人叫来看热闹！难道你不知道，非我族类，其心必异？你就是个败类！"

"你太激动了。"浑天成皮笑肉不笑道，"我会把你的话说给大老板听。"

"你！"绝无情握紧了拳头，忽然冷笑一声，道，"随便！但是——你们这些日本人听着，从现在而后，没有我的指令，谁也不能在洛阳动手，否则，以危害我国家安全处理！我五大队队员，见之格杀勿论！"

"你这个态度不友好。"武藏三太夫道，"我们是来帮你们的。"

"帮我们？"我冷笑一声，道，"刚才就是你们打的暗器吧？之前在医院里袭击我的，恐怕也是出自阁下的手笔吧。"

"误会。"武藏三太夫道，"医院里动手的不是我，是我的弟子，他以为你是坏人，后来知道错了，我把他杀了，忍者不允许出错！刚才，那不是袭击，是切磋。你看，你父亲把我们的暗器都打落了，他的本事，大大的好！"

武藏三太夫虽然这么说，但是鬼知道袭击我的到底是不是他弟子，就算真是他的弟子，有没有被他杀掉作为出错的惩罚，更是无人知晓。

我冷笑一声，道："武藏家的家教还真是严格。"

武藏三太夫也不知道是真听不懂我话里的讽刺之意，还是假装听不懂，竟扯掉了口罩，露出半张坑洼不平的老脸来，鼻子下面一撮小胡子一耸一耸，点头微笑道："多谢夸奖！应该的，应该的！"

"你连我话里的意思都能听懂，可见你的中文学得当真不错，似乎早就准备来中国了吧，也早就打算要插手中国术界的事情了吧？"我依旧是明褒暗讽。

但武藏三太夫还是一副很高兴的样子，道："多谢夸奖！应该的，应该的！"

"呸！"我啐了一口，正要再说，围观众人已经是一片哗然。武藏三太夫接着我的话说"应该的"，已经算是触犯了众怒，众人纷纷嚷嚷着，个个指责，更有脾气不好的，直接开口骂了起来：

"应该的？应该你妈了个巴子！"

"日本人插手中国术界的事情，算是什么意思？"

"你们吃生鱼吃多了吧，满嘴说腥话！"

"中国人太无能了吗？居然还要请日本忍者来插手？辱没祖宗啊！"

"你们公家要是办不了，我们去办！"

"对！真是你妈的丢人丢到外面去了！"

……

更有一个中年男人站出来喊道："日本忍者是什么东西？都是以暗杀为谋生手段的卑鄙小人。只要给钱就做事，毫无节操，更无廉耻！洛阳的事情不要他们插手，谁知道他们是为谁卖命的？"

浑天成眯着眼睛，盯着那中年男人道："你是邵中元吧？你侄女邵如昕还是国家通缉的要犯！你自己家的事情还管不好，也敢指手画脚洛阳地面的事情？请不请国际友人来，是你能左右得了的?"

"现在没有株连九族的规定吧?"邵中元冷笑道，"我侄女就算是国际通缉犯，跟我又有什么关系? 她就算再不肖，也不会让日本人来插手自己家门里的事情!"

翟不破立即叫道："姓邵的，这是翟某几十年来听你说的最中听的话!"

绝无情在一旁看着浑天成冷笑不止，口里道："浑天成，我看你还是把你的国际友人请出洛阳去吧，他们在你家里怎么做客都行。这里，不欢迎他们!"

浑天成也盯着绝无情，道："陈队长，你是打定主意要跟这帮不明事理的人站一堆了，是吧?"

绝无情道："无论如何，我不会跟这群东洋人联手! 我做过军人，你根本不懂什么叫荣誉、什么叫耻辱!"

"就凭你的属下，能对付神相令?"浑天成也动了真怒，居然在这里就把话说得这么露骨。

绝无情和我都是一怔，四目相对，默默无言。绝无情扭过头去，对浑天成淡淡说道，"浑队长过虑了。我从来都没有说过要对付神相令，以前没有，现在更没有。"

"你就养虎遗患吧!"浑天成怒道："虚伪! 我这是得到过大老板的首肯的，没有错。你走你的阳关道，我过我的独木桥，咱们井水不犯河水，谁也不用管谁!"

"好，好!"绝无情点点头，道，"我还是那句话，只要有五大队出现的地方，不允许这些忍者出现，除非做游客。若是妄动刀戈，我们格杀勿论!"

"哈哈哈……"

浑天成还没有说话，柳生左右卫门突然仰天大笑，越众而出道："这位陈队长是不是有些太高看自己了? 格杀勿论? 谁杀谁?"

绝无情没有说话。

柳生左右卫门猛然将腰间的长刀从鞘中抽了出来，双手紧握，刀尖上扬，执在身前，狭窄的刀身在灯光的照射下散发出流水也似的光芒，寒彻心扉。

我忍不住暗自赞叹道："真是好刀啊!"

柳生左右卫门鹰隼一样的目光逡巡四顾，一一扫过众人，用生硬的汉语说道："你们，这么多人，谁敢上来，跟我左右卫门单打独斗! 堂堂正正地比一比剑法!"

我一直冷眼旁观，无论是以灵眼看此人的气度，还是以慧眼看此人的魂力，都是上上之选。

他越众而出的动作，还有抽刀而出的麻利劲儿，更是高手中的高手。

众目睽睽之下，只身仗刀，挑战群雄，手更是连抖都不抖一下，实力之强，令人可怖。

其实想来也不会差，从日本远渡重洋而来的高手，必定是高手中的高手。哪个家族和门派，都不愿意让自己的脸面丢在异国他乡。

我们这群人中，若论山术、医术、命术、相术、卜术能胜过此人的，大有人在，但是如果说比试剑法，恐怕只有有限的人才能与之一战了。

江灵说过，柳生家族的"新阴流"剑技，已经可以算是日本的第一剑法。

与之对战，又有必胜把握的人，在我们这些人里，恐怕只有老爸。

但众人也不甘示弱，纷纷挺身而出，呼喊道：

"我来！"

"你们的剑术不还是跟我们学的吗？班门弄斧的玩意儿！"

"我来！"

"让我来看看日本人是怎么玩刀的！"

……

柳生左右卫门的脸上渐渐露出了阴冷的笑容，他嘴一咧开，硬邦邦说道："我的新阴流剑技已经练成多年，剑上沾染鲜血无数，只是还未尝过外国人的血。说不定，今夜就能一偿夙愿了！"

我深知其中危险，当即抗声道："那就让在下来领教一下柳生家族的新阴流剑技。"

众人见我出声，都是一愣，场中登时静了下来。

江灵诧异地看着我，老爸也拉了我一把，我却置之不理，道："你们日本人远来是客。忍者，虽然从事的是暗杀的勾当，但是我陈元方也愿意把你们视为术界的一分子！但是你们来到中国，来到中原，来到洛阳，却无缘无故一连袭击我两次。嘿嘿，这就有点说不通了。既然刚才武藏先生说是想要切磋切磋，那好，在下愿意跟你们切磋切磋，一来看看我中国的剑法到日本变成了什么模样，二来好让你们知道，什么才是根正苗红，什么才是渊源正朔。"

"好！"

围观众人立时爆出了一片喝彩声。

我是神相令令主，我既然出面，没有人敢跟我争。

柳生左右卫门看着我，目光如刀，只不作声。

我笑道："我是麻衣陈家的陈元方，是神相令的令主，咱们两个比试，也不算辱没了阁下的身份吧？我敢打一个赌，十招之内，你碰不到我分毫，若是能碰到我，就算我输怎么样？"

众人都是一愣，柳生左右卫门更是像没听懂我的话一样，呆呆地张大了嘴。

我心中暗笑，嘴上却又道："这样吧，以我的身份，跟你赌十招，是有点欺负人了。二十招！二十招之内，你要是能碰到我，就算我输，怎么样？"

柳生左右卫门环顾武藏三太夫、猿飞佐助、雾隐才藏等日本人，个个脸上都露出难以置信的神情。

柳生左右卫门的喉结动了动，竟有些暗哑道："阁下是在羞辱我，还是在认真说话？"

"当然是认真的，中国是礼仪之邦，人不犯我，我不犯人，哪有主动羞辱人的事情？"我款款笑道，"如果柳生先生还是不敢动手的话，那么我再加一个条件，二十招内，你碰不到我，我却能碰到你，这才算我赢；你碰不到我，我也碰不到你，还算我输。而且，你可以用剑、用刀，我不用任何兵器，怎么样？"

柳生左右卫门的鼻孔一下子张开，脸色有些发红，青筋暴露，神色狰狞，道：

"你如此瞧不起我!"

"柳生先生,不要跟他比!"浑天成突然叫道,"他会一种法术,专门用来躲藏人的攻击,你跟他比,是上了他的当!"

"我说过,我还要碰你,否则也算我输。"我淡淡道,"柳生先生,你刚才不是威风凛凛地挑战我们吗?怎么,也是个只敢动口不敢动手的忍者神龟?"

"你!"柳生左右卫门怒发冲冠,吼道,"我跟你比!十招,刺中你!"

柳生左右卫门已经动了怒气，这就是我想要的效果。

说实话，我虽然对自己逍遥游充满信心，但是对于不了解的敌人，多少还是有些许忌惮，尤其是这些日本忍者。

刚才，如果不是用灵眼相气，我根本就察觉不到他们的存在。

单凭这一点，他们就足以令人畏惧。

当然，忍者本就是因暗杀而生，他们最大的本事正如其名，乃是"忍"。

所谓"忍"，不是隐忍，而是隐藏，只有藏得好，不被人发现，暗杀才会顺利。

而隐藏到就在你的眼皮子底下，你也发现不了，这就是绝高的境界了。

只有心静，才能做到这一点。

而且还是完全的心静。

在我看来，心静的人，很可怕。

这就好比水，波涛汹涌时，你什么也看不清。但是平静下来后，却能照见人的影子。

心静，就能看得清。

敌人若心静，就能看清你的一切，仿佛他们在暗，你在明。

所以，我要搅乱他的静，要让他怒，要把一汪水给搅浑，搅浑了，他就什么也看不清了。

现在，似乎有这么一点点意思了。

柳生左右卫门充满了愤怒，我不使用兵器，而且在有限的招数内，以不对等的条件来判断输赢，其实就是故意在表达我对他的蔑视。

一个在全日本号称剑技第一的家族，不会接受这样的蔑视。

一个代表这样家族来到中国的剑客，更不会接受这样的蔑视。

他怒，我不怒。

他不静，我反而更静了。

在谈话的过程中，我静静地以慧眼锁定此人，将三魂之力散发出去，遍布柳生左右卫门周身上下，为我下一刻即将要施展的逍遥游铺路。

"柳生先生，我中华是礼仪之邦，对客人非常礼让。"我淡淡笑道，"所以在下决定一让到底，您先出手，等您动了，我再动。您若不动，我也绝不会动。"

"呀！"

柳生左右卫门突然一个奔袭，两手抱刀，刀刃朝外，直挺挺朝我劈来。

那刀刃闪着流水般的光芒，在照灯之下，熠熠生辉。

匹练似如风而至。

奇行诡变！

我向右略一撇足，侧了侧身子，那刀刃几乎是挨着我的臂上衣袖而过，只差分毫就能触碰到我，但毕竟是没有碰上。

我是故意的。

以奇行诡变之精妙，躲过这一刀并不难，大幅度躲过去也不难，但我就是要给柳生造成一个错觉，差一点就能碰到我了，再差一点，他就赢了。

人心中一旦有这种错觉，就会有急功近利的表现，心就更不静了。

这是一种类似赌博的心理。

就好比两人赌钱，每一次都是甲险胜乙。乙不会服，他总是认为，下一把，我再用心一点，就一定能赢。

于是乙会一直输下去。

"好！"

围观的众人爆发出一声喝彩，日本众忍者没有任何动静，但我躲开柳生之刀的瞬间，目光扫过那些人，我能看得出他们眼中有稍稍的遗憾。

差一点就在第一招赢了。

"还有十九招！"

江灵大声喊道。

我心中暗笑，这妮子懂我，不但在一旁数招数，还以倒计时的方式数，以一种无形的紧迫感，旨在搅乱柳生之心。

"逆风一刀斩！"

老爸在一旁也喊了一声。

这似乎是柳生刚才打出招式的名字。

而且，自此以后，江灵和老爸似乎形成了默契，两人一唱一和，一个倒计时，一个说招数名字，我不是柳生，不知道柳生的心情究竟具体会是怎样，但总归不会舒服。

人家不但能躲过你的招数，还能精确看出你的招式，说出你招式的名字，你能高兴吗？

而围观众人也是每一招都会起哄，只要我躲过去，他们都会喝一声彩："好！"

这次比试，终于让我明白了客场作战的不爽之处。

所谓天时、地利、人和，老祖宗要求占据这三点优势才能有胜利的把握，实在是说得太对了。

第二招来了。

柳生单手持刀，单手护刀，半开半向，长短一位，斩钉截铁。

我躲！

"好！"

"还有十八招！"

"参学之一刀两断！"

柳生左右卫门的脸颊肌肉抽搐了一下。

第三招来了。

柳生纵身一跃，如飞鹤冲天，半空之中，身子颠倒上下，那刀转得极快，只见一片寒光闪烁，恍如梨花暴雨，肉眼之中，我已分不清哪里是真的刀，哪里只是刀的影子。

我躲！

"好！"

"还有十七招！"

"天狗奥义之二人悬！"

柳生左右卫门的左眼皮跳动了一下。

第四招来了。

柳生身子堪堪落下之际，忽地旋转，恍如飞车，刀身隐藏在人身之中，刀光隐没于黑影之中，究竟哪里是人、哪里是刀？

我分不清，也不必分清。

躲！

"好！"

"还有十六招！不对，这是两招连在了一起，还有十五招！"

"大转三式，小转三式！"

柳生左右卫门的眼紧紧闭了一下，又立即睁开。

第六招来了。

我躲！

"好！"

"还有十四招！"

"天劫乱截！"

柳生剑击。

我躲！

"好！"

"还有十三招！"

"八箭必胜刀！"

柳生剑击。

174　　我躲！

"好!"

"还有十二招!"

"花车乱剑!"

柳生剑击。

我躲!

"好!"

"又是两招连击,还有十招!"

"极意刀、神妙剑!"

柳生剑击。

我躲!

"好!"

"还有九招!"

"天狗抄之明神剑!"

柳生剑击。

我躲!

"好!"

"还有八招!"

"无二剑!"

柳生剑击。

我躲!

"好!"

"两招连击,还有六招!"

"月影、浮波!"

柳生剑击。

我躲!

"好!"

"还有五招!"

"二十七箇条截相!"

柳生剑击。

我躲!

"好!"

"这是四招连击,还有最后一招!"

"向雷刀八势,后雷刀十三势,续雷刀二十一势,外雷刀三十势!"

柳生左右卫门猛然咬紧了牙。

额头上的青筋一跳一跳,仿佛是要挣扎着从肉里蹦出来的虫子。

他流汗了。

还有最后一招。

胜负马上就要出结果了。

但他似乎还有些轻松。

他终于明白了，他无论如何都碰不到我。

但是，我也碰不到他。

因为我一直在躲。

我好像只会躲。

连一招都没有还击。

这样的我又怎么能碰到他？

前十九招都没有碰到他，最后一招会出现奇迹吗？

如果奇迹不出现，那结果就是我输了，我们谁也没有碰到谁的结果，就是我输。

那么，奇迹会出现吗？

当然会。

我会创造出这个奇迹。

柳生左右卫门动了。

拿着他的刀，动了。

最后一招来了！

柳生像一只燕子一样，轻巧地飞了起来。如果你不是亲眼看见，根本无法想象出来，一个人怎么会像一只燕子一样飞了起来，但柳生他就做到了。

他轻轻地飞起，似乎要从我身边经过。连看都不看我一眼。

他的刀，也没有要攻击的意思。

我是有一丝小小的诧异的，他这是怎么了？

难道他已经忘了，我们在比试吗？

不，他不会忘的，我也不会。

奇行诡变！

匿迹销声！

御气而行！

最后一招，一连三式，柳生从我身边快要经过的时候，我又以奇行诡变跟了上去，就在他眼前，在他稍稍吃惊了的时候，我匿迹销声了。

众目睽睽，突然消失！

准确来说，只是柳生这么以为的。

在别人眼中，我还在。我只是平平地腾跃而起，掠过柳生的头顶，从上往下看向他，俯视。

我用了御气而行。

柳生惊恐地瞪大了眼睛。

他本是忍者，擅长隐藏，他绝不会料到，我比他更擅长。

就在他眼皮子底下，彻彻底底消失了！

怎么可能？

陈元方一定是躲到了我的背后。

于是，柳生猛回头，抽刀，击！

他没有看见我的人，但是他的刀却毫不迟疑攻了出去。

这一刀的风流，我无法形容。

只能想象一下一只燕子飞到了月亮照不到的地方，一个静悄悄的转身。月亮恰又从云层中出来，光芒如水，普洒人间。

真是好刀，好剑法。

可惜了。

"啊！"

猿飞佐助、雾隐才藏、武藏三太夫终于忍不住发出了一声叹息。

因为他们已经看出来，柳生这最后一击，虽然风华绝代，但是却不可能碰得到我。

柳生根本没有找准目标，我在他上方，他却往后一击。

就好比拿着枪打靶子，打的却是别人的靶子。

柳生如此，又如何能碰得到我？

他那一刀落空了。

而在他这一刀的刀芒快要完全消失的时候，我的手往下轻轻一按，印在了他的头上。

混元之气！

这一掌不会伤人，更不会杀人，我只是保证能将柳生在短时间内震得略微眩晕，以免他理智丧失。

我压迫着他，下落在地。

"结束了！"众人已经忘记了喝彩，也不知道是惊叹于柳生的剑法，还是惊叹于我神乎其技的躲避，他们鸦雀无声，噤若寒蝉。

但是江灵没有忘记数招，她笑着大声叫道："最后一招，结束了！"

老爸也曼声说道："新阴流燕飞技，猿回山阴！"

"多谢阁下承认。"我把手从身子僵直的柳生左右卫门头顶拿开，微微笑道，"柳生君，你没碰到在下，在下却碰到你了。所以，你输了。"

柳生左右卫门呆呆地站在那里，一动不动。

他的脸像死人一样，散发出一种青灰色的光芒。

围观的众人爆发出一阵歇斯底里的喝彩："日本人败了！"

"连人家的衣裳角都没碰到！"

"还让人家摸了他的人头！"

我远离了柳生左右卫门，目光一一扫过日本众忍者，缓缓道："看到了吗？中国人不比你们差，所以我们不需要你们。"

他们已经偷袭了我两次，两次都是奔着我的命去的，这种宵小之辈，再厉害，我也不会相信他们是来帮助我们破案的。

浑天成只是在利用他们，利用他们对付我，我就要浑天成看看，他请来的这群所谓日本的高手，一样不是我的对手！

而对于这些日本人，我就是要发出警告，你们不行，少打我的主意，少打《神相天书》的主意。

他们没有吭声。

浑天成也没有吭声。

他管不了这些日本人，也管不了我。

邵中元又开口道："你们听到了吗，我们不需要你们，请你们离开洛阳！"

"陈先生。"

猿飞佐助突然开口道："刚才我们只是比较了剑技，但据在下所知，这次贵国遇到的麻烦，是贵国最厉害的邪教所为。他们好像不是只会武功吧？你们或许不需要我们的武术，但是忍者是有玄术的，你们也不需要我们的玄术吗？"

"玄术？"我呵呵冷笑道，"以暗杀著称的忍者，也会说玄术？不过你这么一说，我倒是想起来了，那天夜里，你们偷袭我的时候，却是用了玄术，命丹和命符吧。也不过如此嘛。"

武藏三太夫道："鄙人已经解释过，那是鄙人不懂事的弟子，他们并未学到忍术的精髓。"

"那你的意思是你学到了？"我冷冷地看着武藏三太夫，这群人纠缠不清，再次勾起了我心中的怒火。

"在下虽然艺不惊人，但在日本忍术界，也是影忍之一。"武藏三太夫虽然语气上是在谦虚，但是表情上却自有一种骄傲，他伸出一只手，道，"在日本，所有的影忍加起来，不超过五个！"

我听江灵说过影忍的厉害，但是没想到在日本会这么稀缺。

不过，要是这样的话，那能挫败一个影忍，基本上也算是挫败了日本的整个忍者界。

我喜欢这样。

想到这里，我笑了笑，道："武藏先生这么高的本事，是不是也想出来比一比？"

"不敢！"武藏三太夫道，"在下只是想说，如果贵国有比我玄术更厉害的人，那我就没有留在贵国的必要了，我甘愿回国。"

"好，那就出来比比吧。"我道，"这次让你选择，几招决定胜负？"

"不用数招，直到一方认输或者丧失战斗能力为止。"武藏三太夫阴笑道，"生死不论，可乎？"

"可以。"我也笑了笑，道，"那请吧。"

武藏道，"这次还是阁下来比吗？"

我道："对付你们，似乎不必第二个人。刚才我也没有耗费多少力气。"

"元方哥！"江灵走过来道："这次让我来吧！"

老爸也道："这次我来！"

曾子仲和张熙岳也越众而出，纷纷要求参战。

绝无情那边，封寒客突然一跃而出，手持不死草，应该是又重新祭起的法器，直奔武藏三太夫，口中喝道："我来与你比比！"

武藏三太夫没有动，眼看封寒客就要冲到武藏三太夫跟前，只听"嘭"的一声响，场中陡起一阵烟雾，闪耀人眼，视野之中登时一片白茫茫。

我有四大目法，眼睛非常人可比，只瞬间便恢复如常，只见猿飞佐助的身子从烟雾中鬼魅般闪出，手持一柄苦无，"嗖"地袭向封寒客！

烟雾消散之际，猿飞佐助手中的苦无已经逼在了封寒客的脖颈大动脉上！

那边，李星月也已经看见，飞身来救。

只听"哒、哒、哒、哒、哒、哒"一阵乱响，李星月陡然止步，在她身前的地上，已经多出了一溜的手里剑。

是雾隐才藏身后的六名忍者一起打出的。

意在阻止李星月前进救人。

我们这边，众人一片哗然。

这便是忍术？

以烟雾隐藏行踪，突施偷袭，让人在猝不及防之际，骤然中招。

猿飞佐助冷冷地盯着封寒客道："无名之辈，没有资格与大日本的影忍决斗！"

"你不要脸！"封寒客咬牙切齿骂道。

"要是在日本，我这苦无已经割破了你的动脉血管。"猿飞佐助道："你已经死了。战斗，没有要脸不要脸，只有输赢生死的结果。"

"回来吧，老封。"绝无情道，"这一帮人，留给陈令主去教训！"

封寒客恨恨而归，猿飞佐助也收了苦无。

武藏三太夫笑道："怎么样，你们确定谁要参战了吗？"

"就是我。"我回了一句，然后看向老爸道，"爸，刚才已经比过武术了，你再上场，不合适，会让他们觉得咱们黔驴技穷。"

说完，我又对江灵说道："灵儿，你也回去吧，我不希望你解开锁镇。"

然后，我又目视曾子仲、张熙岳，道："两位老爷子，请你们为我压阵！"

"好！"

一片空地被腾了出来，空地之中，只有我跟武藏。

"请。"

我朝武藏伸了伸手，示意他先动。

武藏也没有客气，只颔首一笑，突然身子急动，如风般朝我奔来。

他手里什么也没有，而且两只手还都是朝向后方，手掌摊开，浑身上下，也无藏武器的可能，就这么空空如也地朝我奔了过来。

这是什么招数？

我一愣，武藏已经奔到了我的面前，一张鲶鱼嘴忽然裂开，我只看见他舌尖一动，空气中忽然传出一阵诡异的波动。

这不是望月施展阴阳大执空术时的那种波动，而是空气自发凝结成了一种东西，接受了武藏口舌的控制。

"嗖、嗖、嗖、嗖！"

一连串的破空之声就在我面前乍起。

一颗颗由空气凝结成的透明尖锐物，形成了一个圆筒状，从四面八方聚集汇拢，直奔我整个脑袋。

这是我闻所未闻、见所未见的奇招！

事后才从曾子仲那里得知，这一招隶属山术，在日本忍界号称"风遁口爆针"。

那个时候，我施展奇行诡变已经有些迟了。

混元之气！

刹那间，我将双手一拢，体内的元气骤迸发，由周身三千六百毛孔一起喷涌而出。

"呼……"

一声轻响，那些空气尖锐物全然消失。

"嘭！"

又是一阵烟雾陡然而起，武藏的身影在我面前诡异消失。

在这一刻，我冷汗直流，差一点就误以为他也会逍遥游奇行诡变了，好在我没有那么慌张，立时就想起来他如果会奇行诡变，也就不会再用烟雾做掩护了。

他是忍者，这只是他遁走消失的障眼法。

气味！

我是相士，相味之术，闻风辨位。

身子左侧。

御气而行！

我往后巧退，赫然看见武藏半屈着身子蛇行般往我原本所在位置的左侧欺近。

他的手里还捏着一张符纸。

白色的肃杀纸符，手一松，轻飘飘朝我袭来。

武藏的双手以极快的速度捏起诀来，口中念念有词，都是些日语，我也听不懂他在说什么。

但是，一种极度的危险感觉猛然涌上心头，我心知不妙，这符纸有大古怪，无论如何都不能近身。

慧眼！

三魂之力出！

我目视那白色纸符，两道魂力磅礴涌出。

给我破！

"啪！"

那纸符被我的魂力冲撞，在风中一声轻响，裂成两半，摇摇而落，转瞬自燃成灰。

"嗯！"

武藏闷哼了一声，身子微微一晃，以一种难以置信的目光审视了我一眼，两只手又迅速伸出来，在嘴上以极快的速度虚画起来。

我不知道他这又是什么招数，但是我已经不需要管了，因为我的魂力已经布散开来，奇行诡变可以施展。

"嗷！"

武藏突然大喝一声，口一张，一道半月形的空气刀刃闪电般朝我袭来，那"刀"迎风而长，出来时只是一寸大小，到我近前时，已经三尺有余。

如果打在我身上，我必成两半。

躲！

我斜刺里一绕，从那空气刀下闪掠而出，不料那空气刀陡然转向，竟然尾随我而来。

娘的！

我把牙一咬，好你个武藏，既然你不仁，那就休怪我不义了。

我直奔武藏而去。

这空气刀就留给你自己享用吧！

武藏瞬间也识破了我的意图，双手在嘴上一画，又是"嗷"的一声，喷出一道空气刀来，前后夹击。

而他本人迅速逃窜。

奇行诡变！

我立时追上武藏，劈手朝他后背抓去。

武藏没有料到我的动作会这么快，一晃眼竟与他只有咫尺之遥，当即惊得脸色一变，将手往下一摔，"嘭"的一声响，早有一阵烟雾腾起。

又来这一招！

给我散了！

我大手一挥，元气爆发，那烟雾瞬间消散得干干净净，武藏根本没来得及躲，便被我劈手抓住后颈。我略一用力，便将武藏提了起来，先挡在我身前，因为身前之刀已经到了。

武藏大惊失色，口中慌忙叽里咕噜说了一大堆话，那刀刚刚刺进他的衣服，便淡淡消失了。

但这还不算完。

我飞速前进，前进中，身子一转，提着武藏扭了一圈，又将他挡在了我的身后。

因为我料定此时此刻，我身后追袭我的空气刀也该到了。

果然，武藏惊魂甫定，又是大吃一惊，赶紧再叽里咕噜，消除自己弄出来的术，那刀也是堪堪割破了武藏的衣服。

两柄刀都消失了，我将武藏高高举起，本想使劲用元气将其震飞，让他彻底失去战力，但是不料刚举起来，他的衣服居然落了下来。

我愣了一下，定了定神，才发现自己并没有看错，确实是武藏的衣服掉了下来。

原来是那两柄空气刀，虽然没有将武藏劈成几半，但是却也割破了他的衣服。

他的黑色忍者服从前到后分成了两片，从空中飘了下来。

此时此刻的他，全身上下只剩下一件白色的底裤。

"哈哈哈哈！"

围观众人轰然爆发出一阵大笑。

"打不过脱衣服了！"

"这就是影忍啊！"

"真是好风采！"

"原来日本的影忍也是要穿内裤的，还是白色的，我以为都不穿呢！"

"呸！"

江灵和老妹都是脸色大窘，啐了几口，躲开了目光不去看。

武藏三太夫估计想死的心都有了，雾隐才藏、猿飞佐助、柳生左右卫门等人兔死狐悲，物伤其类，脸色都难看得像煮熟的猪肝一样！

我也用不着再以元气震飞武藏了，直接将其摔了在地上，笑道："武藏先生，还要再比，分出个生死胜负吗？"

武藏没有吭声。

我道："即便是想再比，也请阁下穿上衣服再来。如何？"

"哈哈哈！"

众人又是一阵哄笑，武藏三太夫跳了起来，掩面钻进了日本众忍者之中，再也没有露面。

堂堂一代影忍，比试落了个这样的下场，估计想死的心都有了，回日本之后，心中也必定会留下一辈子的阴影。

唉，我实在是太不应该了。

曾子仲为老不尊，到现在还在哈哈大笑，道："刚才大日本影忍的那一招叫作'风遁真空刃'啊！你们根本不晓得有多厉害，看看，一刀就把自己的衣服给脱了。这睡觉的时候，该多方便啊，就是睡醒了再穿就不太好弄了……"

张熙岳笑得前仰后合，喘着气，抖着手指着曾子仲道："老曾，你这老货也太损了！"

猿飞佐助怒道："你们中华人就是这么对待客人的吗？士可杀不可辱！"

"不速之客不请自来不是客！"绝无情冷冷道，"你们更不是士！怎么样，连输两场，还要再比吗？"

雾隐才藏与猿飞佐助对视一眼，然后又看了看浑天成，道，"贵国的人太不友好了，浑队长，我们告辞！"

"哎！"浑天成急道，"雾隐阁下，猿飞阁下！先不要走！"

雾隐才藏和猿飞佐助没有理会浑天成，和柳生等人，带着一众忍者疾行而去，瞬间消失在夜色里，仿佛幽灵一般。

我目睹此状，不由得倒抽一口冷气，胜虽然是胜了，但是日本忍者的实力当真还是不可小觑！

"陈弘生，你等着大老板问你话吧！"浑天成怒气冲冲地朝绝无情喊了一声，又瞪了我一眼，带着众人，开走了一半的摩托，轰隆隆而去。

"陈元方，这次谢谢你了。"绝无情将我拉到僻静处，说道。

我笑了笑，道："客气，你根本不用谢我，因为我不是为你打的。"

绝无情不动声色，道："查出来什么眉目了吗？"

我摇了摇头，道："其实不用查，已经知道是血金乌之宫干的，只是查不到他们人的行踪，也查不到他们的总舵所在。不过，我在医院里别有发现，他们在医院里布置了很多的禁制术，专一针对我而设计，你可以派人去看看，处理一下。另外，无着子和御灵子都在洛阳，只是不见踪影。"

"我知道了……那你接下来是什么打算？"

"我决定离开这里。再耗下去肯定对我不利，我不能眼看着是陷阱，还要往里面跳吧。"

绝无情盯着我看了许久，才道："那你打算不管了？"

"也不是，只不过换个地方。"

"换什么地方？"

"我要去龙王湖吴家沟。"

"龙王湖吴家沟？"绝无情的眼睛猛然睁大，发出两道瘆人的亮光来，道，"你也知道那里出现事故了？"

"不只你们五大队有情报机关。"我笑道，"龙王湖那里的情况似乎更加诡异，我想你应该派人去了，也应该知道那里事情的棘手。我去，对你来说，也不算坏事。"

"好。"绝无情倒也痛快，道，"那就随便你，只要不把动静弄大，我会帮你。这边的后续事情，留给我处理。"

我道："医院太平间里有个尸体，是被血金乌之宫害死的人，尸身上有禁制符咒，还有鬼鸦钻过的洞。对了，这个地方已经有了鬼鸦的侵袭，你最好是派人去排查一下，闹出事情来，你的脸上就不好看了。"

"我会的。"绝无情道，"还有别的事情吗？"

"你带的人里，有没有一个叫李昂的？"

"有！"绝无情眉头一皱，道，"你们陈家的消息真是厉害，我刚收上来的一个小人物，你就知道了。"

"我知道他不是因为我们陈家消息机关的禀报，而是他的嘴太快了。"

"什么意思？"

"他把你、我，还有术界的很多人物、事情都说给了他的同学听，他的同学又是个大喇叭，我担心你们五大队的事情，迟早要闹得天下皆知！"

"他敢这样？"绝无情脸颊的肌肉一抽，道，"要不是他的家族还有些势力，我让他从今往后都闭嘴！"

"那你现在打算如何处置？"我本来是想利用绝无情对付周志成，但现在似乎又连累了李昂，这让我心里颇为过意不去。

"警告，惩处！"绝无情咬牙道，"再有下次，我拔了他的舌头，再让他一辈子见不了外人！"

我这才放了心，道："也不全怪他，只是他的那个同学比较烦人，经常软磨硬泡从他那里打听事情，还到处去说。"

绝无情眼中闪过一丝冷光，道："他的同学？哪个？"

"就在这里的医院里，叫周志成，是个二十来岁的医生。你最好仔细查查他，他不是个好人。"

绝无情看了我一眼，道："我怎么有一种错觉，你好像是在利用我对付这个周志成？这个周志成跟你是什么关系？"

"没什么关系。"我有些心虚，但是表面上还是不动声色，道，"你爱管不管，反正对我没什么好处，也没什么损失。"

"嗯。"绝无情不置可否。

交谈到此也该结束了。

我走回去，拒绝了许多术界中人的热情邀请，尤其是翟不破、翟不立两兄弟，说了后会有期，然后跟老爸、江灵、老妹、望月、彩霞、曾子仲、张熙岳、表哥一道离开。

到了旅社，我先说了一下这几天的大致情况，然后又讲了下一步的行程，众人也无反对，休息一下，到明天就去龙王湖吴家沟。

特意决定，老妹必须跟着一起去，因为这里不安全。

老妹无法拒绝。

第二天，出发！

当我们一行人到达吴家沟的时候，不用问，不用看，我已经能感觉到有一张无形的恐怖大网正笼罩在这个山村上空。

这是个不小的山村，这个村子的历史几乎和中国的历史一样久远，但它并不出名，也不起眼。

村里的每个人都对我们的到来喜形于色，他们毫不客气地把我们当作救星。对他们来说，人越多越好，越多越能减轻他们的恐惧。

我见到了三爷爷派到这里的消息人员，此人告诉我说，村子里总共死了二十一个人，无一例外，全都是绝户死的，总共六户！

死者身上一点伤痕毛病也看不出来，好像是睡着睡着就死了。

之前曾叫了警察来，但法医也没检查出什么结果，他们说可能是传染病，将尸体带回去进行研究，可是到现在都没有什么结论。

这村子里原本有一个道姑，在村民中的威望极高，当警察和医生对这些绝户命案都无能为力，也给不了合理的解释时，村民们全都对那道姑深信不疑。

那道姑说死者不是得病，而是鬼怪所致，他们得罪了厉祟，所以诡死，土葬不祥，不如火焚后装入骨灰盒，从天地之中的中岳抛出，让他们魂归大海。

她还让村民们不要逃离，否则都会被厉祟缠上，逃一个死一个。

于是，村民们虽然害怕，却仍然固守此处，所以他们见到有人来，会很高兴。而那些死者就被烧化成灰，装入骨灰盒后，由村民带着远赴嵩山，扔进了颍水。

我听了以后，道："那个道姑现在哪里？我要去拜访她。"

"她已经死了。也是不明不白的死，死因不明，毫无异状。"

我一愣，这个道姑居然也死了？

这算是闹的哪门子事？

在此负责探听消息的那人是我"弘"字辈的一个族叔，名唤陈弘慎。

陈弘慎在吴家沟已经驻足了三天三夜，对此中的情况已经打探得相当清楚。

我道："那道姑什么时候死的？"

陈弘慎道："三天前，正是我甫到此地的时候。"

"详细说一下情况。"

陈弘慎道："那位道姑道号'寐生'，她死之后，村里人为了表示尊敬，没敢火化她，她另有弟子将其遗体保留了下来，带出了龙王湖吴家沟，说是回祖山找祖师爷查明死因。但是到现在为止，那弟子也未归来，村里人也不知道那弟子所谓的祖山是在什么地方。"

我道："那寐生道姑是一直住在这个村子里的？"

陈弘慎道："不是一直，她算是个云游道姑吧，十年前来到这里，其间断断续续又离开过多次，算是居无定所，但吴家沟却是长留之地。不过，村民们也不知道她的具体师承。村民们对此是漠不关心的，他们只管她有没有本事，而寐生道姑也确实有本事，听说十年来为村里做过不少大事，许多人家的阴阳之事都是由她照理的。所以，平日里，只要是寐生在此，村中之人无论男女长幼，都听她的。"

我道："那寐生道姑死后，这个村子的负责人是谁？"

陈弘慎道："村长吴存根。"

我道："他排斥外人吗？"

陈弘慎道："不会，现在巴不得有人来帮他们渡过难关。"

我道："你跟他有联系？"

陈弘慎道："我这几天一直住在他家，我告诉他我是个途经此地的外地人，在这里等些朋友过来。我还告诉他，我的朋友很多都懂阴阳之事，来了说不定能帮助他们。他很高兴。"

"嗯，叔叔做得好。"我赞赏地笑了笑，道，"能引荐一下吗？"

"没有问题！"

在陈弘慎的带领下，我们一道去了村长吴存根家里。

吴存根五十多岁，是个典型的中原汉子，为人热情好客，说话干脆利索，毫不拖泥带水。他有三个儿子，老大吴胜利是农民，在村委会做个生产队队长，已经成家生子了，其余两个儿子都在外地求学。

诚如陈弘慎所说，吴存根对我们的到来十分高兴，硬要留我们一行七人吃午饭。我们盛情难却，而且以我心中本意，也确实有留下来的必要，于是谦让一番，也不再推辞了。

吃饭的时候，老妹好奇地问吴存根道："吴爷爷，你们村的寐生道长很厉害吗？"

吴存根连连点头道："厉害！啥事儿都懂，能掐会算！"

江灵道："她没说过是哪个门派的？"

"门派？"吴存根茫然地摇了摇头，道，"不懂。没说过。"

老妹道："我很想看看道姑是长什么样子的，吴爷爷有她的照片没？"

"没有。"吴存根道，"寐生仙师从不照相，说对道不敬。"

"哦……"老妹紧追不舍，又问道，"那她长什么样子？"

"齐整，年轻，"吴存根憨厚地笑了笑，道，"像天仙下凡！"

吴胜利在一旁接口道："寐生仙师十年前就来俺们村里了，那时候是啥样子，现在还啥样子，真个跟天仙下凡一样！啧啧……可惜了，那么大能耐的一个人儿，这次也不明不白就走了。俺们村里的人一开始都不相信！她那小徒弟哭哭啼啼把她带走了，说回祖山找祖师爷看看是咋死的，我们才信了。你们说，俺们村里这到底是遭了啥事？俺们平时里拜神烧香，也没造孽啊！"

"吴大哥不用怕，也别急。"陈弘慎在一旁安慰道，"我这几天在这里不走就是想帮你们，不是说过天话儿，我这几个朋友的能耐不比寐生仙师差，有他们在，你们村子会平安的。"

"俺信，俺信！"吴胜利道，"看这俩老爷子长得，跟老神仙似的，一看就是大能耐人！"

张熙岳和曾子仲都乐了起来。

我在一旁听着，心中暗自一动，那寐生道姑十年间居然驻颜不老，这本事跟血金乌之宫的妖术有异曲同工之妙，这个寐生究竟是何等样人？会不会跟血金乌有所关联？

想了片刻，我又自行否定了，如果是血金乌的妖人，又怎么会长住吴家沟，而且在这里帮助村民做事？

但愿是我多疑了吧。

但愿这里不会是另一个陷阱。

"村长！"

我正想之际，一个中年男人跑进院子里来，大呼小叫道："村子里又来了个年轻人，探头探脑的，挨家挨户地看，不像是啥好人。我问他干啥哩，他也不说！"

　　吴存根把筷子往碗上一放，站起了身子，道："叫来看看！"

　　"揪过来了！"

　　我们也都扭头去看是什么人，这一看不要紧，我恶心得差点没把刚吃下去的饭吐出来，当即阴沉了脸。

　　那人也看见我们了，不等我们这边说话，就喊道："元媛！你在这儿啊，我终于找着你了！"

　　来者不是别人，正是跟苍蝇一样甩不掉的周志成。

　　"你怎么来这里了？"元媛惊喜道。

　　"你们认识啊？"吴胜利左顾右看，挠了挠头。

　　老妹道："这是我朋友。"

　　"那过来一起吃饭。"吴存根听说是朋友，又坐了下来。

　　周志成也真不把自己当客人，当即就跑了过来，坐下拿起筷子夹菜吃馍。

　　我厌恶地走到了一边，也没说话。

　　张熙岳、曾子仲不明所以，没说什么话。老爸、表哥感觉气氛有些不对，看我拉着脸，便走到我身边，表哥低声问道："怎么回事？这个人是谁？跟元媛认识？"

　　"元媛的朋友，准男朋友！"我没好气道。

　　老爸愣了一下，立即回头去看周志成。

　　表哥嘟囔道："长得也不怎么样啊，低。"

　　表哥一米八五，看谁都低。

　　那边，老妹又问埋头狼吞虎咽的周志成道："还没回我话呢，你怎么来了？"

　　"找你啊！"周志成呜咽不清道，"你们不让我跟着，我还担心，所以就偷偷跑来了。唉，这里的村民真是野蛮，刚才差点打我一顿。"

　　"看你长那样子，谁见谁都想打！"我实在忍不住了，在旁边说了一句。

　　"哥！"老妹不满地瞪了我一眼。

　　老爸低声问我道："这个人，不好？"

　　"面相不好，话多，爱打听事。"我道，"心思活络，心术不正。就是一张嘴甜，表面上对元媛很好，经常无事献殷勤。"

　　表哥道："这些你没告诉元媛？"

　　"你觉得元媛会信？"

　　"你说周志成坏她会不信？"

　　我盯着表哥，半天无语，真是情商低没救了。

　　表哥还扭头道："我看你就没认真说，我去跟元媛说！"

　　我一把把表哥拽了回来，道："其实我观察过木仙的面相，此人阴险毒辣，蛇蝎心肠。她表面上是跟咱们称同道中人，但其实内藏杀机，你下次见她，一定要以敌人对待。"

　　表哥目瞪口呆了片刻，然后大声道："怎么可能！"

这一声吼，大家都扭过头来看我们是怎么回事，表哥兀自青着脸道："木仙不会是那种人！"

"我的相术这么厉害，你还不信？"

"不信！"表哥道，"除非她真做出来，否则打死我都不信！"

我摊摊手，道："明白了？"

表哥疑惑道："明白什么了？"

"元媛不信我啊。这跟我是不是她的亲人无关，跟我相术厉不厉害无关。一个人喜欢上另一个人，在某种程度上就会变成瞎子、聋子，别人能看见的，他都看不见，别人说的话，即便是为他好的话，他也听不见。"

"哦。"表哥恍然大悟，继而又喜道，"所以你刚才说木仙的话，是假的！"

我："……"

表哥兴奋了，道："元媛不信你的话不要紧，要不我找个机会打那家伙一顿，警告威胁一下？"

老爸摇了摇头，道："别，元媛性子不好，留下来多观察。"

这时候，又一人从外而入，大叫道："村长，大好事，看我请来了一位大师！马上就到了！"

"吴会计？"吴存根诧异道，"你能请来什么大师？"

那会计道："是神算陈的儿子！陈大先生！"

神算陈的儿子？陈大先生？我们都愣住了。

那不是我爸？

可我爸不就在跟前？

那会计道："村长你不记得了？寐生仙师四天前给我们说过那神算陈，特别厉害，比寐生仙师还要厉害，神算陈的儿子陈大先生更是……青出于蓝而胜于蓝！"

听到这话，我实在是忍不住笑了，神算陈是我爷爷，陈大先生是我老爸，这是谁冒充我们陈家呢？难不成真是李逵撞上了李鬼？

老妹也笑道："我们快去看一看，这个陈大先生是怎样一副尊容。"

我们几个还没出门，就听见一阵喧哗声传来，我们往门口一张望，只见一群村民簇拥着一个高个子大汉而来。那个大汉身穿一身不伦不类的灰布麻衣，脚踏一双千层底黑面布鞋，脸上戴着一副大蛤蟆墨镜，痞气十足，这实在不像是一个大师，倒像是一个走江湖的算命瞎子。

但是等那人走近，看清楚了，我们都愣在当场——这不是我二叔吗？

来人把大蛤蟆眼镜一抹去，朝老爸喊了一声："大哥？"

又朝我喊了一声："元方？"

之后环顾江灵、老妹等众人，更是惊奇地叫道："元方的媳妇？元媛？老蒋家那长头发小子？还有张老爷子？"最后看了一眼曾子仲，他一拍大腿，道，"这是遇什么邪了？怎么二舅你也在啊？"

这人正是我货真价实的二叔陈弘德，天知道他怎么来了，而且还是以陈大先生的名义。

我和老爸面面相觑，无奈地笑了笑，我这个二叔没别的本事，整天神一出鬼一出，惯会使幺蛾子。

吴胜利不明所以，看着二叔道："陈大先生，你们都认识？"

二叔大手一挥，道："别叫陈大先生了，那是我大哥，他才是陈大先生！我是陈二先生，我们都是一家人。"

吴存根大喜道："好，好！都是自己人！那我们还有什么好怕的？胜利，去牵头猪来，杀掉烩菜！"

老爸赶紧劝阻道："不用，不用。"

二叔也装模作样道："是呀，别弄了。无功不受禄，办完事再吃也不迟。"

周志成挤过来，朝二叔说道："二叔，你好。"

二叔看了一眼周志成，略皱了皱眉，道："长这么一张苦瓜脸，叫谁二叔呢？我认识你吗？"

二叔这话一说，周志成满脸尴尬，我却高兴坏了，二叔这是难得的一次正经言论。

老妹却不满意道："二叔，这是我朋友，周志成。"

"朋友？"二叔眼珠子一转，道，"什么朋友？肘子撑？他妈吃肘子吃多了才生的他吧，起这名字？"

"好朋友！"老妹哭笑不得道，"不是肘子撑，是周志成！"

"不好。"二叔道，"这货长得一点都不好。"

"二叔！"老妹瞪眼道，"你再这样，我不理你了。"

"好好好。"二叔嬉皮笑脸道，"也不知道怎么了，就是看他不顺眼嘛。你要是生气，我就不说了，不过别让他叫我二叔，我没这么矬的侄子。"

周志成讪笑着，对老妹说道："你二叔真是幽默。"

老妹道："他一直都这样。你也别放在心上。"

"没事，没事。"周志成连连摇头憨笑。

我冷眼旁观片刻，问二叔道："二叔，你怎么会来这里？"

二叔道："我听你三爷爷说村子里漂去的骨灰盒是从这里过去的，就知道这边有古怪。我想去找你问问看怎么办，结果你也不在家，大哥也不在。大嫂说你们去洛阳一家什么什么医院了，我就想着你们没空过来，那我就来呗，嘿嘿。"

我翻了翻白眼，二叔这又是大何庄的那套心思，来走走场，看看情况，自己能办的话就办了，赚点外快，自己不能办就想办法拉我和老爸来。

吴存根让围观来的村民都散了去，我们几个围在屋里，商议如何走接下来的路。我问吴存根道："村子里遇害的人都是在哪儿被害的？"

吴存根道："自己家里。"

我道："全都是吗？包括痳生道姑。"

"全都是。"吴胜利插言道，"每一家都是门锁得紧紧的，窗户关得严严的，但就是死了。身上一点伤也没有，平时都健健康康的人。所以痳生仙师生前才说这是村子里遭了些什么灾。"

我点了点头，道："去看看那些屋子。"

吴存根道："全都看？"

我沉吟片刻，道："看痳生道姑的。"说罢，我环顾诸人道。"屋中有什么诡异情况，尚不明朗。但能让人不明不白地死去，恐非轻易之事。所以，以我的意思，不要全都去，元媛、二叔、表哥、曾舅爷、弘慎叔留下来。"

老妹和二叔没有什么本事，表哥、曾舅爷和陈弘慎留下来能保护他们。

老妹也听话，表哥和曾子仲也都没有异议，只二叔起身就往外走，还大咧咧说道："不就是出过人命的鬼屋嘛，那有什么吓人的？让我陈二先生先过过眼！"

二叔一走，老爸紧跟着出去，我也只好站起身来，目视一动不动的周志成道："走吧。"

周志成诧异道："我也去？"

"你跟都跟来了，难道不让你去？"我冷笑道，"元媛是个女孩子，你可不是。怎么，怕了？"

我可不愿意让周志成有和老妹单独相处的机会！他要是不去，我就要动怒了。

"不怕。"周志成站了起来，道，"我去。"

"哥……"老妹喊了我一声。

"放心吧。"江灵劝慰道，"有我在，你哥不会对他怎么样的。他们俩也得好好相处相处，让你哥发现发现他的好嘛。"

老妹这才无话。

我心中暗赞江灵，却去拍了拍周志成的肩膀，道："我会保护你的。"

寐生的宅子不大不小，五间蓝砖灰瓦房，院子纵深四丈余长，横向三丈余长，典型的吉宅外形，高耸的门楼，厚重的深蓝色木头钉钉大门，怎么看怎么不像凶宅。

我们人一到，江灵就把人家大门上贴满了黄黄红红的符咒，怎么看怎么像家里死了人。

江灵解释道："有备无患，贴上些去三尸符、镇尸符、辟邪符，一旦有什么变故，咱们能省些力。"

二叔在一旁赞同道："灵儿真是与我英雄所见略同，此举深得我心。"

众人无语。

我先以法眼逡巡四顾，并未发现有邪祟痕迹；又以灵眼探查，只见院子之上有淡薄的青气氤氲，丝丝缕缕，间杂或灰或白之色。

这状况有两种可能，一是院子内有什么法门术局，或贴的有符咒纸箓；二是院子里以前有修道之人，但已身死道散，只留下些许残存之气。青为道，灰白主死。

寐生既然是道姑，又已身亡，那极可能是第二种。

当然，也不可排除第一种。

防人之心不可无，寐生其人，我从未见过，是好是坏，全凭村民口述，如果其是歹人，死后留下术局害后来者，那我岂不是冤枉？

再或者，修道之人原本就爱五行八卦、奇门遁甲，在院子里设下什么局防身也属正常，我可不能被误伤。

能散发出青灰、青白之气的术局，属性为木中带金，看似生，实则死！

所以，我目视老爸道："爸，我怕这院子里有术局。咱们进去的时候，我在前，你在后，张老爷子在左，灵儿在右，二叔在中间。你看怎么样？"

老爸沉吟了一下，说："可以。"

周志成连忙道："我在哪儿？"

我道："你想在哪儿就在哪儿，要不在门口等着我们出来？"

"那我也在中间吧。"

二叔道："胆小鬼。别碰着我啊。"

我把门推开，四下里一环顾，然后用极快的步伐蹿进了院子。我走的步子乃是辟邪之禹步，旁边江灵和张熙岳也是如此走法，至于老爸，不用看，一定也是如此。

院子里干干净净，安安静静，一棵树长在院子中央。

那树不高，也不大，不疏，也不密。

其高，不过院墙，其围，不过三尺。

"这是棵梨树。"江灵见我站在院子里不动，眼睛紧紧盯着那棵树在看，便说了一句话。

张熙岳摇了摇头，道："这不是梨树。"

我也道："对，这不是梨树。我有种不祥的感觉了。"

二叔道："怎么了？"

我缓缓道："《义山公录》上说，昆仑之上有木焉，叶状如梨而赤理，其名曰栴木，服者不妒。"

"昆仑山上的树长在这里？"江灵吃惊道，"这叶子吃了会让人不妒忌？"

二叔嬉笑道："灵儿，要不你试试？"

"还是给二婶吃吧。"江灵一句话让二叔闭了嘴。

老爸道："元方，为什么觉得不祥？"

我道："相字而不祥。这院子四周平整齐高，端端正正，如一'口'字。此木生于院子中央，其高又不过墙，正是口中有木，乃一'困'字，我们进此困境，略有不祥啊。"

"你想多了吧？好多家的院子里都种的有树！"周志成道。

"我说了，此木生于院子正中央，而且其高不出墙！"我道，"再者，我刚才也说了，这是什么树？"

江灵道："栴木。"

"哪里生的？"

"昆仑。"

"昆仑在何处？"

"西域。"

"西方五行主何？"

"金。"

"金者肃杀！"我道，"肃杀之地罕见之木，生于此处，其意吉祥？此外，口中加有，乃是何字？"

"囿字。"张熙岳道，"囿字，有约束囚禁之意。"

众人默然无声。

顷刻之后，周志成道："既来之则安之，过于小心就是胆小！我就不怕！"

说着，周志成从我们当中挤了出来，往正屋走去。

"小子，你死都不知道是怎么死的！"二叔骂了一句，道，"咱们要不要出去？"

周志成也被二叔吓了一跳，站在门口，没敢真开门。

我环顾四周道："刚才在门外看此中似有术局，但现在进了院子，又没了青灰、青白之气。我有点捉摸不定，但是，祸门不入两次，咱们要是出去了，就不能再进来了。"

"那就查到底。"二叔道，"反正你们保护我，还有，那个肘子撑可以当问路石。"

"不用他，用他我还不放心。"我全神贯注，小心翼翼，缓缓走到周志成身旁，推开了正屋的门。

屋子里一长案，两蒲团，一桌二椅，一壶两杯。

墙上一幅三清图，图下案上一香炉，炉中满是灰烬，显见已经数日无香。

我再看屋内四壁，一派环堵萧然的景象，不由得让人心生出世之感觉。

我使劲用鼻子嗅了嗅，没有什么诡异的气味，以法眼看，也无邪祟，灵眼更是不见恶气。

这里似乎是安全的。

看来我之前是多虑多疑了。

"元方哥，怎么样？"

江灵在我旁边问道。

我回头看了看天，日影西沉，暮霭沉沉，眼见又是个夜晚来临。

一股无法言喻的冷意由心底而生，遍布周身。

老爸也过来问道："元方，怎么样？敢不敢进？"

"没有什么不敢的，只是也有些莫名其妙的心慌。"我无意打了个冷战，道，"老爸，我进去，你们在这屋子四周做好防护。"

老爸道："还是我进去吧。"

我坚持道："我进去。你对付人事，我对付诡事。"

老爸只好作罢。

当下，张熙岳翻身上了屋顶，江灵仗剑守在正屋门口，老爸凝神立于院中。

我看了下正专注看院内屋内动静的二叔和周志成，大踏步走了进去。

客厅的天花板是格子篾席盖成的，篾席上方是房屋的大梁，这是常见的农村瓦房格局。

客厅左右各有一个内室，右边的内室有一张竹床、一张红桌、一张床头柜、两个立体衣柜。

红桌之上放了几本书，我去看了看，都是些常见的万年历、周易、梅花易数。

墙壁上没张挂什么东西，只有几个衣服挂钩。

卧室的天花板和大厅的一样，也是篾席盖成的，看上去也没什么奇怪的地方。

左边内室是书房，里面的书我翻了翻，各种玄学读物，还有医、卜、星象杂谈怪闻。

书架上的抽屉里放着罗盘、朱砂、毛笔、洛书河图八卦帖和黄表纸，这些都是一个风水师常用之物，也没什么奇怪的。

二叔一直跟着我走，我看什么，他就看什么，翻来覆去转完之后，二叔说："就这么些破东西，一点有用的线索都没有，还能发现个屁啊。"

我逡巡四顾，沉吟片刻，皱着眉头道："二叔，你难道没有感觉到这个屋子有点奇怪？"

二叔道："奇怪？怎么奇怪了？"

我摇了摇头，道："具体哪里奇怪，我也说不清，但就是感觉奇怪，而且这种感觉来自房子本身，从外面看，它很大，但在里面，我却仿佛有一种被挤压的感觉。"

"挤压？"二叔嘟囔了一句，道，"没有啊。"

老爸以前当过泥瓦匠和木工师傅，他对建筑很在行，因此在建筑方面的猫腻他一眼就能看得出来，于是我转身走了出去，想让老爸来分析分析。

二叔见我突然出去，惊叫一声，赶紧也尾随出来，周志成跟着缓缓而出。

我问老爸道："老爸，你仔细观察观察这房子，再进屋里去，看是否有奇怪之处？"

老爸凝视了许久，又进屋观看一番，道："这房子似乎外大里小。"

"果然如此！"我精神一振，道，"那是不是有密室或暗房之类的构造？所以外面看起来大，里面却小？"

老爸摇摇头道："我刚才把衣柜、书架和床都检查过了，没发现什么密道、暗室、机关。我也敲打过墙壁，没发现空心的地方。"

周志成道："可能是这个屋子的外围墙壁造得特别厚，或者是有空气夹层，用来隔热隔冷。"

老爸瞥了一眼周志成，半晌才道："可能。"

我摇了摇头，道："应该没有这可能。"

"为什么？"周志成反问道。

我也不看他，直接说道："麻生道姑是修道之人，讲究的无非是清静简单，把屋子承重之墙造得那么厚，是用来隔热隔冷？她应当不畏惧冷热寒暑吧。"

老爸沉吟不语。

二叔道："那现在找不到什么可用的线索，怎么办？"

我道："只有等晚上了。二叔，要不今晚你躺在这个屋子吧？"

二叔脸色一变，立即在我头上打了一爆栗，然后骂道："你个兔崽子，你怎么坏事都想起我呢？我是你亲叔，你个浑小子！"

我赔笑道："开玩笑，开玩笑，一点幽默都不懂。其实我的意思是找个动物放里面过夜，看第二天会发生什么蹊跷的事情不会。"

二叔又骂道："呀，你个臭小子，拐弯抹角地骂我是不是？"

我严肃地说："不是，我是说真的，咱们弄一条狗或者弄一只猪，牛羊也可以，放进来，然后咱们守在附近，如果到第二天早上动物也出事了，那就说明确实有邪异的东西在。"

周志成鼓掌赞叹道："好办法！亏你想得出来。"

我冷眼看向他道："什么好办法？这有什么难想的？"

周志成一愣，然后笑道："我是老实人，想不出来，你是精明人，点子多嘛。"

"好一个老实人。"我冷笑数声，不再理他。

江灵走过来道："那咱们走吧，出去准备一下。"

人不敢住进来，动物是哑巴畜生，什么也不懂，自然不会推辞，住进去的是一头猪、一条狗和一只羊，都是吴存根贡献的。

我们把动物分别放在三处，即客厅、卧室和书房，每处一只。

动物放进屋里之后，我们开始安排防守任务，老爸在正门前，张熙岳依旧在屋顶，江灵则在房后，我在院中，二叔和周志成不愿意离开，就跟我在一起。

他们两个也不知道是无聊还是害怕，总是有一茬没一茬地说话，我有时候和二叔接上几句，有时候也开开玩笑，但是对于周志成，基本上不予理睬。

夜幕终于完全降了下来，我们既期待着发生点什么，又盼望着不要发生什么。

也不知道过了多久，一声猫头鹰在黑夜里嘹亮地叫了几声，把寂静的夜晚衬托得格外阴森可怖，二叔和周志成不约而同齐齐打了个寒战。

二叔登时骂道："奶奶的，鳖孙样，这也跟老子学！"

周志成不敢回骂，气得哆嗦。

两个人都是心里不静。

不知怎么的，我的心里也一直安静不下来，担心老爸，担心江灵，也担心张熙岳，仿佛他们都在危险之中。

老爸在屋檐下，张熙岳在房脊上，我都能看见他们，江灵却在房后，我看不见她。

我心中忧虑重重，忍不住跟老爸交代了一声，然后独自走出院去，绕到房后。

江灵正抱着剑站在房子屋檐下，一动不动地盯着黑暗的夜色，木雕石塑一样，她那单薄的身体在茫茫夜里看起来让人冷意横生，也让我更起怜惜之意。

我朝她走了过去。

江灵看见我走到近前，脸上冷意顿时像冰雪遇火一样，悄然融化了，她柔声道："你怎么过来了？"

我"嗯"了一声，说："我来陪陪你，怕你一个人在这里冷清。"

江灵笑道："我没事，你回去吧，到现在还一点动静都没有，估计我们要等到很晚。"

我看了看手表，道："现在已经快十二点了，待到凌晨一点，若是还没有什么情况，咱们就走吧。现在，我就陪你一会儿。"

江灵点了点头，说："那你就陪我站在这里吧，不过，咱们可别老说话，免得听不见动静。"

我"嗯"了一声，然后又指了指房顶，江灵不解地看了我一眼，我坏笑一下，轻声道："就算我想跟你说什么话，也不敢在这里说呀，张老爷子耳朵很灵的，会听见的。"

我刚说完，张熙岳就在上面咳嗽了一声，缓缓说道："唉……人老了，耳朵就不灵了，别人说什么话，我也听不见。要是非去竖着耳朵偷听，说不定会一个不稳，从房子上摔下去。咳咳……那我这一把老骨头可就散了……"

我和江灵相视而笑，这个张熙岳，难得幽默一把。

"张老爷子，你嘀嘀咕咕说啥呢？"二叔在院子里叫了一声。

他话音还没有落下，我就听见一声急促的狗叫声猛地从屋里传来，凄厉无比！这惊得我精神陡然一紧，但狗叫声只一响而过，接下来又归于平静。

屋里出事了！

这是我当时脑海里的唯一想法。

"走！"

我体内元气鼓荡，蹬墙而上，一阵幽香飘过，江灵也跟着跃上了房顶，张熙岳面色沉重，道："原来变故是在屋中！"

我看了一下手表，当时正是夜里十二点。

妖邪终于来了。

我们三人跃入院子里，老爸、二叔、周志成也都在，盯着屋门没动。

除了那声狗叫以外，我再没有听见任何其他的声音。

屋内、屋外、院内、院外都是静悄悄的，只有我们呼吸声，彼此可闻。

没有人破门而入，因为我们谁都不知道屋里到底发生了什么事情。

如果没有发生什么事情，只是狗无聊地叫了一声，表示对猪和羊的不满，那我们冲进去就可能会坏了大事；当然，如果屋里真发生了什么事情，谁也不知道屋里会隐藏着什么危险，所以，更不能贸然进去。

众人沉默了一会儿，都不知道该怎么办，我正想下决定，一阵异样的响动突然自上而来，我登时悚然，老爸则纵身一跃，鬼魅般飘然而起，口中喝道："何方朋友，还请现身！"

一声轻响，好像是风吹动树叶的声音，我目垂院子中央那棵楠木，只见一道人影掠过，兔起鹘落，轻飘飘地去了。

"还请留下！"

老爸大喝一声，双掌一挥，无数流光迸射而去，破空之音不绝于耳。

"啪！"

爆破音响，一道灰烟蒸腾而起，那人影疏忽隐没在灰烟之中，待得灰烟散尽，那人已是无影无踪。

"呼！"

张熙岳拔地而起，往外而去！

江灵也待要去，我连忙道："灵儿先别动，只是一个人，张老爷子足够，防止调虎离山！"

老爸也立在院中不动，逡巡四顾道："你们看刚才那动静，似乎是忍者手段。也只有忍者，才能藏在这树上许久不被咱们发现。"

我点了点头，道："确实像。看来这个山村远不如我们想象得那么平静。如果刚才那人真是日本忍者，也不知道他是原本就在此处，还是武藏三太夫等人尾随而来。还有，这院子里只有一个吗？"

我话音未落，院门之外突地传来一阵杂乱的脚步声，紧接着是一声呼喊："陈大先生，抓到什么东西没有？我们能不能进去说话？"

是吴存根、吴胜利父子带着十几个村里的年轻后生，拿着照明灯，还打着火把，拥在院大门外探头探脑。

我皱了皱眉头，这群人怎么在这时候跑来了？

这不是捣乱吗！

如果这院子里还有敌人隐匿，他们一来，搅破动静，我们也难以发觉了。

周志成却喊道："你们都进来吧，刚发现了一个人藏在树里，又跑了，也不知

199

道是人还是鬼。"

吴存根领着众人进了院子，眼瞪得老圆，东瞅瞅，西看看。

我瞪了周志成一眼，转而又问吴存根父子道："你们怎么过来了？"

吴胜利道："俺们怕你们人少力薄，所以叫了大家伙儿一块过来帮忙！"

我暗自无奈，又道："怎么还带着火把？"

吴胜利举着火把笑道："是俺的主意，火不是辟邪嘛！"

我彻底无语。

吴存根在一旁问我老爸道："陈大先生，抓住什么东西了没？"

老爸摇了摇头，道："没有。"

吴存根又道："那些畜生呢？"

"还在屋里。"我道，"刚才狗叫了一声，然后到现在就再也没有动静了。"

二叔道："要不，咱们开门去看看？"

我沉吟了片刻，道："看看就看看吧，院子里都这么热闹了，狗还不叫。屋子里应该也尘埃落定了。"

"我来开门。"

老爸缓步上前，屈指一弹，两颗飞钉钉头震动门扇，"吱呀"一声，开了。

老爸迅速退后，夜眼之中，我看见那只放在客厅里的羊还好好地站着，睁大了眼在看我们。

二叔长出了一口气，嚷道："什么也没发生，屋里没事，开灯！"说完，二叔一马当先，进屋开了灯。

我却心中一凛，因为慧眼之中，那羊的眼中已经毫无神采！

是死物！

"二叔，别乱动！"我喊了一声，连忙冲进屋子，那只羊还是一动不动地站着，保持往外看的姿势。

二叔还在一旁埋怨道："你一惊一乍干什么？吓我一大跳！"

"这只羊已经死了……"我缓缓把手指头放到它眼前晃了晃，它没有任何动静。二叔一下子呆住了，刚进屋子的老爸和江灵也呆住了。

我轻轻拍了拍羊背，那只羊略一摇晃，然后轰然倒地。

"俺的亲娘！"刚刚挤进屋子里的吴胜利惊呼一声，火把差点丢在地上。

老爸和江灵分别冲进左右两室，然后又很快出来，摇摇头说："也是死的。"

猪、狗、羊都死了！

屋子里忽然很安静，半晌，周志成忽然大叫一声："鬼啊！"然后跑了出去，几个人也跟着挤着跑了出去，吴存根、吴胜利父子和几个还举着火把的人虽然留了下来，却都面如死灰。

周志成跑了出去，见我、江灵、老爸等人没动，出去的都是村民，赶紧又窜了进来。

我冷冷道："你再嘴快乱叫，我把舌头给你拔了！"

周志成一哆嗦，嚅嗫着嘴唇，没敢吭声。

又是一件密室死亡事件，无声无息的杀戮。不，不能说是无声无息，那只狗至少还叫了一声，我现在可以肯定，那只狗的惨叫就是死亡前的呻吟。

到底是谁干的？

是人吗？

似乎不是。

门窗紧闭，严丝合缝，老爸、张熙岳和江灵在三个方位一动不动地守着，谁还有那么大的本事，从他们三个人的眼皮子底下溜进院子里，打开屋门，然后在几乎悄无声息的情况下，灭掉了三只畜生，然后又全身而退？

那个被张熙岳追踪的身影，也不是从屋里出去的，而是在屋外被发现的。

或许他一直都躲在树上，也或许是他趁乱刚从外靠近这个宅子，落到树上，然后就被老爸发现了。

总之，他没有进屋杀戮的机会，更没有悄无声息杀戮的本领，不然，他也不会被老爸发现行踪了。

现在的问题是，如果不是人干的，那就只能是邪祟了。什么邪祟？邪祟又为什么要杀掉这几只动物？

对了，时间！

我猛地想起来，狗叫的时候，正是午夜十二点。

这个时间是巧合还是别有深意？

老爸和江灵已经把屋里屋外仔仔细细检查了一遍，还是没发现任何线索，他们两个在三只动物的尸体上也检查了半天，完好无损，没有发现任何死因。

一切都指向未知。

正在胡思乱想，眼皮骤然一颤，灵眼陡然开启，屋子里一股黑气冲天而起！

刹那之间，仿佛浓雾，弥漫了整个室间。

"祟气！"我诧异道，"怎么突然之间，整个屋子里都是祟气？"

"啊？"

二叔惊呼一声，道："突然之间进了满屋子鬼？"

二叔这一句话说得我遍体生寒，仿佛真能感觉到有无数只鬼遍布在我们周围，正阴森森地看着我们。

但我以法眼环顾周遭，却无什么异样。

这说明就算有祟物，也绝不在表面。

吴胜利紧张地说："陈大先生，咱们赶快离开吧，等天亮了再说。"

老爸看了我一眼，我抱定了这屋子有问题，但是这么多人在场，怎么都不好操作，只好点了点头，道："好吧，把这三只畜生的尸体也抬走，回头让张老爷子看看。"

吴存根赶紧招呼几个村民去抬尸体，老爸朝屋外的黑夜看了看，自言自语道："张老爷子还不回来？"

江灵道："要不，我去看看吧。"

老爸道："还是我去吧，你们的眼在夜里不方便，说不定他会在沿途留下什么标记，我可以看得见。"

老爸走后，我们一行人到了吴存根家里，众人这才惊魂稍定，纷纷议论开来。

曾子仲、表哥和老妹也围过来问发生了什么情况。

吴存根给我们倒了些茶水，大家坐下来叙话，二叔本来要开讲，结果风头都被周志成抢了去。

一屋子人听他云天雾地地喷，就好像事事都是他亲力亲为一样。

这厮，元媛说他有些本事，但是迄今为止，我就发现他嘴皮子有本事，别的还真没看出来。

我不愿意搭理他，自去一边，先验看了一番猪、狗、羊的尸体，果然是没有任何伤口，一点点痕迹都没有。

之前陈弘慎说村子里死的人，都是这个模样，晚上睡了，白天就成尸体了。平日里有吃有喝，没病没灾，死的时候也是浑身没有一点点伤口，跟今晚这三只家畜的死状一模一样。

究竟是怎么死的？

我又让曾子仲和表哥看，他们也看不出个所以然来。

老妹是学医的，她听完周志成的话后，自告奋勇过来要验尸，检查一番没有发现，说要解剖，我赶紧阻止她道："还是算了吧，要解剖也让张老爷子，你个实习医生还是去宰小白鼠吧。"

天快亮的时候，老爸终于回来了，但是令我们吃惊的是，他是背着一个人回来的，老爸走路一步一步很沉重，浑然没有之前那么潇洒自如，而且老爸全身湿漉漉的，衣摆正往下滴着水。

就在我感到不解的时候，我忽然看清了他背的那个人，正是张熙岳！

我顿时一愣，张熙岳竟然被老爸背了回来？

他怎么了？

老爸把张熙岳放到床上，自己去喝了一杯水，然后一动不动地坐在板凳上，默不作声。

我们赶紧去看张熙岳，他居然是受了重伤！小腹上一片殷红，整个人昏迷不醒，脸色惨淡如纸，而且他浑身上下也都是湿漉漉的，就像是在水里泡了泡。

"老张这是怎么了？"曾子仲失声道，"碰到了什么劲敌？"

老爸终于开口说话了，他说："我把他的血止了，你们帮他把衣服换了吧。"

老爸这一开口，我才知道老爸刚才为什么那么走路，而且回来还半天不说话，他根本就没有力气了，即便是现在开了口，说话的声音也还带有一丝丝颤抖。

我们面面相觑，这是老爸从未有过的形容。

吴胜利夫妇拿衣服给张熙岳换的时候，也顺带给老爸拿了一身干衣服，老爸却道："先放在一边，我待会儿再换。"

我看老爸的手还是轻微颤抖，更觉不安道："老爸，你没事吧？"

老爸轻轻摇了摇头。

我道："你们遇到什么事情了？"

老爸说："再给我倒一杯茶。"

老爸一口气喝了五杯热茶，才恢复了常态，他先去换了衣服，然后坐下来给我们说了事情的大致经过。

张熙岳追踪神秘人而去，确实在路上留了标记，老爸跟着标记追了下去，最后竟然到了一个湖边。

当老爸赶到湖边的时候，彼处寂寥无人，但张熙岳留下的标记在那里绝迹。

老爸细细探查，也多亏了夜眼，才在沙滩上发现了些许血迹。

老爸怀疑张熙岳是落水了，就下水去寻，但是老爸万万没有想到，那个看似不大、一眼就能望到边的湖，水竟然深得可怕！

老爸凭着深厚的修为和从小到大练就的水性，终于在水下找到了奋力挣扎的张熙岳，老爸赶紧把他拖上岸。

张熙岳一上岸，当即昏死过去，老爸这才发现他腹部有道伤口——刀口，窄刀口。

老爸讲的时候，看着张熙岳，道："那是柳生左右卫门的刀，我见过他的新阴流剑技，又见过他的刀，除了他，我想不出第二个人。"

当时，老爸封了张熙岳的穴道，止住了血，然后一刻也不敢耽误，背着张熙岳奋力奔了回来。

"那湖底有股奇怪的吸引力，我差点死在那里！"老爸心有余悸地说，"我又怕有敌人暗中环伺，所以根本不敢表现出失力，一路上竭尽所能，将纵扶摇身法发挥到极致，到了这里，是一点力气都没了。"

"何必呢大哥。"二叔道，"对头伤了张老爷子后，把他丢进了湖里，显然是要让他自生自灭，对头自己肯定已经跑了，你那么拼命干吗？"

"不。"老爸摇了摇头，道，"在我救张叔的时候，我一直感觉有人在暗中盯着我。而且不只一人，更怪的是，我感觉暗中隐藏者有的有杀气，有的没有。似乎是两拨人，一拨是敌，一拨是友。"

"你想多了吧？"二叔道，"你是夜眼，要是有人在暗中盯着你，你难道发现不了？还有敌人和朋友怎么会同时埋伏在一个地方？"

老爸道："若敌人是影忍，我也很难发现。"

"极有可能。"我道："麻生道姑院中树上的那个人，伤张老爷子的人，十有八九就是跟咱们打过交道的那些日本忍者。如果柳生左右卫门在，那么武藏三太夫、猿飞佐助、雾隐才藏也一定在，他们的目的应该不是除掉张老爷子，而是弃着我们陈家人来的。不然的话，张老爷子已经受伤，为什么对头不彻底杀了他？反而将他丢在湖里？他们一定是想到我和老爸其中一人会来寻找张老爷子，所以藏在暗处，等我们气力不济之时再行发难。是老爸的沉着稳住了他们。"

"这是围城打援的兵法啊！"周志成倒抽一口冷气，赞叹道，"日本人真是狡猾。"

"就你知道得多！"二叔不屑地瞥了周志成一眼，转而问老爸道，"大哥，日本人为什么要跟咱们陈家作对？你确定没有看错，没有想多？"

"二叔，老哥在洛阳城郊击败了日本的第一剑术高手和日本的一个影忍。"老妹道，"日本人都很小心眼，也受不了气，肯定会报复的。"

"还有《神相天书》。"我道，"把别人的东西据为己有，暗算和暗杀，这些手段本来就是他们最擅长的东西。只是我很好奇，老爸说藏在暗中的人似乎还有朋友的存在，如果真是这样，那会是谁？"

老爸道："那感觉有些熟悉，似乎是……晦极。"

"他？"我大吃一惊，道，"他居然也来了！"

"我跟他交手多次，应该不会感觉错吧。"老爸道，"本事相当的人，对对方的感知是很敏锐的。"

我点点头道："其实他一直都在暗中帮我们，如果是他，倒也不十分奇怪。"

"晦极是哪个？"周志成好奇地打听道。

"关你鸟事！"二叔骂道。

老妹顿时不满道："二叔，你怎么说脏话？"

"呃……元媛，你也知道，你二叔我向来都是温文尔雅、彬彬有礼，也不知道怎么了，自从见到了这个肘子撑，看见了他这副相书里被认定为坏蛋的尊容，我就像变了一个人似的，脏话也说得出口了，脾气也有些暴躁了，唉……"二叔假装难过地叹了一口气，道，"元媛啊，你是医生，你说我这是不是要吃药啊？"

"你！"老妹登时为之气结无语。

二叔得意扬扬地朝我们挤眉弄眼一笑，紧张的气氛终于缓和，在一旁忍耐很久、早就想说话的吴存根、吴胜利父子立即开始嚷了起来、吴胜利道："陈大先生，你是说你从湖里把他给捞了上来？"

老爸点了点头。

吴存根道："陈大先生，你简直就是龙王再世！"

"啊？"老爸迷茫地看了吴存根一眼。

我也惊奇道："村长爷爷，为什么这么说啊？"

吴存根道："能在龙王湖里进进出出的人，就是龙王再世！"

"那个就是龙王湖？"我们都是一愣。

"我给你们讲，俺爹说不清楚！"吴胜利急急忙忙喝了一口茶，润了润嗓子，拉开准备海侃山喷的架势，张口就像是说评书的人亮嗓子一样，先"咳咳"了两声，然后才道，"为啥叫龙王湖，因为那是只有龙王才敢下水的湖。《西游记》里沙和尚做妖怪的时候住的那条河不是叫流沙河吗？什么'八百流沙界，三千弱水深。鹅毛飘不起，芦花定底沉'。俺告诉你们，俺们这个龙王湖一点也不比那个流沙河差，它到底有多深，俺们就不知道了，但水最深的地方据说有二十丈还多！不要说人了，连个树叶掉下去也会沉底！谁敢去那个湖里凫水？更不要说救人上来了。陈大先生能在水下救出人，还背回来，不是龙王是甚？"

老爸失色道："二十丈！如果我知道那湖水如此之深，我哪里敢去下水？"

二叔说："大哥，你要是没下去，张老爷子就铁定挂了。"

曾子仲猛然拍了一下桌子，"哼"了一声，道："这些日本忍者，胆敢如此，别犯在老子手里，否则我用五雷正法劈死他们！"

二叔突然道："你们说，这些日本忍者狗会不会跟这里的命案有关？"

"他们？"曾子仲道，"他们有那本事？"

二叔道："老舅啊，日本人很贼的，谁知道他们都会什么变态的法术。忍者嘛，就会隐藏暗杀，杀人手段也隐秘，所以咱们查不出来。不然刚才为什么会在寐生家里出现一个疑似忍者的东西？"

曾子仲无语了片刻，然后道："那更要劈死他们！"

"但是死亡原因查不出来，太让人焦急了。"老妹道，"你们明天打算怎么办？要不要我也跟着去？"

"你还是别去了。"我道，"突发事件实在是太多，我怕难以应付。你是学医的，周志成不也是吗，有他跟着就行了。"

周志成咽了一口吐沫，偷偷瞄了我一眼，也没敢说话。

我接着说道："明天，咱们再去检查别的死者家室，看看是否跟寐生家里有不同之处……"

"不好了！不好了！"

我话还没说完，一声大呼就从门外传了进来，只见村里的会计吴六举大呼小叫着飞奔了回来，一边跑，一边叫："陈先生，村长！不好了！"

吴存根嚷道："六举，多大的人了，还这么慌张，这么多人在，你也不怕丢人，什么不好了？"

吴六举跳进屋里，惊魂甫定，喘口大气，然后才结结巴巴地说："刚才，刚才从寐生仙师屋里先走的那几个小伙，现在，现在都死了！"

"什么?!"吴存根差点跳到房梁上，"你再说一遍，我没听清。"

我们都是一惊，脸上纷纷变色。

吴六举咽了口吐沫，呓语似的说："真的，他们都死了，就死在村道上，现在天快明了，我确定没有看错，我刚才回去的时候看见了，他们就躺在那里，跟睡着了一样。但是，但是，我摸了摸，都没气了。"

吴存根、吴胜利父子的脸就像被什么东西给吸干了血一样，白得一点颜色也没有。不只他们那样，估计我们大家都是。

二叔喃喃道："死了几个?"

吴六举说："四个。"

吴存根叹了一口气，说："找几个人，把他们抬回来吧。"

吴胜利犹豫地问道："抬到哪儿?"

吴存根道："先放在我这里，天亮透了再说！"

吴胜利嗫嚅道："可是，爹，他们……"

吴存根打断吴胜利的话，厉声道："我是村长！我得负责！"

我揉了揉近乎麻木的身体，扭头看了看窗外，黎明快要到了，但是天却似乎更黑了。

人抬回来了，四个人，不，准确来说，是四个死人。

冰冷的尸体，却是活生生的样子，看上去跟生者实在是没有什么分别。

除了眼睛，他们的眼睛都是睁着的，但既无惊恐，也无悲喜，仿佛熟睡中的人被掰开了眼睛，只是无神。

"天啊！我们究竟造了什么孽？难道要吴家沟的人死绝？"吴存根、吴胜利父子看着他们，流下了悲伤的泪水。

"爹，要不咱们走吧，不要这个村子了，这是个不祥之地。"吴胜利擦了擦眼泪。

"不。"吴存根摇了摇头，道，"不走。我们没有造孽，不该受这样的惩罚。"

吴胜利又劝慰道："不要再听寐生仙师的话了，连她也被害死了！"

"我不是听她的话！"吴存根固执道，"姓吴的人，在这里过了几千年了，根就在这里，老祖宗在天之灵就在这里盯着我们呢！凭什么要走？我死也得死在这里！我就叫存根，存根！"

安土重迁，融入中国人血脉里的乡土情怀，吴存根是有信仰的，信祖宗，信血脉，我对他既感辛酸，又肃然起敬。

吴六举也道："我也不走……不过，他们都死了，我会不会有事啊？"

老爸沉声道："应该没事，不然你不会活着回来。"

老爸说得对，不管是人还是崇物干的，总之现在应该不会再出事了，不然吴六举也不会安然无恙地跑回来给我们报信。

我说："人就在这里安息吧。我们先休息，事情等天亮了再说，再熬夜，大家都会受不了。"

吴存根道："就按小先生的话办！"

我们不踏实地睡了三四个小时，等到上午十点才醒，洗漱过后，吃了点东西，张熙岳还没有要醒的迹象，老爸说他是失血过多，体力又透支，虽然没什么生命危险，但是长时间昏迷还是很正常的。

张熙岳不醒，就没办法知道他受伤的经过究竟如何，我们也不敢自行解剖那三只牲畜的尸体，四个逝者的家人知道消息之后，来到吴存根家里，要把尸体抬走火化。

我本意是先留存尸体，等张熙岳醒来之后观察研究，但是这些家属坚持要遵循寐生道姑的话，将尸体火化，以免将厄运带给家人。

吴存根见无法留下尸体，便嘱咐他们先报警。

来的警察似乎受到了绝无情的暗示，因为带头的马警官见到我们时多看了好几眼，对我们的态度也毕恭毕敬。我见状，便对马警官使了个眼色，然后走到僻静处。马警官也是个伶俐的人，当即会意，尾随我而去。

我道："马队长好！你认得我？"

"认识，上面派来专门处理这里案件的能人，陈先生。"马警官微笑道，"上面把您的照片发下来了，我一眼就认出来了。"

我点了点头，看来果然是绝无情交代过了。

于是我也不啰嗦，道，"那就请马队长帮个忙，把尸体保存下来带走，由你们警察看管保护好。我们要做研究。"

"行！"马队长爽快道，"交给我来办！"

等我们回去的时候，马队长便对死者家属说道："我们怀疑这是某种类似瘟疫的不明怪病引起的群体死亡事件，尸体必须带回去做研究。希望你们配合！"

死者家属面面相觑，到头来没有一个反对的。

马队长满意地点了点头，吩咐下属警员道："都带走吧。"

我不由得心中感慨，到底是警察，说话远比我们管用。

警察走后，我们略作休整，便去了村中其他绝户死者的家中探看。这次，我让望月和彩霞也跟上了，人多，看到的东西也多，或许会有什么发现。

除了寐生道姑之外，其余死者都是普通民众，他们的居所都是些普通的农家房，很简陋，屋里也没什么特殊的东西，要说共同点，那只能是破旧了。但是山村里的房子不破旧的又很少，他们这几户和别的人家也无明显区别，可偏偏就是他们几户出事了。

究竟是因为什么？

这几户有什么特殊的地方以至于会被死神光顾？

一番折腾下来，我一无所获，周志成道："我看啊，这根本就是有些无聊的鬼即兴干的事情。现在，那鬼已经走了，什么事情也不会发生了。"

"放屁！"二叔反驳道，"你他妈的说话一点都不科学！鬼也是有原则的，鬼杀人也是需要理由的，你不招惹鬼，鬼干吗要招惹你？你以为你是母鬼？"

周志成目瞪口呆，看着二叔半天说不出话来，二叔得意扬扬，不屑道："还是上过大学的人，真他妈没文化！"

望月忍不住咳嗽了一声，看着我道："师父，死者究竟为什么会被杀，这才是关键点。"

"对。"我点了点头，道，"凶手究竟依靠什么标准定下了要杀的对象？是这些死者有特殊的地方，还是这些房屋有特殊的地方？"

"我觉得应该是屋子有问题。"江灵道，"如果昨天晚上在寐生道姑屋子里待的不是猪、狗、羊，而是人，那么今天就又多了几个死人，那就是个鬼屋，而且鬼就在屋里，因为我在门上贴了符咒，外面的祟物进不去，里面的出不来；而且元方哥不是也说了吗，灵眼之中，黑气冲天，满屋都是祟物！"

江灵言之有理。

"不会是屋子。"彩霞摇了摇头，道，"今天凌晨死亡的四人，无一例外，全都是在村道被杀，他们不在任何居室之中，完全脱离了鬼屋的范畴，这又怎么解释？"

彩霞的话也不无道理。

二叔却道："我同意灵儿的。因为凌晨死的四人都在寐生鬼屋里待过，所以还是屋子有问题，那是鬼屋！被诅咒了！"

周志成立即反驳："强拉硬扯，他们在寐生的屋子里待过，我们也在寐生的屋子里待过，我们怎么没事？"

周志成虽然讨厌，但是这句话倒是说在了点子上。

这样一来，所有人的观点都站不住脚了。

那么原因究竟何在？

我感觉脑子完全不够用了。

我们一众人，闷闷不乐，铩羽而归般地回到吴存根家中。刚进了院门，曾子仲却喜笑颜开迎上来道："老张醒来了！"

我精神一振，终于有了个好消息！

甫一进屋，我便看见张熙岳坐在床上，凝视地下，而地下，正摆放着那三只死了的牲畜。

张熙岳已经在研究这些尸体了，老妹、表哥和陈弘慎都端坐一旁，默不吭声，见我们回来，才纷纷起身。

"张老爷子，您怎么不多休息休息？"我轻轻唤了一声。张熙岳抬起头便道："是武藏三太夫将我引至湖边，柳生左右卫门埋伏在那里，刺我一剑。他们虽然没有露出面目，但是他们都和你交过手，我不会看错。"

我先是一愣，继而醒悟张熙岳这是不等我们问，便说了他之前遭遇的事情，我不禁怒道："果然是他们！这些龌龊小人！"

"雾隐才藏也中了我的银针。"张熙岳惨白着脸道，"鬼门十三针，能救人，也能杀人！我虽然差点丢了老命，但是他也不会好受，而且，这个仇一定要报！"

"张爷爷。"我歉然道，"是您代我受过了，他们原本要杀的人肯定是我，只不过没想到我没有跟着走，你却去了。"

"元方你客气了。"张熙岳道，"你替我们术界出的头，我去理所应当。"

"师父。"望月突然道，"如果再见面，我能否杀了雾隐才藏？"

"啊？"我茫然地看着望月，不知道他为什么也突然动了杀机。

望月缓缓转动着眸子，道："雾隐才藏的那双眼，令人恶心。"

我轻轻叹息一声，淡淡道："佛祖慈悲，却也除魔。但有妖孽，顽固不化，就超度他西去极乐世界吧。"

"谢师父。"望月与彩霞相视微笑。

"你们查探得怎样啊？"老妹又问了起来。

我摇了摇头，道："实在是无能。张爷爷这边看出眉目了吗？"

张熙岳道："看不出来，从医术角度，它们根本没有死亡的缘由。没有中毒，没有致命伤，全身上下无一处异样！它们为什么会死？死因何在？"

"张叔，你问我们？"二叔道，"您是医门泰斗，您都看不出来，我们怎么知道？"

"解剖！"张熙岳道，"详细解剖！"

说着，张熙岳从床上摇摇晃晃地下来，我和江灵赶紧上前扶住道："张爷爷，您先休息好再说……"

"无碍。"张熙岳道，"我是医者，最知道自己的身体，也最能疗伤。现在只是气血不足而已，已经服用了自家的益气补血药物，过不了多久就能恢复。我不能忍受的是，死者已逝，尸体就在我眼前，我却诊断不出它们的死因。"

"元媛和周志成，给我打下手。"张熙岳拿出一把银刀，立在那里，显得威风凛凛，道，"寸断精研！"

吴存根道："老先生，村子里还有几个兽医，要不要过来帮忙？"

张熙岳道："都叫来！"

"好，胜利去叫人！"

一个下午，但见刀光剑影，血肉模糊，以张熙岳为首，老妹、周志成为辅，三个兽医从旁协助，那猪、狗、羊的尸体最终还是达到了张熙岳所要求的解剖地步，寸断精研。

真的是解剖得一寸一寸，不，是一厘，一厘。

最后，连骨头都被锯开。

张熙岳将医门的手段发挥到了极致，但是最终，脸上却毫无欢喜之色。

"取一些东西送给绝无情，让他们去做化学检验。不过，我想，他们也不会发现什么问题的。"

张熙岳擦了擦手，疲惫地走去洗漱，众人也都一脸沮丧。

不用张熙岳明说，我们也都知道结果，什么异样也没发现。

一个兽医脸色惨白地说："我刚才可是仔仔细细检查过这些肉和骨头了，啥毛病也没有，我是祖传的全挂子兽医本事，给畜生诊治，那绝不会看走眼。但是这次，这次它们实在是死得不明不白，我想能要它们命的一定不是伤病，那是，那是……"

兽医的话没说完，可是大家都明白他的意思，他的意思是——那是鬼在作怪！

吴六举已经叫道："是鬼！一定是鬼！"

眼下似乎好像只有这么一种解释了。

非人力所能为，那便只能是怪力乱神。

而且之前，我也确实在寐生的屋子里用灵眼相到过祟气。

但是，村子里其他死者的屋子我也已经去过，却没有祟气。

难道怪力乱神，杀人毫无逻辑可言？

不对。

万事万物都逃不脱一个道。

天有天道，地有地道，人有人道，物有物道，善有善道，恶有恶道，正有正道，邪有邪道，魑魅魍魉亦有鬼道。

冤有头，债有主；杀人偿命，欠债还钱；因果循环，报应不爽，这是情理之中，也是大道所趋。

鬼祟要害人，也需要一个理由。

若不是存心蓄意，若不是无端招惹，若不是前世孽债，它们就算有邪性，也不会无缘无故随意大规模杀人。

就好比这世上有的是坏人，却也不会见到好人就祸害。

如果真是些魑魅魍魉，那么这些不讲原则的东西，究竟是些什么祟物？

二叔颓然道："算了，我看是查不到什么东西了，这都快成饺子馅了，要不直接包饺子吧，把骨头熬汤怎么样？"

大家都被二叔的话恶心得很痛苦，老妹道："二叔，你怎么这么不讲究？这肉你敢吃？吃得下吗？"

二叔一听这话，来劲儿了，扬扬得意道："那有什么不敢吃的？看你们没出息那样！"

老妹道："二叔？我听说有一种无色无味的毒药，能在无形之中置人于死地，说不定这三个动物就是被那种毒药给害死了，你要是吃了，就又多了个死因不明的死人。"

二叔脸色一变，挥挥手道："那啥，这三只动物死得这么惨，还要吃它们的肉，简直是太不人道了。我看咱们应该厚葬它们，为它们给村里立下汗马功劳而不幸牺牲感到骄傲和痛心啊！"

大家一时间全都哑口无言，纷纷侧目，心中一致骂二叔猥琐。

"我去歇会儿。"我精神不济地坐到了屋子里，江灵陪在身边，静静的，也没说话。

接下来，到底要怎么办呢？

轩辕八宝鉴。

我突然想到了那镜子，还在老妹身上戴着的镜子，如果我再进灵界，修炼出天眼，能否看得出这里的古怪诡异？

想了片刻，我又颓然，天眼哪是那么好练出来的。

这时候，吴胜利的老婆在屋里对吴胜利说："你把后墙上的窗户打开吧，眼看天越来越热了，屋里一点风不透，闷死了！"

吴胜利说："白天打开，晚上还得关上，麻烦死了，你要是晚上不怕凉，就一直开着别关了。"

吴胜利老婆说："你得去安个纱窗，不然到了夏天开窗户，蚊子、苍蝇、臭虫、瓢虫不都飞进来了。"

吴胜利说："等这一段儿烦心事儿过去了，我就安。"

他们夫妻说着话，我无意地听着，也无意地扭头去看他们后墙上的窗户。那是一个不足两尺见方的气窗，位置在接近房顶三尺左右的地方，这是里屋透光透气用的。窗户上有两扇玻璃窗，正闭着，吴胜利搬了个椅子去开。

这片刻时间，我突然感觉有一些什么东西在我脑海里来回地转，刹那间，灵光一闪，豁然开朗！

我兴奋地大叫了一声："我知道了！"

吴胜利在椅子上被我这一叫吓得一哆嗦，差点倒栽下来。

老妹和二叔当先冲进里屋，嚷道："你知道什么了？快说！"

我走出里屋，对盯着我看的众人一笑，说："我突然想起来那些被害人家里有什么共同点了。我想大家都应该有印象，他们里屋的后墙上都有一个窗户，而且那窗户上的玻璃窗都是开着的，换句话说，没出事的人家屋里的玻璃窗都是关着的，这就是出事的人家和没出事的人家的唯一区别！"

老爸沉吟道："你是说有什么东西在夜里从他们开着的窗户里进了屋，杀了他们？"

我点了点头，说："如果想证实这一点，咱们可以去问问村里其他的人家，看他们晚上是不是开窗户，当然，如果窗户上有纱窗的话，即使开窗也没事，而那三户人家的窗户上没有纱窗，也就是说可以让某种东西畅通无阻地进入。"

我把话说完，大家都回忆了一下，然后纷纷点头，说好像确实如此，现在的天虽然一天天热了起来，但是还没到夏天，白天开窗，晚上一般会关上。而那三户人家的窗户却是开着的，他们出事以后，房子没有被动过，这就说明他们出事的那天晚上，窗户没有被关上。

至于为什么没被关上，这不是重点，可能是觉得太热，可能是觉得太闷，也可能忘了关，总之是造成了开窗的事实。重点的问题是，是什么东西从开着的窗户里进去把人杀了？

这几乎可以排除祟物的可能。

因为祟物杀人，不需要从窗户进屋。

但是，不足两尺见方的气窗虽然很小，可能进去的东西却很多，瘦小的人和大多数飞禽动物都能进去。

尤其是那善杀人的鬼枭。

当然，鬼枭虽然能进去，但凶手却绝对不是鬼枭，因为鬼枭杀人之后会留下痕迹——胸口处的血洞。

我看着众人道："大家集思广益，都想一下，什么东西能从窗户里进去杀人于无形，又不留任何痕迹。尤其是张老爷子和曾舅爷，你们见多识广，但有可能，不管如何匪夷所思，都可以说出来听听。还有望月，你之前在血金乌之宫待过，见过的邪物不在少数，也多想想。表哥，你考虑一下灵物界有无作案的可能……"

就在大家都顺着我的这个思路思考的时候，吴六举忽然说了一句话："那几家人的房子有窗户，可是寐生仙师家里就不是，那房子连后窗都没有。"

吴六举说的是实话，寐生的屋子确实没有后窗，前窗也是关着的，她那是真真切切的密不透风的屋子！

我道："她的屋子只能做特殊处理，好不容易抓住一个绝户之家的共同点，决不能轻易放弃。"

"嗯。"二叔点了点头，一脸严肃，端着样子沉吟道，"元方说得是，那到底会是什么东西害人呢？"

周志成阴阳怪气地说了一句："早就说了，肯定是鬼。捉不到鬼，就救不了人！"

"妈的！"二叔好不容易做出了一番有思想有深度的样子，却被周志成一言打破，登时大怒，破口大骂道，"鬼、鬼、鬼！鬼你个头！会不会动点脑子？迷信！荒谬！不讲科学！这世上哪有鬼？再他妈说鬼，我今天就把你关到麻生的那个鬼屋里，锁上门，让鬼半夜弄死你个信球！"

周志成无奈地翻了翻白眼，小声嘟囔道："没有鬼，还说让鬼弄死我，也不知道谁信球……"

二叔瞪着怪眼道："你再说一句？"

周志成不吭声了。

我被这两人闹得心烦意乱，感觉实在是闷得慌，便叹了一口气，道："老爸，我想出去走走。"

"去哪儿？"

我本来想说随便走走，却忽然心中一动，想到了一个好地方，于是我道："去龙王湖看看。"

老爸眉头一皱，道："你去那里作甚？太危险！"

我道："大白天不会有什么危险，您放心，我不是去游泳的，那里的水再深，也与我无关。您要是实在不放心，就让江灵陪我去吧。"

"叔，我跟元方哥一起。"江灵道。

老爸这才无话，只是吩咐道："不要太久，早点回来。"

我满口答应，问了吴存根龙王湖的位置，拉上江灵就出去了。

临走的时候，吴胜利特意给我们说道："龙王湖附近比较奇怪，都传水里有湖怪，每年都淹死人。而且湖西有个树林子，全是些乱石、怪洞，千万不要去那里，那里路迷，就是鸟进去了也出不来。龙王湖周边七八个村子，都对龙王湖敬畏有加，平时少有人去，你们两个千万要小心！"

　　江灵我们一路上无话，将要到龙王湖的时候，江灵才说："元方哥，你怎么突然想起来要到这里来了？我看你的样子不像是要来查什么东西，更似是散心，心情不好了？"

　　我皱了皱眉头，勉强微笑道："生我者父母，知我者灵儿。确实烦了，之所以想要出来散散心，实在是因为最近的事情没有一件是顺心顺意的，而且全无头绪。无论何时，都觉得压抑、愤懑，无着无落。"

　　"不要急。"江灵握着我的手，道，"车到山前必有路，船到桥头自然直。现在是茫然无措，或许下一刻就柳暗花明了。"

　　我捏着江灵那滑腻腻的小手，略一用劲，更觉心中踏实，道，"谢谢你灵儿。"

　　江灵的手一颤，两颊顿时有些绯红，她嘟着嘴说道："谢我干什么？用不着你谢——你看，那个就是龙王湖吧。"

　　顺着江灵手指指的方向，在我们前方三十丈开外的地方，出现了一大片蓝色的水域，放眼望去，竟有种碧海蓝天金沙滩的错觉。

　　此时此刻，太阳正好，日映水面，波光粼粼，风吹湖岸，清波荡漾，令人不由得精神大振！

　　多日来，我心中集聚的压抑和愤懑竟在此时一扫而光，心胸不觉已经开阔到了极点。

　　江灵的脸上也有了笑意，她朝我微微一嘟嘴，调皮地说："咱们俩比赛，看谁先跑到湖边！"

　　我笑了笑道："好。"

　　江灵道："事先说好，不准用混元之气，不准施展御气而行。"

　　我道："那不行，你会轻功，又不让我施展逍遥游，那我如何比得过你？"

　　江灵歪着头呆了片刻，道："那咱们就比走，看谁先走到湖边。我也不用轻功，你也不用逍遥游，如何？"

我道："那行啊，不就是走路嘛，我跟你说，上学的时候，我还破过我们学校的竞走纪录。你跟我比走路，班门弄斧！来，开始啦！"

我迈开两条老长腿就开走，江灵也不甘示弱，我们俩就像孩子一样，欢呼而行。江灵轻功虽好，走路可真没我快，不过这妮子看似老实，最后耍赖，直接跑了起来，那叫一个无耻啊！直让我在背后摇头叹气……

龙王湖三面环山，高高低低，郁郁葱葱，湖光山色，一片悠然。

整片水域干净得仿佛一尘不染，湖面平静如镜，偶尔有风的时候，会泛起点点波光，在湖周边站着不动，就会让人心旷神怡，在这里丝毫感觉不到热。

湖中还有一处小洲，那里满是芦苇，林林总总，高矮粗细不一，其美也难以言喻，其多也无法估计。

中原地区不比江南水域众多，此处竟有这样一片好水，实在是令人赞叹。

只是想起来张熙岳和柳生左右卫门等人在这里曾经有过一场生死较量，老爸也几乎在这湖底陨落，我也稍稍有些骇然。

今日，不知是否还会有那些日本忍者的埋伏暗杀。

因为有这一件心事，所以在跟江灵嬉闹之余，我也没有忘记仔细观察周遭情形。待周边景象尽收眼底之后，我忽然觉得这龙王湖实在是诡异。

首先，龙王湖四周十分静谧，没有鸟叫，没有虫声，甚至连那一片芦苇荡里，也是什么声音都没有，这可不像是湖区啊，难道真像吴存根说的那样，湖里有水怪，以至于各种生灵绝迹？

第二，湖周围树木繁多，但湖水却干干净净，水面上连一片树叶都没有，也无水鸟栖息嬉闹，难道真的像吴存根说的那样"鹅毛定底沉"吗？

第三，湖之四周，只有我和江灵所在的西岸是一片沙滩，其他湖岸上都是山石泥土植被，这是怎么回事？

第四，湖周围没有河流，湖水的来源是什么？只有大气降雨吗？那这岂不是一个死湖，而一个死湖怎么可能这么干净？连一点水腥味都没有？而且按照吴存根的说法，这湖水深可达二十丈，那这么深的湖水是怎么形成的，这么多的水是怎么来的？

龙王湖诡异，那些日本忍者就更诡异了，他们怎么会知道这里有这么一个地方？又怎么能想到把张熙岳引到这里？

或许只有一个结论，这些日本忍者并非是第一次来到中国，更不是第一次来到洛阳，就连这龙王湖，他们都比我更熟悉。

他们究竟为何而来？又打的是什么主意？此后又会想出什么鬼蜮伎俩？

问题无法可解。

江灵似乎是一点都不关心这些，一回到美轮美奂的大自然风光下，她就立即像是变成了调皮的少女，开始脱掉鞋子，卷起裤腿，露出一双雪白的小腿，蹚水去了。

江灵弯着身子洗自己的脚，那一抹倩影在湖光上，在艳阳下，在青山绿树当中，就像是凌波仙子濯玉足一样，真真是绝美，令人望而发痴。

也不知道蹚了多久，江灵才站起身，以手遮面，那白色念珠挂在她的皓腕之上，晶莹剔透，她把脚抬起来，让脚面上的水一点一点落下，雪白的小脚丫在日光照耀下，竟然有些耀眼。

我正在呆呆地出神，江灵拿起她的一只鞋子扔了过来，正砸在我怀里，我呆呆地看了她一眼，她说："你干吗呢？傻了？"

我把鞋子握在手里，看了看湖边，沙滩上有一方巨岩，我走了过去，坐在岩下，向江灵招了招手，说："你过来，我有事跟你说。"

江灵提着另一只鞋子，一边向我走过来，一边问："什么事呀？"

我等她走到我身边时，拍拍身边的沙滩，说："坐下，我跟你说。"

江灵又依言坐了下来，瞪着一双大眼盯着我看，样子可爱至极。我拉住她的手说："灵儿，有句话我想问你很久了，今天你一定要告诉我实话，好吗？"

江灵一听，神色也立即凝重起来，道："元方哥，有什么话你就问吧，我一定会告诉你。"

我道："你怎么长得这么好看，就像个仙女一样，让我看傻了。所以，你一定要告诉我，你到底是不是仙女？"

江灵先是一愣，随即脸红，然后垂首轻轻啐了一口，道："又胡说！你见过仙女吗？就会乱讲话……"

我道："没有，不过我也不想见，因为有你在，我也不想再看见仙女了。"

江灵嫣然一笑，把头又低了一些，嘴里嘟嘟囔囔的也不知道在说些什么。

我凑近了耳朵，道："灵儿，你在说什么？"

江灵沉默了片刻，又茫然地摇了摇头，道："我也不知道自己在说什么。我像是有点害怕。"

"怕？怕什么？"

"我现在想想，总是感觉未来还很遥远。我对生活总会有一种错觉，有一种不真实感，就像现在，我都不知道你是真的在我身边，还是我的想象，我的梦境？"

"你怎么了？"我诧异道，"你为什么会这样想？"

江灵轻声说："不知道。就像是昨天，我还是一个人孤独地浪迹天涯；而今天，就忽然有一个关心我的人肯给我一份依靠。我不知道我到底该不该把它当真。"

我心头一震，然后把江灵紧紧地搂着，坚定地说："永远是真的。"

"嗯。"江灵把头靠了过来，轻声道，"永远是真的……"

我们背抵巨岩，身坐沙滩，面朝湖水，思绪万千。

但是此时此刻，我却真的想它是永远。

不再管任何人，不再管任何事。

没有恩怨，没有仇恨，没有利益，没有敌人。

简简单单，平平淡淡。

风一直在吹，凉凉的，静静的，那味道，似乎略有些伤感。

就这样，也不知道过了多久，江灵已经闭上眼在我怀里昏昏欲睡了，我感觉我也快要睡着了的时候，江灵忽然梦中呓语似的哼了一声，我又被惊醒了。

江灵与我四目相对，刹那间已经明白彼此眼神中的含义。

我在心中默默念诵道："一、二、三！"

几乎是在同一时间，我与江灵各自一跃而起，一左一右，向湖边巨岩之后包抄而去。

我们两个都听见了异样的声音。

巨岩之后应该有人。

说不定，就是那些日本忍者。

我们刚一动，那巨岩之后便传出来了一阵"嘿嘿"的笑声，声音很轻、很小，像是无意中发出的，如果不是龙王湖周边死一样的沉寂，我们根本听不见。

但等我们到巨岩之后时，那里却什么人都没有。

我二话不说，蹬石而上，口中喝道："何方朋友来此？请现身叙话！"

我已经看见，一道人影飘飘而上了巨岩。

待我上去时，那人影却又倏忽而下，往湖岸而去。

江灵圆眼一睁，毫不迟疑，提气纵身向山岩上抄了过去，空中连挽三个剑花，剑身带着啸声急刺而下。

"嘿嘿……"

一阵喑哑的笑声立时传来，接着就是"铛、铛、铛"三声，似乎是有人用手指头弹开了江灵的剑，江灵倒跃下山石，惊讶道："是你？"

我也已经落在地上，不再动手。

山岩之后转出一人，浓眉星眸，方面阔耳，身材高大魁伟，一套深蓝色中山装贴身而着，一副塑胶面具仿佛万年不变。

毫无疑问，此人正是晦极！

晦极正朝着江灵笑道："果然是大难不死，必有后福。你的本事比以前精进不少，这倒也不枉费万籁寂的苦心。"

"你在偷听我和元方哥说话？"江灵羞怒道。

"我只是忍不住出来提醒你们，再这么儿女情长下去，你们的命就要丢了。"晦极喑哑着嗓子道，"如果是柳生左右卫门、猿飞佐助、武藏三太夫、雾隐才藏等人藏在附近，你们的命，恐怕就要向祖宗交代了。"

"他们如果真能出来倒也很好。"我道，"只可惜是一群忍者龟。"

"哦？"晦极道，"你有十足的把握击败他们四人？"

"你应该清楚，他们不是我的对手，更何况，我也不是一个人。"

"骄傲并不好。"

"自卑更不好。"

晦极沉默片刻，然后自嘲地笑了笑，道："看来这一次，似乎是我多管闲事了。"

我道："也不算。最起码，你的到来，让我又有了一个新的问题。"

"什么问题？"

"你究竟是怎么做到我在哪里，你就能出现在哪里的？"

"你说呢？"

"说不出来。"

"我也说不出来。"晦极笑道，"或许我就是你，你就是我呢？"

"你总是这样，说一些稀奇古怪却毫无用处的话。"我摇了摇头，道，"不过，有关你个人秘密的事情你不愿意多说，有关别人的呢？"

"那要看是什么问题。"

"你怎么有闲工夫到龙王湖游山玩水了？"

"吴家沟之事，你知道究竟吗？"

"不知道，我也正在查。"

"寐生是什么人？"

"不知道，我也正在查。"

"无着子、御灵子去了哪里？"

"不知道，我也正在查。"

"那些日本忍者呢？"

"还不知道，还是正在查。"

我叹息一声，道："我原本以为你会什么都知道的，却没想到，原来你和我一样，什么都不知道。"

"我当然和你一样，只是人，不是神。"晦极盯着我看道，"人最大的悲哀，就是明明还是人，却已经当自己是神了。人最大的可笑，就是明明都是人，却把别人看成神。"

我愣了片刻，然后笑道："你说得对，我不是神，你也不是神。世上没有人是神，神也不是不存在，只是还未存在。"

晦极笑了，道："看来你懂了。"

"我懂。"

"那就好。"晦极道，"如果你懂，我就告诉你两个或许你还不知道的消息。第一，浑天成和绝无情都来了；第二，你许久不见的人而且是想见的重要的人，就在附近。"

第一个消息倒是没有让我十分吃惊，绝无情和浑天成肯定会来这里。

只是第二个消息，我许久不见的人，而且是想见的、重要的人，就在附近？

谁？

我还没有问，江灵已经问了出来："谁？在哪里？"

"就在附近。"晦极笑道，"你们听——"

"咚……"

"咚……"

"咚……"

晦极的话音刚落，一阵仿佛鼓声的响动突然从龙王湖对面传来。

十分悠扬，十分淡泊，就仿佛是天边悠悠飘来了一朵云似的。

我以相音之术断之，这声音没有任何感情，不悲不喜，不争不抢，浑然似与世隔绝，跟这龙王湖的境界仿佛一致，却又仿佛截然相反。

到底是什么声音？

谁在敲鼓？

谁的境界？

谁！

江灵的脸色微微变了，道："那是什么声音？"

"想知道，就去看看。"晦极一笑，道，"我要走了，江湖不远，他日再见。"

话音落时，其人已远。

我叹一声，神龙见首不见尾，真是好潇洒的一个人。

但愿有朝一日，能揭下他的面具，然后看清他的面目，不是敌人。

此时此刻，那疑似敲鼓的声音已经消失了。我远远地看了看，只见龙王湖东岸郁郁葱葱的山林中微微露出一点灰色，先前并不十分注意，也没有详加分辨。但是既然那声音都是从此处传来的，或许会有些异样吧。

我问江灵道："咱们要不要过去看看？"

"去！"江灵似笑非笑道，"为什么不去？你想见而又重要的人，咱们为什么不去看看是谁？"

我心中"咯噔"一声，不会是阿秀或者木仙吧？

不，不会。

晦极那人应该不会如此无聊。

于是我笑道："走，去看看。"

我和江灵沿着湖岸环行至对岸，渐渐接近时，我才看清，先前望到的树林丛中的一抹灰色，竟然是一片飞檐高瓦。

我登时恍悟，对江灵说道："那里肯定有个寺院，刚才的响声乃是寺院里报时的鼓声，没听说暮鼓晨钟吗？走，咱们去那里看看。"

江灵一听说是寺院，神色就有些放松了，她道："元方哥，这天就要黑了，要不咱们还是回去吧，叔叔他们会着急的。"

我心中暗笑，道："不妨事，见了重要的人再回去也不会太晚。否则，就这么回去了，我能睡着，有些爱胡思乱想的人恐怕睡不着呢。"

江灵一听，哼了一声，道："去就去！"

我们一路疾行，很快就到了对面山下。

龙王湖周围的山岩海拔都不高，大致都在六七十丈左右。

到了山脚下，一条人工开凿的山岩阶梯蜿蜒而深，往上看，那山梯拐角处有一片光滑的岩石，岩石上刻着三个大红字——"项山寺"。

我心头一震，这里是项山寺？

项山寺居然在这里？

项山寺，项山派，守成和尚，守成大师。

我的脑海里立时蹦出来一个喜爱玩笑的老和尚身影。

晦极所说的我想要见的重要的人就是他？

他是玄门术界中的泰斗人物，也是神相令中的中坚力量，为人滑稽多智，本事也高，但是若说对我的重要程度，恐怕尚不如张熙岳、曾子仲等人。

至于我想见的人中，更是数不到他。

看来，晦极这次是说大话了。

不过，既来之则安之，守成和尚在这个地方，这周边就应该是项山派的势力范围，那么吴家沟的事情他知不知道？

还有，作为神相令主，我已经到了此处，他是知道还是不知道？

如果不知道，似乎说不过去，一个名门大派，总会有些消息灵通。

如果知道，为什么不来见我？

于是我笑道："走，去看看守成大师最近在念什么经。"

我和江灵沿着山梯向上走，过了拐角处，又上行了半个小时，才看到项山寺的山门。

一丈多高，六尺来宽，暗红色调，斑驳模样。

项山派历史之厚重沧桑，在此处尽显无遗。

那山门洞开，门外环境十分清幽，门内直映人眼的是一尊巨大的香炉立在禅院中间。香炉两旁，有两棵树，一棵是古松，另一棵，还是古松。

两棵古松旁边，乃是两处古建，一座钟楼，一座鼓楼。

铜钟大鼓高悬其中。

大殿就在钟楼、鼓楼之后。

院门口，也没有沙弥看门，或许是平时上山进寺的人很少吧。

也因如此，我和江灵也就不用通报，不用叩门，不经同意，直接进了寺院。

进了寺院以后，却有一个小和尚立即迎了上来，问道："两位施主是来求签、上香、拜菩萨、问姻缘的吗？"

我顿时笑了，这个小和尚真会来事。不过，这么晚了，求什么签，我正想说我是来找你们主持大师的，江灵却道："我们是来礼佛的，想在佛前上香求平安。"

小和尚笑道："那请跟我来吧。"

我便不说话，和江灵一起，跟着小和尚转过香炉，经过古松，走进大殿。

大殿正中供奉的是释迦牟尼佛像，旁边立着摩诃迦叶、阿难陀的尊者像，虽然不全是金身，倒也栩栩如生，望之可敬。

佛下有两个蒲团，殿左坐了个中年和尚，手中捻着佛珠，看都没看我们一眼，一副老僧入定的样子。

殿右放着不同种类、高低粗细不一的香，还有一个功德箱，就是往里面放钱的。放了钱，你才能领到香，这就是变相的买。这些事情，各处寺庙、道观几乎都一样，我还是很懂的。

在小和尚的注视下，我摸了摸口袋，没有钱，这下可要丢人了。

我尴尬地看了看小和尚，正不知道要说什么话，当然，在佛前也不能说谎话。

江灵看了看我，然后从口袋里掏出了几张钱递了上去，我一看，竟然是三百块钱！

我呆呆地看着江灵，不明白她为什么一出手就这么多，而且毫不犹豫。

这钱，足以把这屋子里的香火全给买断了！

但是那小和尚看见，立即捧了两束最大号的香递了过来，我也只好接着，和江灵一人一束。那中年和尚也起了身，指点我们上香，我几乎是迷迷糊糊地把香献给了佛。看着那两大束香慢慢地燃烧，我心疼的直哆嗦，那就是在烧钱啊。

烧完了香，那个中年和尚开口了，他说："两位施主，请随贫僧过来。"

我们跟他走到他之前坐的桌子一旁，只见他拿起来两个拇指指甲盖大小的东西

道："这是两枚桃核做的护身符，我佛赐予你们，保佑你们平安。"

我接过那两枚桃核护身符，给了江灵一枚。我知道这是那三百块钱的功效，但没有想到好处还不止这些，中年和尚起身道："天色已晚，寺中的斋饭已经备好，贫僧请两位施主留驾敝寺，尝一下山中素食。"

我看了看江灵，她没有说话，我对那中年和尚笑道："这恐怕不太合适吧？天色都已经这么晚了。"

中年和尚道："贫僧看两位施主面生，恐怕是第一次移驾敝寺的吧？"

我道："是。"

"两位施主的口音与本地略有不同，恐是异乡客人吧？"

"是。"

"如此便是缘法。"那中年和尚笑了笑道，"敝寺向来是不留客人使用素斋的，但是两位施主在佛祖面前出手毫不吝啬，定是礼佛的好人。而且贫僧看两位施主的形容气质，也绝非是凡夫俗子，所以才斗胆相留，还请两位施主不要误会了贫僧的好意。"

这和尚，倒是能说，明明是看中了我和江灵出手大方，所以才想多留一留，那素斋恐怕也不是免费的。

不过，现在这样倒也好玩，我本来是想见见守成和尚的，如今也不着急了。我暂且答应留下来吃饭，看看守成会不会出来陪客，到时候他要是出来，一见到我和江灵，那场面应该精彩。

即便他不出来，我也叫他出来。

想到这里，我忍不住微微一笑，心中已经是打算留下来吃饭，但嘴上还是要推辞一番的，我道："我们绝对没有怀疑大师留我们吃饭是歹意，只不过确实是天色很晚了，恐怕吃过饭以后，就是夜里了，那时候再下山，就不太好走了。"

中年和尚道："两位施主住在何处？"

我道："吴家沟。"

中年和尚道："路途不远，无妨，两位施主下山时，贫僧让徒弟送两位一程，保证沿途无虞。项山虽然不是名山，敝寺也非名寺，但此中素斋，却堪称天下一绝。两位好不容易来一趟项山寺，却没有吃到我们的拿手好菜，岂不可惜？所以，还是请两位品尝一下敝寺的素斋吧。两位吃尽了红尘中的山珍海味，也该让肠胃清淡一些。"

谦让再三，说到这般份上，火候也算是到了。

再加上这中年和尚对他们饭菜的大力推荐，我倒是也起了好奇之心，真的有那么好吃？

于是我笑道："恭敬不如从命，大师再三邀请，却之不恭，那我们就叨扰了。"

中年和尚一伸手，道："二位施主请！"说罢，当先而行。

江灵拉了我一把，低声道："你搞什么鬼？为什么不说见守成大师？"

我也低声道："不急不急，且看我的。"

"就你爱胡闹。"

"还不是你弄出来的事儿？谁让你出手那么大方，现在人家不放人了吧。"

"那我还不是想让心诚一些，这样在佛前许愿可以更灵。"

"你许的是什么愿？"

"不告诉你！"

"说说。"

"说了就不灵了，等实现之后再说吧。"

我笑了笑，道："你是道家的人，却来拜佛求菩萨，也不怕道君怪罪？"

江灵也笑了，道："昔年太上老君出关，化胡为佛，是以佛本是道，道佛一家，何分彼此？"

江灵后面这几句话声音略大，那中年和尚倒也耳目清明，当即听见了，回首道："看来贫僧果然眼神不差，两位施主能说出这番话来，绝非常人。敢问尊姓大名？仙乡何处？"

我道："敝姓陈，这位姑娘姓江，家乡离此不远，都是中原人。还没有请问大师的法号？"

中年和尚道："贫僧释空，是这项山寺中的监寺。"

"原来是监寺大师，失敬失敬。"我道，"敢问监寺大师，项山寺中有多少位师父啊？"

释空和尚顿了一下，道："除了住持师父和贫僧以外，还有我的两个师弟和五个小徒孙、三个打杂的居客，整个项山寺只有十二个人。呵呵，穷山破寺人少。"

"大师过谦了。"我道，"用斋的时候，贵住持会来吗？"

"不好意思。"释空和尚笑了笑，道，"师父正在闭关，不能出来见客，还请两位施主见谅。"

守成和尚闭关了？我心中一阵失望，道："住持大师要闭关多长时间？"

"这个贫僧也说不准。多则一二月，少则三五天吧。"

我更加失望，当即默然无语，心中盘算着，待会儿吃了斋饭还是赶紧走吧，这一趟算是白来了。

同时我在心中暗暗埋怨晦极，也不知道他鼓捣着要我来这里干吗。

郁闷之际，我们已经走到寺中的一溜居室旁，恍惚中一眼看去，最左处居室有一扇木门紧紧闭着上，窗户也被皮纸所糊，跟其他屋子的形容大相径庭。

我诧异之下，忍不住多看了几眼，无意中启了灵眼，竟看见那里一股青气从屋中冲天而起，一闪而逝！

我登时大吃一惊。

虽然那气已经散了，但是我刚才以灵眼捕捉得清清楚楚。

那是极其纯正的青气，半点杂色也无，更兼气势恢宏，如虹飞天外。

这气，绝非常人所能散发出。

即便是术界高手，也无法纯正恢宏到如此地步。

张熙岳、曾子仲尚且达不到这般境界，在我所见过的人中，除了阿南达、青冢生、梅双清、万籁寂、晦极、老爸等有限的几人之外，再无他人。

但阿南达的气，势虽然达到，度却不纯；青冢生因为一辈子研究尸体，所以沾染了崇气，青气之中还有一丝斑驳陆离之色；梅双清一辈子精研奇毒，青气之中也有杂色丛生；万籁寂的气倒是纯正，但是却过于平和，没有如此恢宏；晦极的气纯正，不平和，但是却过于圆滑，就仿佛一团棉花中藏着一根针，不似这股气如此大器。还有老爸，其气纯正，却低和，仿佛一座大山，沉稳有余，霸气不足。

至于武藏三太夫、柳生左右卫门、雾隐才藏、猿飞佐助这几人，其气虽然也惊人，但比起以上人等，还略逊一筹。

这股气仿佛沙漠瀚海，完全摊开了，一望无际，浩浩无涯，令我叹为观止。

究竟是什么人有这般气质？

守成和尚我见过，他绝非是能散发出如此之气的人。

天下间，恐怕只有昔年的五行六极诵中人才能达到。

会是谁？

五行六极诵中人，我还有三人没见过，半神陈天默，老怪曾天养，女魅血玲珑。

血玲珑不会出现在这里，气质也不会如此纯正，那便有可能是陈天默和曾天养中的一人。

当然，十大杳人也有可能。但是十大杳人的行踪，连五大队、九大队都不知道，他们又怎么可能出现在这里？

"陈施主，怎么了？"

释空和尚突然问了我一句，我才意识到自己的失态，连忙收敛心神，收回目光，道："敢问监寺大师，这间屋子里所居何人？"

"是住持师父的朋友。"

"能否一见？"

"抱歉。"释空和尚笑着摇了摇头，道，"这位客人脾气古怪，除了师父，其他人等一概不见，就连贫僧也是不敢叨扰。"

"哦……"我仍不死心，道，"敢问他的名讳？"

"再次抱歉。"释空和尚道，"不得客人允许，贫僧不敢多嘴妄言。"

"那他什么时候会出门？"

"不知道。"释空和尚道，"他和师父一样，也在闭关，两耳不闻窗外事，一心只是在修持。"

"哦……"我沮丧地点了点头，道，"那咱们走吧。"

话音刚落，正待要走，只听"吱呀"一声，那一扇木门忽然就开了！

我赶紧停住脚步，打眼去看那屋子。

只见里面走出来一个耄耋老者，伸了一下腰身，然后神采奕奕地站在门前，看着我们。

那个老人应该很老了，但是到底有多老，我实在说不准，他满头白发，根根如银针，眼皮和脸颊上的肉都耷拉了下来，这说明他年纪很大了，但是他精神十分好，好得就像是一个二十多岁的人。

他那满头的白发，扎成了个髻，插了根簪子，穿的是一件蓝色夹软纱长道袍，衣袖飘飘！

这是一个和尚庙里的道士。

我盯着他，呆住了。

他看见我，却笑了。

江灵一时间也吃惊得忘了说话。

释空和尚急忙上前，朝那道士行了一礼道："道长怎么出关了？"

道长朗声道："心血来潮，掐指一算，机缘到了。"

"机缘到了？"释空和尚茫然不解。

那位道士看了我们许久，然后径直朝我们走了过来，他看着我道："好小子！终于等到你了！"

我俯身跪倒，磕头道："终于又见到您了！"

"不错，不错，臭小子本事又高了许多。"老道士感慨道，"后生可畏，吾衰矣！"

"您一点也不衰。"我仰起头，笑嘻嘻说道。

江灵也赶紧要拜，那老道士却一把拉住她，上下略一打量，道："小丫头也进益不少，真是士别三日，当刮目相看。"

释空和尚完全呆住了，半天才喃喃道："你们，你们认识？"

"当然认识。"老道士指着我和江灵，道，"释空小和尚，来来来，我跟你说，这就是我的重孙陈元方，这是茅山一竹的徒孙小江灵。我说的机缘就是他们，他们来了，我这不死老道的机缘也就到了，闭关也就结束了。"

直到现在为止，我才算是彻底明白了晦极的意思。

他口中所说的我想要见的、极其重要的人，并不是守成和尚，而是我太爷爷，不死老道陈天佑！

我万万没有想到，他会在这里。

也根本想不到，他为什么会在这里。

之前，太爷爷相伴身边的时候，我还没有开启灵眼，不能相气，所以刚才望见那气，着实是惊诧不已。

待看到太爷爷本尊出现时，才恍然，原来如此。

太爷爷也正配得上这纯正浩瀚之气！

只不过，我的心中也稍稍有些失望，若此中的人，不是二太爷爷，而是嫡亲的太爷爷陈天默，那该是什么光景？

不过这也是想想罢了，陈天默究竟是活着还是没活着，又有谁能确定？

释空和尚却愣住了，他瞪大了眼睛，盯着我看，许久才道："这就是名满天下的神相令主陈元方？"

"在下即是陈元方，如假包换。"我笑道，"不过，名满天下，却是不敢当的，神相令主也是大家错爱。"

"参见令主！"释空和尚一脸肃然，躬身行礼。

我连忙上前搀起，道："大师多礼了！"

"理所应当！"释空和尚道，"项山派名列神相令十九家门派之中，所有弟子当归神相令主节制调遣，今见令主风采，敢不仰慕拜服？"

我还是连连摆手谦让。

太爷爷捋须而笑，道："江湖代有才人，各领风骚，我离村子并未有多久，术界就多了个神相令，多了个神相令主。甫一知之，我吃惊实在是不小。不过，这倒也不太出乎我的意料。出我意料的是，太虚子那老妖，还有青冢生这老鬼居然都还

228

活着！我这个当年的逍遥道真却是半点也不知情啊。只可惜太虚子一辈子机关算尽，到头来依旧是妖性不改，甫一出山，便落缧绁！唉……都是一时人物，虽然道不同，志不合，但物伤其类，兔死狐悲，我也是唏嘘不已啊。"

"太爷爷，您根本不用替他伤感！"江灵道，"他差点害死元方哥哥，弄了个破镜子，摆了个阵法，叫作什么镜花水月，几乎把天下间的成名人物都圈了进去。"

"那也不是出来了嘛！"太爷爷笑道，"还有那镜子也不是破镜子，听说被元方得了去，真是好造化。"

"塞翁失马，焉知非福而已。"我道，"太爷爷，你不是远赴西域去了吗？怎么却在这里闭关，还说等着我，到底是怎么回事？"

太爷爷正要说话，释空和尚道："令主，道长，江姑娘，时辰也不早了，要不咱们还是一边吃饭，一边叙旧？"

"好！"太爷爷道，"释空小和尚，我知道你们项山寺里的人最爱鼓捣吃的喝的，今天就把你们看家的手段给老道拿出来！还有，把守成小秃驴亲自炮制的桂花酿给我起出来！"

我诧异道，"守成大师还酿酒？"

释空和尚连忙解释道："专一款待客人用的。"

"放你的秃驴屁！"太爷爷骂道，"守成小秃驴什么德行我还不知道？一贯是酒肉穿肠过，佛祖心中留。"

释空和尚被骂，也不敢反驳，只是在一旁讪笑。

太爷爷道："我老道近日来苦苦闭关，什么也不吃，什么也不喝，虽然有益于修行，但是却苦了口腹！这晚上，我得跟我重孙子喝个天昏地暗！"

"这……"释空和尚一脸难为情。

"怎么？"太爷爷两眼一翻，瞪着怪目道，"心疼守成小秃驴的酒？你真是不晓事！那小秃驴平素里想使劲儿巴结老道我，还苦无门道，喝了他的酒，那是他天大的造化，他能美得睡不着觉。要是他知道这事儿是你办的，那项山寺以后的住持可就是你的了。你不信？要不把守成小秃驴叫出来，当面跟你讲清楚？"

"啊？哦！不，不用。"释空和尚连连摇头，道，"弟子怎敢不信道长的话！这就去准备素斋好酒，这就去准备。"

"这还差不多。"太爷爷满意地捋了捋胡子。

我在一旁暗笑不止，这倚老卖老果然是有市场，守成那样的老和尚，也被叫作小秃驴，释空和尚更是唯唯诺诺，吃你们的，喝你们的，还得巴结。这人啊，这理啊，真不知从何说起……

我们跟着释空和尚走，江灵拉着太爷爷的胳膊，一口一个"太爷爷"喊得比我还亲热，道："您还不知道吧，弘道叔叔、弘德叔叔、弘慎叔叔、元媛都在附近呢，要不要把他们都叫过来陪您？"

"他们都在啊。"太爷爷沉吟片刻，然后摇了摇头，道，"弘道太闷，弘德又太聒噪，这俩兄弟的性子都不好。弘慎这个小娃娃从小就是个伶俐鬼，专一钻风打探消息，跟我是不挨边的，坐也坐不到一起去。至于元媛，小女娃娃，叫过来干吗？

还是元方好，不闷也不噪，恰到好处，有点随我的性子，我就爱找他。"

我笑了笑道："只不过也不能喝得太久，老爸他们还不知道我到哪里去了，我和灵儿晚上还得回去，免得他们着急。太爷爷，你跟我们一道？"

太爷爷一挥手："这些琐事待会儿再说！"

待坐到餐桌旁吃饭的时候，我才算是领略了项山寺素斋的绝妙。

饭菜刚盛上来，乍一看，竟然还有荤菜，鱼呀，鸡呀，兔呀，竟然都有，把我吓了一跳，酿酒就有点说不过去了。说是素斋，居然还有肉，这也太……

旁边，太爷爷已经大快朵颐，吃得津津有味了。江灵也动了筷子，我就忍不住夹了个鸡块尝了尝，结果那看起来是鸡块的东西吃到嘴里后竟然是豆腐！

但是那豆腐做得实在不像是豆腐，不但样子不像，味道也不像，居然有肉香味。这是怎么做的？我百思不得其解，其余的鸡、鸭、鱼、兔都是如此，有的是用素火腿做的，有的是用面粉做的，有的是用米做的。总之，出人意料，我顿时觉得刚才释空和尚的话实在是没有吹嘘。

那桂花酿也果然是好酒，泥封甫一启开，便有一股浓郁的桂花酒香扑鼻而来，其色微黄，状若琥珀，这一香一色入鼻入眼，我登时馋虫大起，满口流涎。

太爷爷已经迫不及待勾了一杯，仰面喝尽，我也连忙去品，果然是入口清凉，下喉幽和，绵柔醇厚，回味悠长，好酒！

刹那间推杯换盏，各自尽兴，太爷爷终于开说正事，道："元方，你们都来这里做什么？"

"为了血金乌之宫。"

太爷爷点点头，道："又有人失踪了吧？"

我诧异道："您知道？"

"当然。"太爷爷道，"血金乌之宫的邪术只要不绝，必然还会有人受害。你当我来这里是干什么的？我去西域数月之久，辗转千里，奔波无止，才隐约探知这些妖人恐怕已经不在西域了。"

我道："无着子和御灵子曾经出现在洛阳。"

"不但是他们两个。"太爷爷道，"我说的是整个血金乌之宫。他们全都在此！"

"啊？"我和江灵面面相觑，江灵道："都在这里？他们敢？"

"就是大家都以为他们不敢，所以他们才敢。"太爷爷道，"中原历史源远流长，玄门五脉几乎尽数起源于此，数千年来，衍生出的术界门派也是不可胜数，可以说整个中原是天下间术界最繁荣昌盛的地方，就你的神相令来说，几乎有半数都在中原地带，这里就是你的地盘！按理说，血金乌之宫是不敢来的。"

江灵点点头道："对呀。"

太爷爷笑了笑，道："灯下黑知道吗？点一根蜡烛，能照亮整个屋子，但唯独蜡烛之下，有一道黑影，这就是灯下黑，越是在你眼皮子底下，你就越发现不了。"

我登时恍然，道："怪不得五大队、九大队也找不到他们的踪迹，我调集神相令各门各派四处打探，也全无消息。因为大家全都把注意力放在别处了，反而忽略了自己周边！"

"不错。"太爷爷道，"所以我回来了。"

江灵道："发现他们人了没有？"

"没有。"太爷爷摇摇头道，"血玲珑是何等人？算起来，她的年纪是昔年五行六极诵中人最长的，谁的弯弯肠子也没有她多。更兼她的命术已经修炼到出神入化的地步，以符咒、命丹做术，最善隐藏行迹，岂能轻易让人发现？我之所以来项山，一是因为怀疑血玲珑在中原，此地便属中原，一旦有事，往来方便；二是因为此处另有一处地界异常危险，恐被血玲珑利用；三是因为守成小秃驴在，可以来此盘桓，明察暗访。"

"哦。太爷爷口中的危险地界可是龙王湖？"

"非也。"太爷爷道，"我还未发觉龙王湖有甚可怕之处，只是龙王湖西北三十余里有一处元明时期的隐世庄园，过虎口。"

"过虎口？这是个什么地方？"

"村子，山村，村中之人尽是元末明初山术界高手后裔。"

"哦？"

"世称'灭尸虎家'。"

"那地方有什么危险？"

"那地方并不危险，危险的是那地方有一尸。"

"什么尸？"

"元末明初，陈家叛贼陈玄忍、血金乌之宫宫主血无涯，以邪术起出的千年僵尸王，被神相陈丹聪锁镇于此！"

我大吃一惊，悚然而起，盯着太爷爷，许久才道："那个千年僵尸王居然没有被完全消灭？"

"没有。"太爷爷摇头道，"昔年朱元璋身边第一谋士刘伯温为了削弱元朝大将王保保的势力，尤其是解决掉王保保身边的术界异能人士，便携陈丹聪生母前往陈家。陈丹聪知道自己的身世之谜后，大为悲恸，先是以化符之酒毙掉了叛贼陈玄忍，而后尽灭王保保身边各类邪教妖人。但那时候，血金乌之宫的势力正值顶峰时期，血无涯也是历来血金乌之宫宫主中最厉害的存在，再加上僵尸王助纣为虐，陈丹聪以一人之力对付诸邪，究竟是占不得便宜，无力将千年尸王彻底绝灭，而只是将其锁镇起来。"

江灵道："那陈丹聪是把千年尸王锁镇到过虎口了吗？"

"不知道。"太爷爷又摇了摇头，道，"数百年前的那场大战，在场之人几乎全无生还，所有的事情都是后至者口口相传。嗐，这些事情是真是假，着实难辨！据说，当时有一人曾亲眼目睹了那场大战，而且并未身亡，但那人随后却神秘失踪，不但是他，就连他的亲人、族人也一并失踪，数百年间杳无音讯，仿佛凭空蒸发。奶奶的！"

我道："那一族是灭尸虎家？"

"聪明！"太爷爷道，"亲眼目睹战事的人正是当年虎家的家主虎辟疆，此人乃是陈丹聪的至交好友，因为其家族世代以屠灭变尸为业，所以人称灭尸虎家，或屠魔世族。因为有千年尸王作祟，陈丹聪便与此人同往对敌，但大战之后，陈丹聪、血无涯尸骨全无，《神相天书》杳杳无踪，千年尸王不知所终，虎辟疆也失踪了。当陈家人前往虎家寻找时，才发现，虎家的整个族人也全都消失了。真真是急死活人！"

江灵愕然道："那是怎么回事？"

"鬼才知道！"

太爷爷长吐一口气，道："数百年来，陈家子孙在寻找天书的过程中，也时刻留意千年尸王、屠魔世族虎家的消息，但一直都没有结果。直到近来，我才得到汉琪的消息，说屠魔世族有可能就在洛阳龙王湖过虎口。于是老道我便离开西域，一路疾行，匆匆赶来此处。"

"是二爷爷的消息？"我诧异道，"他老人家在伏牛山中可好？他又从哪里得来的这些消息？"

"汉琪还好，不用挂念。"

太爷爷道："当年他一手组建拜尸教，神通广大，势力遍布天下，几乎所有的变尸都归他节制号令，虽然前番伏牛山中大战频仍，拜尸教总舵被毁，厉害角色损失殆尽，但是散落在各地的教众并未全部灭绝。百足之虫，死而不僵，正应此理。也就是这些散落教众起了大用处，汉琪严命这些尸众不可作恶，邪不归正者灭无赦，其余愿意不杀不害人者，则可保全。这些保全的尸众便四处打探一切有关天书的消息，我也一直跟他留有我的行踪。本想着不会有什么希望，但是没有料到，就是这些尸众起了大用，也不知道它们怎么流窜到了这里，发现了过虎口的秘密，然后迅即回报给汉琪，汉琪又令它们找到我，向我说明，并且亲自引我去了过虎口。"

我连忙道："那您见到了虎家的人？"

"没有。"

太爷爷仰面灌下一口酒，懊恼道："你太爷爷我连过虎口都没有过去，更别说见到人了。"

"啊？"我诧异道，"到底是怎么回事？"

太爷爷道，"过虎口乃是一道天然崖口，其周边群山环抱，尽是陡崖高耸，猿猱难攀，飞鸟不过，更不用说人了。又因为这崖口鬼斧神工，像极了一张虎嘴，所以我才将其称作'过虎口'，它本来是没有名字的。更兼其中有一股莫测力量遍布周遭，现代所谓的科技设备，无一例外，到彼处全部失灵。想要进入过虎口，必须只身。"

我奇道："那便只身而入不就成了？既然有崖口，那便从崖口进去，何必要攀援群山？"

太爷爷道："崖口只是一道天然屏障，除此之外，尚有一道人为屏障。"

"人为屏障？"

"是玄术禁制。"太爷爷道："过虎口处有一道极其厉害的禁制，将过虎口内外完全隔绝！嘿嘿……老道我一连去了三次，用尽了平生手段，最后一次，几乎赔上了老命，也没能过去。所以我也不敢再捋虎须了，以免不死老道成了死翘翘老道。"

我愕然道："如此厉害？"

太爷爷道："着实是非同小可！但我确信无疑，那就是虎家的手笔。"

我诧异道："为什么这么肯定？"

太爷爷道："因为那禁制对人只是阻碍，并无伤害，但是对变尸，却是一触即溃。任何变尸，不管有多厉害，只要道行在五百年内，碰到那禁制，就灰飞烟灭！如此厉害的屠魔手段，当今术界无人能够做到，放眼过去，也只有虎家。而且我也相信，这禁制绝非是虎家一人一世之力，想必虎家每一代族长都会在过虎口进行禁制，数百年下来，已经不知道有多少禁制了，其威力当然是惊世骇俗！汉琪派出去的尸众，也是因为发现了过虎口的古怪，强行入内，灰飞烟灭了五具变尸，才悚然而退，回禀汉琪的。"

我听得目瞪口呆，半响才道："但凡禁制，必有符箓，太爷爷没有看到过虎口附近有任何符箓咒文吗？"

"这个想都不要想。"太爷爷道，"虎家的符箓向来独树一帜，乃是隐符。他们取山术、命术两家之长，以手画符，符在虚空，肉眼根本不可见。"

我沉默片刻，道："太爷爷，既然您没能进去，为什么会怀疑千年尸王被锁镇在其中？"

"是汉琪派出去的那些变尸的反应让我起了疑心。"太爷爷道，"它们对同类有着本能的感知，就是这感知吸引它们找到了这里。而且到了这里，它们几乎是奋不顾身要冲进过虎口的禁制，六具变尸，被摧毁了五具，最后剩下那一具才恋恋不舍而走。同类相引，汉琪说这过虎口中必定有极其厉害的变尸存在，所以才会产生如此效果。你们想，屠魔世族，隐匿不出，百年禁制，极其厉害的变尸，这一切线索除了能跟千年尸王联系到一起，还能是什么？"

江灵道："那这虎家为什么要布下这道禁制呢？"

"当然是想与世隔绝。"太爷爷道，"他们能选择如此一个偏僻的世外桃源所在，显然是不想再与世人接触，布下这道禁制，更是不想让外人进入其中。或许还有一种可能，布下禁制，只是为了不让千年尸王再出来。"

江灵"啊"了一声道："尸王不是被神相陈丹聪锁镇了吗？怎么还能出来？"

"神相的锁镇术虽然厉害，但是毕竟也只是锁镇。"太爷爷道，"数百年下来，没有人再注入新的力量，那锁镇术的威力就会大打折扣。就好比一把锁，锁在门上，几十年不动，便会生锈腐蚀，到时候不用钥匙，用手一掰，就断了。千年僵尸王只要不灭，等锁镇力量减弱之时，就是它出头之日。"

我皱眉道："那锁镇什么时候会减弱到千年尸王可以复出的地步？"

"不知道。"太爷爷道，"但可以肯定的是，如果千年尸王在过虎口内，那么虎家人必然知道它的底细！不但如此，虎家人也必定知道很多与天书相关的秘密，因为他们先人是昔年大战中唯一幸存的目睹者。也就因为这个原因，我们一定要进过虎口。"

江灵道："可是您都进不去，别人怎么进？"

"他或许能！"太爷爷看着我道，"我虽然不在你身边，但是术界到处流传你的消息，说你击败了太虚老妖，已经开了灵眼，还灭掉了南洋痋王阿南达，近来更是风头大出，连日本的影忍都败在了你的手上，真是我的好重孙！"

我尴尬一笑，道："太爷爷，即便如此，我的道行也不比您高，您进不去的禁制术，我也难进啊。"

"你有灵眼。"太爷爷道，"灵眼相气，术界任何法术，只要不是高明到了极致，你都能看出术气、术脚所在。"

我沉吟片刻，道："血玲珑的本事比您如何？她的法术算不算高明到了极致？"

太爷爷道："五十年前，大家半斤八两吧，现在就不知道了。至于法术，应当还未超凡入圣吧。"

我道："血玲珑的符咒，我有时候就看不穿。之前，她还用符咒减弱了我的道行，令我的目法几乎全然失效。如果虎家的符咒比血玲珑的还厉害，我就无能为力了。"

"不，这不能相提并论。"太爷爷道，"血玲珑厉害，厉害在于一人，她以百余年的功力，费尽心血造出来的符咒，你有时看不穿，并不意外。但虎家厉害，不在一人，那禁制是数百年数十人之力，反复重叠而成，你的灵眼应当能看穿。"

一瓮酒已经见底，太爷爷果然是海量。

他叫了释空和尚进来，让再取一瓮来，释空和尚擦擦汗，也不敢不听话。

等新酒上来，释空和尚离开，掩了门，我才又开始说话。

"我的灵眼？应当能看穿？"我看着太爷爷，道，"您也不能确定，是吗？"

"当然不能确定，我毕竟没有灵眼，无法去验证。"太爷爷喝了一口酒，道，"曾老怪倒是开了灵眼，只是几十年不见他，也不知道死了没有。嗯，应该是还活着，青冢老鬼、太虚老妖都活着，血玲珑十有八九也在，曾老怪怎么会死？"

太爷爷自言自语了一番，我却心中一动，连忙问道："太爷爷，我太爷爷到底去世了没有？"

"啊？"太爷爷愣了一下，眼神有点迷离地指着自己道，"你个鳖孙，老子不是还活得好好的吗？"

"不是，不是。"我自知失语，连忙改口道，"您是我二太爷，我是问天默公他老人家。"

"他？"太爷爷摇了摇头，道，"我这大哥生不见人，死不见尸。应该是去世了吧？怎么，你有他的消息？"

"就是之前东木前辈提到过天默公昔年的事迹，邵如昕也说过天默公属于十大杳人之列，所以我才问问您。"

"青冢老鬼藏在深山野林里那么久，我一直以为他死了，没想到他又出来弄出这一番动静，还是为了你，你的面子可真不小。"

"都是天默公的面子，跟孙儿可没关系。"

"那个邵如昕，听说已经跟五大队彻底决裂了？"

"对，现在五大队当家的是陈弘生，想必您也听说了，老爸不允许他再用陈家的称谓，孙儿也给他起了个新名字，叫作绝无情。"我道，"此人之前隐藏得厉害，原本就看他是阴鸷面容，城府深不可测。现如今果然证实，心狠手辣程度犹在邵氏之上，一山不容二虎，他容不下邵如昕，日夜派人追杀。就连孙儿，也是他的眼中刺、肉中钉，他迟早要除我而后快！倒是邵如昕，现如今跟咱们是友非敌。"

江灵听见这话，低声一哼，显见是对我不满。

太爷爷却似是知道了，轻轻"嗯"了一声，道："外面的事情，我基本上都知道个大差不差。"

江灵道："这就是诸葛卧龙的手段，不过太爷爷您比卧龙还要厉害，他是未出隆中，已知三分天下。您是足不出户，掐指一算，已知九分天下。"

"你这小妮子，成了马屁精了。"太爷爷笑骂道，"我怎么好跟卧龙比？也不是掐指一算，我这都是听各路消息人士说来的。就算是在这里，项山派的人也为我打探消息来着，所以你们干的事情我基本上都知道，洛阳城郊跟日本忍者大战，就连那柳生左右卫门施展的二十招，招数名称我也知道。"

"那也是本事。"江灵笑道，"太爷爷，旁观者清，当局者迷。您在局外看，元方哥他做事会不会有什么危险？"

"有些事情能料到，有些事情还真是无法料到。这跟局外局内关系不大。"太爷爷沉吟道，"陈家麻衣相术，精妙无双，但百密一疏，五大目法的全挂子本事学不到家，也会有看走眼的时候。我看元方做事很好，比我年轻时候好，心思缜密，有勇有谋，能忍能吃苦，耐得烦，浑不怕，这就胜过世上太多人。无碍。"

"太爷爷过奖了。"我道，"其实，人心最易变化，虽然说相逐心生，但毕竟心思变化快，面相变化迟。单单从相貌断人，会因时日而有所误差，这是正常之理。毕竟不是天眼，能相道，能看出大势所趋。所以，我一直疑心重，不信直中直，须防仁不仁嘛。"

"唉……"

太爷爷沉默片刻，叹息一声，道："我还是对弘生最痛心。伏牛山中我就觉察出陈弘生心怀异志，只是念着跟弘道的旧日情分，不忍心下手，不料现如今倒成了祸害。绝无情，绝无情，起得好，他就是个过河拆桥、无情无义的东西。元方啊，血金乌之宫也好，千年尸王也好，就你最近遇到的日本忍者也好，其实这些全都不是大敌，最大的敌人会是弘生，哦，应该说是绝无情。"

"他？"江灵道，"他现在还用得着元方哥，暂时不会有什么危险吧。"

"此人的可怕就在于胸中壁垒森严，丘壑深重，险不在于当今，而在于日后。"

太爷爷道："过河拆桥，卸磨杀驴，时常之举，这种人从来不恤用此等手段。他们不是江湖儿女，不是义字当头，他们手握重器，掌生死大权，倒下一个，还能再来一个。以武力根本无法对抗，就算能对抗，对抗得了一时，又岂能对抗一世？子子孙孙还是要活在这里的。仇怨太深，忌讳太重，恐有灭族之祸啊。"

江灵愕然地看看太爷爷，又看看我，道："会有那么严重吗？"

我重重地点了点头，心中说不出是一股什么滋味，喝一口酒，又觉得这酒实在是太凉了，从肠胃一直凉透到心。

看看窗外，黑茫茫，无际无涯，寺悬半山，后有峭壁，前无着落，单从此处四顾，真真是有一种不知路在何处的凄凉。

"不用看了，"太爷爷似乎洞察我心，道，"在屋子里肯定看不到出路。打开门，看一步，走一步，就都是路了。"

"嗯。"我也展颜一笑，暂且今朝有酒今朝醉吧。

"对了，元方。"太爷爷盯着我的胳膊，道，"你取了伍子魂鞭？缠在你胳膊上的就是？"

"是的。"我将手一握，伍子魂鞭陡然绷直，迎立空中，威风凛凛。

太爷爷猛然起身，伸手就去抓鞭子，江灵叫了声："太爷爷小心！不能抓的！"

太爷爷只是一哂，并未住手，我也没有收回鞭子，因为我知道太爷爷的秉性脾气，他怕什么？

越是不让他做，恐怕他就越是会去做。

更何况，这鞭子能伤人，却要不了命。

太爷爷一把就抓住了鞭子，伍子魂鞭登时一阵颤动，只听"噼里啪啦"乱响，电光一时闪亮满室。

相较于他人一触即撒手的反应，太爷爷反而更握紧了。

那电光火花也一直闪耀，声音不绝于耳。

太爷爷的手里冒出一股烟，甚至有股皮肉烧焦的味道传出来。

太爷爷终于放了手，道："果然是好宝贝！"

赞了一声，又连忙搓手，骂道："奶奶的，烧死老子了。皮都黑了！"

我收了鞭子，笑道："这鞭子对阴气感应极其灵敏，但本身又是极阴之物，震慑群祟，是靠强大的魂力压迫。但对人，却又会散发极阴煞气，冰灼肉体。除了我之外，它不让任何人碰，这也是它的灵性。"

"嗯，是宝贝。但是你能碰，我碰不得，不好。"太爷爷重新坐下，道，"轩辕八宝鉴呢？这个上古之物，闻名已久，还未见过，拿来瞧瞧。"

"那个在元媛身上。"我道，"说起来轩辕八宝鉴，太爷爷知道底细吗？知道宝鉴的用法吗？"

"我知道得不多，也都是听来的。"太爷爷道："什么用法？镜子还要什么用法？听说你用它开了灵眼，难道还不知道怎么用？"

一听太爷爷这话，我便有些失望，太爷爷知道的还不如我多。

我把之前宝鉴出现灵界之事，给太爷爷和盘托出，太爷爷听了之后，沉吟许久，道："实在是奇事，我不要说知道，就连听都没有听过。你让我辨别吉凶，我也无能为力。不过富贵险中求，为了天眼，你不妨多试。"

江灵道："那如果真的出不来了怎么办？"

"生死有命，各凭天意。"太爷爷淡淡道，"入了相界，修了道术，这一点就要看开了。凡事以小心为要，尽人事为主，至于结果，就看天嘛。老道年少时纵横天下，多少次死里逃生，要是这也怕、那也怕，怎么能成就不死老道的威名？"

"嗯，那就找机会再进。"我沉默了片刻，道，"太爷爷，吴家沟知道吗？"

"知道。"太爷爷道，"近在咫尺，怎么能不知道？"

江灵道："那太爷爷知道人是怎么死的吗？"

"不知道。"太爷爷道，"我是先去过虎口破术，老命几乎丢掉之后才逃回项山寺这里，说是闭关，其实就是休养生息，也为了等你来。吴家沟的事情，项山寺已经知道，只是守成小秃驴正在修行关头，无法顾及，随后又听说五大队、九大队的人来了，你也来了，我便没有去查。怎么，你们现在还是没有头绪？"

"几乎可以说是完全没有。"我苦笑道，"日本忍者也到了这里，还在龙王湖伏击了张熙岳，老爸也差点遭毒手。此外，晦极也在此间，我能来此，还是受他指点。"

"有这等事？"太爷爷眉头紧锁，道，"本来以为是小事，不想插手，现在看来，此间龙蛇混杂，竟是国手布局，似要弈一场惊天大棋啊！"

太爷爷正在说话，一道极其轻微的响声"啪"地响起，我脸色一变，太爷爷已经转身把屋中的灯给关了。江灵立时起身，手紧紧握着金木双锋，一双大眼瞪向窗外。

我们谁都没有说话，也不用说话，因为刚才那声音，已经表明了异样的情况。

不是走路的声音，因为正常走路的声音不会那么轻；也不是树叶飘落的声音，因为树叶飘落的声音又不会那么烈。

这是一声轻微的踩踏音。

有人从高处跳下，落在地上发出踩踏音。

能做到这一点的人，必然是绝顶高手。

项山寺里的人，似乎不需要从高处轻轻跳下，这里本来就是他们的地盘，何必要鬼鬼祟祟？

而且来人的轻功之高，项山寺中，以我见到的释空和尚以及两个小沙弥来说，明显不及。

更何况释空和尚还是监寺大师，除了守成和尚之外，他的地位最高，弟子辈中又排名最高，如果他不及此人，那项山寺中弟子辈里，恐怕也无人能及此人。

其实，即便是以守成和尚的本事，也很难做到。

不速之客，不请自来，偏偏又以鬼祟之道，恐怕就只有一重身份了：敌人。

敌人在暗，我们绝不能在明。

更不能站在窗口、门后。

我们三人，在屋内占据三角，我在左，太爷爷在右，江灵在中。

我和太爷爷都是夜眼，都在极力往外张望，却什么都没有看见。

周围静悄悄的，几乎什么声音都没有。

但是这静，是死寂一样的静，让我心中压抑无比。

"谁！"

寺中忽然传来一声呼喝，紧接着又是一声闷响，似乎是有人倒地。

然后，寺中便再次安静了。

我和太爷爷对视一眼，我们都听得清楚，刚才发出那声呼喝的人，不是别人，正是释空和尚。

太爷爷低声道："出去！"

我点点头，太爷爷伸手从桌子上拿起一个酒杯，屈指一弹，击在窗户上，两扇窗訇然而开，太爷爷却飞身一跃，从屋门处冲了出去。

几乎在同一时间，"嗤、嗤、嗤、嗤"数道破空之音一起大作，"哒、哒、哒、哒、哒、哒"，窗口处已经响成一片。

以夜眼之力，我看得分明，两扇窗上刹那间就布满了各式各样的暗器！

苦无、千本、车剑、十字剑、八方剑、吹矢毒针……

全是忍者武器！

来人是日本忍者！

"何方鼠辈，出来见我！"

太爷爷在外一声大喝，整个屋子都"嗡嗡"作响。

"走！"

我低喝一声，与江灵联袂而出。

寺中，不见一人。

只有太爷爷站在月影之下。

"太爷爷，是日本人，忍者。"我低声说道。

这群人，本来就是极其擅长隐匿的高手，更何况现在又是夜里，对他们来说，藏身更是容易。

太爷爷道："我知道，五十年前就与忍者狗交过手，没想到这么多年过去了，他们还是没改这偷偷摸摸的毛病！一辈子都见不得人吗？唉！"

太爷爷声音越来越大，到最后，又是一声厉喝，声震四野。

我笑道："不怕他们当乌龟，我来找他们。他们藏得住身子，藏不住气。我以灵眼相气，就算他们藏地三尺，我也能挖他们出来！"

我说话的声音也很大，我不怕他们听见，听见了，能主动出来最好，不主动出来，那我就找。

我说完话，寺中依旧是没有动静。

除却太爷爷站在我身前，江灵在我们中间之外。我身前是一尊石碑，霸下驮着的石碑，刻着佛经典故；身后是斋房，就是我们刚才吃饭的地方。

我身左是一棵老树，身右是平地无物，有青石小道。

我一番环顾，石碑之后赫然有两道青灰之气！我不由得吃了一惊，那石碑只有半人多高、两尺来宽，后面居然能藏下两人？

而且从斜着的角度去看，石碑后面明明什么人都没有。

从这一点来看，日本忍者做缩头乌龟的本事，也真是登峰造极了！

我又看了看树上，那里是我本来以为能有人藏身的地方，但是现在，我失望了，那里根本就没有人。

日本人不傻。

大家都能想到他们会隐藏的地方，他们反而不会去，大家想不到的地方，他们才会去。

再回头看斋房，房脊之上，一溜青灰色的瓦片，赫然有三道同样颜色的气。

房顶上居然也藏着三人。

为什么看起来还是瓦片？

我都有些匪夷所思了。

再看那片空无一物的平地，居然也有一道青灰之气蒸腾而起。

直到后来，我才知道，这些忍者用的是一种特制的材料，覆盖全身，可以遮住自己的身体，又可以与其他物体颜色全然混杂，仿佛一体，若不是到其近前，仔细辨认，根本难以发现。

藏身在石碑后、房脊上、平地上的六名忍者，全都是以此等手段在作隐藏，不知其底细者以为忍者会隐身，其实也不过如此罢了。

此外，忍者从小修炼体术，与中国古武术里的缩骨易筋法极其类似，可以将身子大幅度扭曲。修炼到一定境界时，骨头之间的缝隙也能完全压缩，从而将身子变成常人难以想象的小巧。这样一来，忍者便可以藏身在极其窄小的空间之内，更不易被人发觉，藏身在石碑之后的忍者，便是此中高手。

我不敢仔细去看他们是如何做到众目睽睽之下，隐匿在你的眼皮子底下，因为我怕他们发现我能看到他们。

看到我，就不好了。

心领神会。

这是之前青冢生在观音殿外与我说话时的本事。

在与阿南达大战之后，归来的几个月内，我终于学会。

此术，比六相全功中的口技蚊声入密更要精妙。

蚊声入密，有声，心领神会，无声。

无声胜有声，以三魂之力沟通，一切尽在不言中。

要施展此术，必须施术者和被施术者同时达到极高境界的三魂之力。

能达到这种境界的人，举世寥寥。

青冢生能达到，太爷爷能达到，我也能达到。

一点魂力，直奔太爷爷。

"太爷爷，霸下石碑后面有两人，这两人之气势大，是绝顶高手；斋房之上左、中、右各有一人，三人之间各相距六尺，距离房檐三尺，这三人之气也大，是高手；我身右平地上，距我两丈之地，有一人，气稍弱，也是高手。稍后，我假装相错，去往树下，然后解决石碑后两人，地上一人交给灵儿。您解决屋上三人。"

不用等太爷爷回话，我便缓缓朝树下踱步而去，一边走，一边说道："诸位既然不愿意现身，那我就亲自请诸位现身了。"

话音落时，我已经走到了树下，太爷爷和江灵的目光也跟着到了这边。

242

这是我们最大的空当，如果忍者要动手，应该会在此时。

我抬起一掌，假意朝树干拍去。

余光之中，石碑后的忍者似是要动了。

动手！

"灵儿，小心右侧两丈之地！"

我大喝一声，立时展开御气而行，飘然而向石碑之后。

江灵立时拔剑、转身，剑在手中，符也在手中。

"拙！"

太爷爷双手一撑，腰间白尾拂尘飞驰而出，化作一道白光，直奔斋房屋上。

石碑之后，两人"嗖"地蹿起，一片布似的东西在他们身上猛然不见，紧接着便是一道浓烟滚滚而出，另有一道喝声响起："洒八克锁锁！"

"呼！"

一股劲风平地而起，卷裹着沙尘朝我喷涌而至，来势汹汹！

我也不知道这是什么忍术，但万变不离其宗，一切忍术都是人力与地力、天力的相互催动、相互契合，只要打破这默契就行了。

我一掌挥出，元气毕至，那股风先是一滞，随即止住，风中沙尘滚滚而落，坠在地上，瞬即消失，就仿佛从来没有出现过一样。

风沙过后，两道人影显现。

这是一连串发生的事情，虽然看似繁杂，但时间却极短。

两个人显然是没有料到我不但这么快就发现了他们，而且还瞬间击溃了他们的术。两人往后急退，同时左右分开，口中再次念念有词。

"吸吸岩盘……"

似乎是这么说的，但我不等他们说完，便展开奇行诡变的身法，猛然飘至其中一人身后，举掌便拍。那人猝不及防，脑袋被我拍个正着，轰然倒地！

另一人急速而退，手在腰间迅速一抽，一把窄小的刀闪烁着流水也似的光芒，亮在眼前，我嘿然一笑，道："我当是谁，原来是柳生左右卫门！手下败将，也敢言勇？今夜再来，是又要自讨苦吃吗？"

那人听见我这话，将脸上蒙着的黑布一把扯掉，果然是柳生左右卫门。

我随手又将被我拍晕的那人脸上黑布扯掉，一看之下，却是雾隐才藏。

我不由得笑道："柳生阁下到了，雾隐先生晕了，那么武藏三太夫、猿飞佐助恐怕也在此地了吧？"

"陈令主！"

太爷爷那边，有一人已经被打翻在地，还有两人正在跟太爷爷周旋。听见我的话，有一人大声喊道："在下就是武藏，我们深夜来访中国著名的寺庙，只是为了拜佛，怎么你们打起我们了？"

"呸！"

江灵一口啐在地上，道："你们怎么这么不要脸！过来拜佛要偷偷摸摸的吗？过来拜佛要藏起来吗？过来拜佛需要蒙着脸带着武器吗？过来拜佛还要出手伤人吗？"

江灵说一句，就刺一剑，与她对敌的那个忍者在武学上造诣有限，仓促之间，被攻得手忙脚乱，脸上蒙着的黑布也被江灵割破，划开了。

露出来的脸上，眼下嘴上竟然是两个深深的黑孔！

他没有鼻子！

而且似乎是天生就没有长鼻子！

江灵吓了一跳，手一颤，本来要趁势而上刺上去的后一剑，竟没能刺下去。

那人立时后撤，逃离了江灵的攻击范围，江灵仗着剑，也没有追击。两条秀眉微微蹙着，心中定是后悔刚才把这人脸上蒙着的黑布给划破。

而如此恐怖难看之人，我也是平生未见，当即是头皮发麻。

但偏偏是这等生的丑恶之人，却让人分外侧目，我忍不住多看了一眼，便觉有一股凉风寒冰一般袭向后脑。

我看也不看，一个斜刺里翻滚而去，起身之时，逍遥游之匿迹销声已经展开。

柳生左右卫门挺着剑，呆呆地站在那里，茫然四顾。

他已经看不见我了。

"陈元方！出来！"

柳生左右卫门挥剑大喝，道："藏起来算什么英雄！中国人是缩头乌龟！"

我快步掠至他的面前，行走之风将柳生左右卫门的额前长发悄然吹起，柳生左右卫门警觉似的朝我的方位猛然一刺，那刀芒月光似的倾洒下来，我拔地而起，飞过那道月光，落在柳生面前，一把捏住了那倭刀的刀背。

匿迹销声，结束。

元气，灌注刀背。

这一过程说起来烦琐，但整个发生下来，却几乎是一瞬。

柳生偷袭，我躲过，匿迹销声；他挥刀，我落地，他招式落空；我抓住刀背……仿佛我们两人事先演练好的一般，毫无凝滞，行云流水。

"柳生先生，你又输了。"我微微一笑，道，"这次恐怕不能再对你客气了。"

"不服！"柳生左右卫门大吼一声，使劲拽了一把刀，那刀却被我以元气锁住，哪里能被他拽走。

柳生大叫道："你刚才藏起来了，我没看见，我不服！"

"哈哈哈哈！"我仰天大笑，道，"我刚才施展那一招，谁都可以说不服，唯独你们日本忍者不能说不服！我藏了起来，你们之前又是在干什么？你躲在石碑后面干什么？他们躲在房脊上干什么？还有那个无鼻之人，趴在地上干什么？"

"还是不服！我就是不服！"柳生左右卫门眼睛一红，右手不撤刀，左手入怀，似乎是要往外拿什么东西。

我脸色一阴，手上用气，口中喝道："不服也得服！"

"啪！"

一声脆响，柳生左右卫门的刀，被我捏成两半。

一半在他手中，一半在我手中。

柳生的左手已经从怀中伸出，手指之间夹着两枚苦无，闪电般刺向我的咽喉！

我的手也伸了出去。

捏着他的刀伸了出去。

他的手先出，我的手后发。

那两枚苦无在我颔下停住不前，一股刺鼻的味道钻入鼻孔，相味之术，剧毒！

我手里捏着的断刃，已经深深插入柳生的左手手腕。

他的左手在颤抖。

我轻轻一吹，他的手终于不稳，只听"当啷"两声，他手里的苦无掉在了地上。

"嘭！"

我抬起一脚踹在他胸前。

毫无怜悯，毫不留情。

柳生左右卫门像一只断了线的风筝，倒飞而去。

"噗！"

一口鲜血狂喷而出，人，轰然落地，挣扎着，却再也爬不起来了。

"柳生！"

武藏三太夫大喊一声，然后又叫道："陈令主，你不可以下杀手！我们是你们的客人，我们有外交豁免权！"

"去你奶奶的豁免权！"太爷爷骂了一声，拂尘一震，千道万道白色兽尾根根乍起，仿佛银针，刺向武藏三太夫。

武藏三太夫旁边那人"哼"了一声，将面上黑布扯下，却是猿飞佐助！

猿飞佐助挡在武藏三太夫身前，双手合十，呈在当胸，脑袋微微下垂，两腮鼓动，口中喝道："瞬囧！瞬圍盘咄戟指！"

只听"啵"的一声响，猿飞佐助口中迸出一连串乌光，各个弹珠大小，"噗"、"噗"、"噗"、"噗"，数声连响，子弹般朝太爷爷疾驰而去。

"伏！"

武藏三太夫也在这仓皇之间，丢出一道符咒，喝了一声，那符咒"唰"地粉碎如屑，武藏喃喃念诵，一道火光突然乍现，火龙一般朝太爷爷吞噬而去。

"你这厮还有些手段！"

太爷爷先是一挥拂尘，扫向猿飞佐助吐出来的"弹珠"，劲风过后，"弹珠"竟化作水珠落下。

"小鬼子用口水！"

太爷爷皱了皱眉，然后左掌"呼"地拍出，将武藏三太夫弄出的火光拍散。一个箭步，再次追向武藏三太夫。

几乎是在这同一时间，被江灵割破面罩的那无鼻之人将手一伸，摸出来一张纸符，双手十指乱舞纷飞，口中念念有词之际，便将手中的符咒朝江灵丢了过去。

"啪！"

那符咒还未到江灵跟前，便已经爆破而开，一股黄烟滚滚而起。那人的身影瞬间在烟中消失，而烟雾还在前进，朝着江灵吞噬而去。

我看得心惊，正要上前，却见江灵将手一拍，早有一张雪白的纸符弹起，江灵伸出白色念珠锁镇的左手，在那符纸上屈指一弹，符纸飘然飞向那滚滚的黄色烟雾之中。

"净！"

江灵杏眼圆睁，娇叱一声，那雪白色的符纸登时化作一团莹莹而亮的白芒，在黄烟之中，四散而开。

说来也怪，那烟雾但凡触及白芒，便立时消散，仿佛被白芒吸收了一样，眨眼之间，所有的黄烟便已经消失得干干净净。

半空中跌下来一道人影，落在地上，挣扎不起，但见他脸色惨白，双唇无血。正是那无鼻之人！

江灵吐出一口浊气，仗剑上前，在那无鼻之人颔下一指，道："还敢动否？"

那人也不作声，也不再动。

到了此时此刻，尘埃基本上已经落定。

那边太爷爷猛然一声长啸，龙吟之力，暴然发难，距离他最近的猿飞佐助正自念咒，猝不及防间，被震得耳孔流血，身子摇摇欲坠。

武藏三太夫悚然惊退，太爷爷赶至猿飞佐助身边，一记塌山手拍出，猿飞佐助连躲也躲不及，但听他肩膀处骨骼裂响，仿佛爆豆，再看他两眼一翻，已然是晕死过去。

"武藏！"我大喝一声，道，"你是投降还是抗拒？"

"咳……"武藏三太夫长叹一口气，道，"没有想到，中华之人竟然是如此的粗野，不懂礼数。"

"嘿嘿……"太爷爷森然笑道，"此处荒山寂寥，四周无人，你们全军覆没，我老道多年来再没杀人，今也又动了心思，若是一时手痒，要了你们的命，恐怕也只是天知、地知、你知、我知，你们到地下再去跟阎王告状，说我不死老道粗野无礼如何？"

武藏三太夫一惊，他不是蠢人，应该能看得出来太爷爷眼中流露出的杀气不是矫揉造作，而是真的杀心毕露！

"说，你们把寺里的僧人怎么样了？"太爷爷往前一步，厉声喝问道。

武藏三太夫道："道长息怒，在下等人确实是来游玩的，只不过是深夜不便打扰，所以就悄悄地来，准备赏玩一番后，再悄悄地走。所以寺里的大师们，我们无意加害，都是略施了催眠的手段而已。"

"扑簌簌"。

武藏的话音未落，空中一阵振翅之声忽然传来，我仰面一看，竟是几只雪白的鹰，好生熟悉，那是老舅养的雪主！

表哥他们在找我和江灵。

我正想老爸他们一定急了，雪主便飞速而去，片刻之后，我便听到项山寺山门处传来一阵急促的敲门声。

"砰、砰、砰！"

接着又是一道浑厚的声音："麻衣陈弘道，来寺拜山，还请守成师叔允纳一见！"

武藏三太夫脸色一变，我却是一喜，原来老爸、表哥他们已经到了近前，派雪主只是要确认我和灵儿是不是在这里。

我和江灵这许久不归，老爸他们肯定是要到龙王湖附近寻找，找到项山寺里倒也不足为奇。

太爷爷听见老爸的声音，也是甚为欢喜，扬声道："弘道进来！寺中僧人已经遭了日本忍者的毒手！"

只顷刻间，一道人影倏忽而至，正是老爸。

待看清我们无虞之后，老爸才朝太爷爷俯身一拜，欣喜说道："二爷爷，您老原来在这里！"

太爷爷还未说话，只听老爸身后一阵脚步声纷至沓来，却是二叔、望月、彩霞、表哥等诸人。

"师父。"望月、彩霞走在最前，看见我都是齐声招呼。

"嗯。"我应了一声，道，"你们来得正好，快去寺里找找，看僧人有无异样。"

"阿弥陀佛。不用劳烦令主高徒了。"一声佛号高喧，一个大胖和尚从斋房后面转出，正是守成。

守成笑眯眯道："老和尚的徒儿、徒孙们都没有性命之忧。唉，他们不争气，要不是有天佑道长和陈令主、江姑娘在，今天老和尚我的窝都要被这些倭人给端了。"

第
五
十
九
章　
大
获
全
胜

247

　　守成和尚一边说话，一边朝我们走来，我看得仔细，他的左右手里还各自提着一个人，那两人，全身上下，都是夜行黑衣紧紧裹着，身材瘦小，正是日本忍者的打扮。

　　"有几位贵客跑到了贫僧在后山闭关的所在，这才把贫僧给惊动了。"守成和尚丢下手中那两人，一哂道，"贵客动手，被迫迎战，才知道是东洋高手的忍者手段，贫僧真是大吃一惊，隔山涉海，万里难途，实在是有失远迎。而且贵客手段高明，本派一败涂地，贫僧居然茫然不知，说起来，真是丢我佛的人。"

　　"守成，你不丢人。"太爷爷道，"这些个人全都是偷袭，手段卑污，更兼带头人是日本术界的影忍级人物，甲贺流、伊贺流、柳生家的顶尖高手全部都在，合力对付你的徒子徒孙，这本事，嘿嘿……当真是好得很啊！"

　　"阿弥陀佛。"守成和尚笑道，"道长果然见识过人，句句话都说到了小僧的心坎里。不过，小僧好奇啊，这么多东洋高手，于今夜驾临穷山敝寺，却是为了什么？难道也是贪图小僧的桂花佳酿？哎哟哟，那酒可都让道长您糟蹋尽了啊。"

　　"小秃驴，老道喝了你的酒，能算是糟蹋吗？"太爷爷笑骂了一声，那边二叔突然惊叫道："哎呀！瞧瞧我看见了谁！"

　　众人都是一愣，之间二叔飞奔向前，跑到太爷爷跟前，瞪大了眼珠子上下一打量，再然后就是"扑通"一声跪了下去，喊道："弘德见过二老爷子！祝您福如东海，寿比南山，千秋万载，一统术界，万岁万岁万万岁！"

　　"滚你的蛋，给爷站起来！"太爷爷一阵笑骂道，"怎么几十岁的人了，还是没个正行？你爹死了，就没人能管你了是不是？"

　　"那不是还有您呐！"二叔麻溜蹿了起来，笑得脸上凝成一朵花，跑到太爷爷背后，又是给太爷爷捏肩，又是给太爷爷捶背，道，"真是没想到，您越长越年轻，咱俩站一块，别人肯定以为是兄弟俩，哪里会想到是爷孙。"

　　太爷爷愣了一下，欲言又止。我们集体无语，二叔这马屁拍得……总是有种异样的别致。

守成和尚"咳嗽"了一声，埋怨二叔道："本来是要跟这群东洋客人好好谈谈的，很严肃端庄的心情，被你这一搅和，让贫僧多尴尬。"

守成也是滑稽和尚，这话说得江灵又笑了，道："守成大师，这群东洋人说来你的寺里游览呢，他们怕打扰到你们，所以就乔装打扮，悄悄进来了。"

"这位江姑娘说的是。"武藏三太夫终于见是说话的机会，笑道，"诸位阁下，今夜之事，真算是误会。"

"废话少说！"太爷爷喝道，"道爷没空跟你啰唆！说，为什么来这里？来了多少人？是否还有人接应？若是不实话实说，老道的手就止不住痒了！"

武藏三太夫还是嘴硬道："真的只是误会，确实为了游山玩水，无意中看见贵寺，就忍不住进来了。"

"放屁！"二叔站在太爷爷背后贴着太爷爷耳朵大骂一声，惊得太爷爷浑身一颤，二叔连忙移开嘴，接着骂道，"今天是来玩，那之前的事情怎么算？我家张老爷子差点被你害死，然后又被你们这些鬼子丢进了湖里。我大哥亲自下湖救人，是不是你们布下的圈套？要不是我的大哥神勇无比，天下无敌，你们是不是早就按捺不住狗头，要上手了？"

"什么张老爷子？还有你大哥是谁？"武藏三太夫装傻充愣道，"在下不知你在说什么？这与我们何干？我们也从未丢任何人到水里啊，你们是不是认错人了？"

"认错你娘的蛋！"二叔骂道，"老子亲眼看见就是你！那天你穿着一条花裤衩，一脸的淫荡笑容，老子记忆深刻，别以为你现在换了一身黑衣服，就想蒙蔽老子的法眼，你化成了灰老子都认识！"

我们听见这话，都是面面相觑。二叔这意赖，果然是天下无人能及，睁着大眼说瞎话，反而还说得振振有词，仿佛确有其事。

不过，恶人自有恶人磨，武藏装傻，二叔意赖，两个人从一定程度上来说，倒也半斤八两。

武藏被二叔噎得半天说不出话来，许久才道："阁下既然说看见我，可有证据？"

"老子不是证据吗？"二叔道，"难道老子会说瞎话吗？"

"咳咳……"太爷爷实在是忍不住了，干咳两声，打断了二叔的话，朝武藏冷冷说道，"前时之事，暂且不说，且说今夜之事。我也不与你胡搅蛮缠，你要是再不好好说话，我先废了你的道行，然后再慢慢炮制你！老道我说到做到！"

我也冷冷道："武藏，士可杀不可辱。但你若不想做士，不实话实说，那我等也就不把你们当士了。你们几人在日本术界都是有头有脸的高人，如果我太爷爷废了你们的道行，我再把你们的衣服都扒光，用绳子吊在项山树上，到天明再叫人来给你们拍照留念，发付报纸，你们会不会更加出名？会不会举世瞩目？日本术界想必也会因此而大放异彩吧。"

"陈元方，你！"武藏三太夫脸色一变，道，"你不是这样的人！"

"我就是这样的人。"我面无表情道，"没工夫跟你废话，数三个数，三、二、一！"

我的话急促说完，武藏三太夫脸色瞬息万变，嘴巴张了几张，都没有说出话来。

"真当我开玩笑！"我冷笑一声，喊道，"太爷爷，废了他！"

"好！"太爷爷应了一声，双目如电，死死锁住武藏三太夫，脚步缓缓朝他移去。武藏面如死灰，神色瞬间衰微到极点，他仓皇四顾之后，连忙道："先不要动手，先不要动手，有话好说，好说。"

"我们忍者不能受辱！"武藏三太夫的话刚刚说完，我身后一声大喝传来，紧接着便是一道劲风从背后急冲而前，老爸、太爷爷等人这边看来，勃然色变，江灵、二叔更是齐声大呼："小心！"

我心中一惊，正要躲避，却见望月脚步往前一错，眼中四眸错动，刹那间，周遭空气一阵诡异的波动，仿佛有股大力在撕扯这天地，令其扭曲！

"阴阳大执空术。"望月的嘴唇在蠕动着，我没有听见他的声音，却能看得出他说的是什么。

"天手刑裂。"

"啊！"

一声撕心裂肺的惨叫。

等我回头去看时，只见原本晕倒在地的雾隐才藏此时已经变成了一摊碎裂的血肉！

一柄断刀就浸在那血肉中。

这一刻，时间仿佛凝固。

周围静得可怕。

没有人说话。

所有人都在看那摊血肉。

尽管恶心、恐怖。

但，似乎越是这样，就越忍不住要去看。

雾隐才藏被我打晕之后，一直躺在地上不动，谁也不知道他什么时候醒了过来，或许早就醒了，也或许是刚刚才醒，而且一醒来就听到了我和武藏三太夫的对话。武藏要说实话，要示弱，雾隐才藏不能接受，就大声喝止，同时捡起来了柳生左右卫门掉在地上的断刀，朝我偷袭。

望月，似乎是到这里之后，就一直在注意着雾隐才藏，他之前就对此人不满，甚至说是不满之极！

望月，在某种时候、某种情形下，心性是乖戾的，是刻薄的。

他曾亲自问我，下次若是遇上雾隐才藏，可否下杀手？

我当时的意思是，可。

现在，已经成真。

"啊！"

被江灵用剑抵着的无鼻之人，突然嘶吼一声，愤然而起。

"嘭!"

已经站在江灵身旁的彩霞一掌挥出,将那人打了个筋斗。

江灵赶上去手起一张黄色纸符,贴在那人额上,喝道:"你也想死吗?"

那人扬了几下头,挣扎着要动,但很快就重重地,又砸在了地上。

"不,不……"

武藏三太夫仿佛刚刚从噩梦中惊醒过来一样,瞪大了一双无神的眼睛,难以置信地看着那一摊模糊的血肉,喃喃道:"你们,你们杀了才藏……"

"偷袭我师父,就是这般下场。"望月淡淡道,"我师父心性仁慈,或下不去手,我却不是,他让你们说,你们便说,让你们说什么,你们便说什么,但有违背,还是这般下场。有谁可不服?"

太爷爷都有些赞赏地看一眼正在傲然逡巡四顾的望月。

在一面倒的绝对实力的压迫下,日本忍者,谁敢不服?

守成和尚道:"说来听听吧,究竟是因何深夜驾临敝寺,又出手伤人?"

"蹬、蹬、蹬、蹬……"

武藏欲言又止,一阵脚步声鼓噪而起,由远而近,众多人影渐渐往前,我们纷纷注目望去,赫然看见浑天成急急忙忙率领一干人冲了进来。

"浑队长快来!"武藏三太夫抓住了救命稻草一样,眼中陡然迸发出一股惊喜的光芒。

浑天成等一干人很快到达，身后还跟着一群黑衣蒙面忍者。

"都不要动手！"浑天成大声道，"这是一场误会！"

猿飞佐助忽然从地上一跃而起，二叔吓得惊呼一声，猿飞佐助却道："浑队长，你终于来了！你们中国人太不友好，才藏君已经被那个白衣人所杀，这怎么办？"

"哧……"二叔忍不住笑了起来，道，"你个小鬼子，原来刚才一直趴在地上装死啊。你奶奶的，刚才突然蹦起来，吓了老子一跳，还以为你诈尸了！"

浑天成皱了皱眉头，道："雾隐才藏先生亡故了？"

"就是被他杀的！"猿飞佐助指着望月。

望月冷眼旁观，并不作声。

浑天成看了我一眼，道："陈元方，怎么回事？"

"你们怎么回事？"我冷笑道，"这是要恶人先告状，倒打一耙了？"

浑天成严肃道："陈元方，雾隐才藏不是一般人，这涉及到国际问题，希望你好好说话！"

"那好。"我道，"我们在这里好好吃饭、聊天，一群蒙面人突然闯了进来，不分青红皂白，不打一声招呼，出手伤人，我们以为是入室抢劫的匪徒，被迫出手反击，以行使自卫权力。打斗之中，对方也未交代来历，只是一味攻击，招招杀手，我们无奈，只好将对方击毙。按照本国律法，对付暴力犯罪，就算将对方打死，也不算犯罪吧？"

"这……"浑天成登时无语。

二叔大笑道："我们读过书，认识字，你可不要欺负我们哦。"

武藏三太夫道："我们不是来抢劫的！我们已经说明了，但是他们还打，并且杀了我们的人！"

江灵道："胡说八道，你们不是抢劫的，那深更半夜，携带武器，穿着夜行衣，悄悄潜伏进来，又出手伤人，这是干什么的？哪有这样观光礼佛的客人？”

"我们不是来观光礼佛的。"武藏三太夫狡黠地一笑，道，"我们是来调查案情的。浑队长可以为我们作证。"

"对。"浑天成干咳一声，道，"龙王湖附近吴家沟发生不明死亡案件，引起上面重视，且与少女失踪案有关，我们特意请日本友人前来协助调查。项山寺因为是民间术界力量，也在调查范围之内。所以，武藏等人，才会以非常手段，进来此处。"

守成和尚道："那对我的徒弟、徒孙下手却是为何？"

武藏三太夫道："是他们先要动手，我们怕打草惊蛇，影响了调查，所以被迫让他们失去知觉，不过我们并没有杀害他们。"

我听得一阵光火，武藏三太夫等人实在是太过无耻，刚才说是夜来观光，现在又说是奉命查案，这样下去，我们反而成了嫌疑对象，成了妨碍公务之人。

浑天成道："这样说开了就知道对错了。陈元方，你的徒弟杀了日本友人，且是受我们委托的调查人员，这该怎么办？"

"不怎么办！"我道，"行使公务要亮明身份，他们没有亮明身份，只是跟我们打斗，我们怎么知道他们是好人，还是歹徒？"

"我们亮明了身份！"猿飞佐助大叫道，"你们知道我们来干什么的，但是你们就是要打打杀杀！大大的不友好！我要控诉你们！"

"你什么时候亮了身份？"江灵怒道，"从始至终，你们都没有说明是来干什么的！"

"我们说了！"

"没有！"

"咳咳……"浑天成道，"陈元方，你们说武藏等人没有亮明身份，可有证据？"

"他们说他们亮明了身份，可有证据？"

猿飞佐助叫嚣道："我们就是证人！"

二叔针锋相对："我们也是证人！"

浑天成道："自己人证明自己人，证据力很弱。"

二叔道："他们不也是自己人证明自己人吗？"

浑天成道："他们没有杀人，你们却杀了人。现在是你们说不清楚，所以，最好是拿出有力的证据来证明清白。"

"闭嘴！"太爷爷突然暴喝一声，震得周围屋舍都嗡嗡作响，场中登时一片寂静，浑天成、武藏、猿飞、柳生等诸人，都是脸色剧变。

太爷爷瞪着眼，厉声道："如果我刚才把他们杀光了，你们还要证据吗？唉！死无对证！全当作匪徒毙命处理，你们还要证据吗？"

猿飞佐助慌忙退到浑天成身后，惊惧道："老道士，你，你要干什么？"

武藏三太夫道："你难道要当着浑队长的面，杀光我们吗？"

"嘿嘿……"太爷爷冷笑道，"你们仗着他的势，就不怕我了？浑天成，昔日我打你胸口那一掌，骨头碎裂，多少天才好啊？"

浑天成咽了一口吐沫，额上冷汗涔涔而下，口中嗫嚅道："道长，不要图一时痛快，给子孙种下大祸！陈家村里可不是所有人都像你这样厉害。"

"你在威胁我？"太爷爷眯着眼睛，死死盯着浑天成。

"不是威胁。"浑天成摇了摇头，道，"只是提醒。"

太爷爷道："那你说说吧，今日这事，你想要怎么了结？"

浑天成道："带走杀人者，调查事情的来龙去脉，等弄清楚再做处理。"

"不行！"我当即拒绝。

浑天成冷冷道："陈元方，识时务者为俊杰。真要铁了心和我们作对？要知道，雾隐才藏是上面的大老板亲自花力气调来的友人，你担不起这个责任！"

我沉默了片刻，然后叹了一口气，道："浑天成，是我杀了雾隐才藏，如果非要带我走，那我就陪你走一趟吧。"

"元方哥！"江灵喊了一声，惊恐地看着我，似乎是想要说什么，最终却没说出来什么。

"师父！"望月昂首往前一大步，道，"人是我杀的！您不用替我出头！"

彩霞失神地看看我，又看看望月，已经不知道该说什么好了。

"你杀的？"我微微笑道，"凭你的本事，杀不了雾隐才藏。"

"我……"望月其人，不善言辞。雾隐才藏的本事原本就比望月略高，只是前时在龙王湖被张熙岳用针伤了身子，刚才打斗之中，又中了我一掌，所以实力大损，才会被望月以阴阳大执空术一招毙命。

望月又怎么能详细说出这些？

"不是他杀的！就是那个白衣人杀的！"猿飞佐助忽然尖声叫道，"白衣人打不过才藏君，是那两个女人在一旁帮忙，所以才被白衣人杀了！"

"两个女人？"浑天成皱眉道。

"就是那个用剑的女人，他们叫她江灵。"猿飞佐助道，"还有那个穿白衣服的女人，好像叫作彩霞。他们要一起带走！"

"不错。"柳生左右卫门忽然阴瘆瘆笑道，"这两个女人也要带走！"

我已经看见猿飞佐助和柳生左右卫门两人眼中闪烁着邪光。

我的手开始隐隐发抖。

望月的瞳孔也在收缩。

浑天成似乎是感觉不妥，皱了皱眉头，道："武藏先生，到底是谁杀了人？"

武藏三太夫肃然道："就是那个白衣人，还有那两个女人，请浑队长一并带走，交由我们审理。"

我深深吸了一口气，看向武藏三太夫，淡淡道："你是在说笑吗？"

"我是认真的，令主先生。"武藏三太夫一副道貌岸然的神色，道，"我知道阁下技艺惊人，但是，我们大日本忍者的血不能白流。尤其是为你们做事的人。"

"不要多说了。"猿飞佐助忽然一个箭步冲上来，伸手就去拉江灵。江灵闪电般出剑疾刺，猿飞佐助急忙闪避，那剑擦着猿飞佐助的脸颊而过，几乎将其面皮削掉！

猿飞佐助怒道："你又要杀人？"

江灵冷笑道："你再敢伸伸爪子试试？"

猿飞佐助阴笑一声，双手十指叠起，快速捏起诀来。

"你狂妄！"

我大喝声中，身影一晃，早到了猿飞佐助面前，狞笑道："普天之下，谁敢动我的女人？"

猿飞佐助大惊失色，抽身要退，我一招奇行诡变，左臂劈手捏住了猿飞佐助的脖颈，右臂手起掌落，一掌击在猿飞佐助百会之上。

"陈元方手下留情！"

"陈令主留情！"

浑天成、武藏三太夫齐声呼喊。

"晚了！"

我的手硬生生落下，按在猿飞佐助百会穴上，阳罡极气迸发而出，直灌而下！

猿飞佐助修炼的法术偏阴，我便以罡气将其消融。

"不，不要……"

猿飞佐助艰难地说出了这三个字，然后身子像烂泥一样瘫软倒下，翻着白眼，浑身抽搐，再也说不出话来。

我冷冷道："我也不杀你，只是废了你的道行而已。"

这一过程发生得实在是太快了。

几乎没有人反应过来。

仿佛一瞬间，猿飞佐助就成了废人。

猿飞佐助喘息着，渐渐平复，他挣扎着坐了起来，看了一眼我，又看了一眼江灵，再看看彩霞，忽然吃吃地笑了起来，他伸出手，指着江灵，又指向彩霞，道："我就是想要这两个女人，我就是想脱光她们的衣服……"

我怔住了，气得怔住了。

一道白影闪过，望月已经将猿飞佐助提了起来。

"不要！"武藏大声喊道。

"咔嚓！"望月扭断了猿飞佐助的头，鲜血如泉涌，溅了一地，腥臭味充盈四周。

第六十二章 夜来惊变

所有人都惊呆了。

望月却轻轻拍了拍手，淡淡道："死有余辜。"

"巴嘎雅路！阿达西瓦阿纳古瓦古拉西达！"

柳生左右卫门突然狂吼一声，叽里咕噜说了一连串话，发疯似的朝望月冲了过来。

老爸在旁边横身一跃，早挡在柳生面前，柳生先败于我，断了柄兵刃，又目睹两个同伴被杀，已经丧失了理智，步伐、招式全无章法可言，老爸一探手，就捏住了他的咽喉，柳生像只被人抓住脖颈的鸭一样，拼命扑腾了几下，然后脸色涨红，双手渐渐垂了下来。

"不要再动手了！"浑天成怒声喝道，"陈弘道，你快快放手！"

一连串的子弹上膛声音，九大队的人瞬间都挺起了重武器，对准了老爸。

一众日本忍者也纷纷将暗器捏在手中。

浑天成命令道："快放了人！否则我就不客气了！"

"马根库阿肯纳！"武藏三太夫大叫道，"一群疯子！一群恶魔！浑队长，他们疯了！"

"日！"

一声鸣镝也似的哨音，刹那间，空中呼啸声此起彼伏，数不清的雪白鹰隼云集而来！

"吱吱""吱吱"！

又是无数鬼蝙蝠铺天盖地接近。

"蒋梦白，你要干什么！"浑天成脸色一变，朝着表哥吼道。

"不干什么。"表哥冷笑道，"雪主和鬼蝙蝠也想饮恶人之血而已。"

"阿弥陀佛。"守成和尚叹息一声，道，"贫僧做了多年的好和尚了，不想今天晚上又要被人逼迫得大开杀戒。"

张熙岳笑道："久闻东洋倭人丧心病狂，我这医术虽不高明，却也想不自量力，给他们彻底去去病根！"

"对！"二叔叫骂道，"打！打呀！你奶奶的，老子从小吓大的！看谁先杀光谁！"

一时间，局面已经失控，所有人都各执兵器，混战，一触即发。

"你们干什么！"浑天成叫道，"陈弘道，陈元方，你们父子非要与公家势不两立？"

老爸缓缓转过头，面无表情地看着浑天成，没有放手，也没有说话。

柳生左右卫门比老爸要低一个头还多，被老爸捏住喉咙，挺举在空中，仿佛大人抓住一个孩童。

我冷冷道："浑天成，你真敢开枪？"

浑天成道："你们要是再杀人，我就真的开枪！"

"如果真是这样，或许你比这个日本人死得更快！"太爷爷森然说道。

"你们不要逼我！"浑天成额上冷汗涔涔而下。

"我的术一旦展开，你们没有一颗子弹能击中目标。"望月盯着浑天成道，"所以，不要自取灭亡。"

浑天成擦了擦汗，道："古望月，你跟我们走，只要你跟我们走，别人我们一概不管。"

"不行！"武藏三太夫叫道："陈元方也必须走，他和白衣人一起当着所有人的面，杀了佐助君！"

"我们谁都不会让你们带走！"我道，"死了这份心吧！"

本来还可以好好说话，但是，刚才猿飞佐助的肮脏言辞，彻底触怒了我。

"砰！"

老爸忽然一掌击在柳生左右卫门的肩胛骨上。

"咔嚓！"

清脆的骨头碎裂声立时响起。

"啊！"

柳生左右卫门嘶声惨叫。

"啪！"

老爸将他丢在了地上，道："你没死，你废了。"

柳生左右卫门痛苦地在地上蠕动着，他的肩胛骨已经完全碎了，以后再也不可能施展他的新阴流剑技了。

"巴嘎！"武藏三太夫怒吼一声，"古鲁斯！"

"嗖！嗖！嗖！嗖！"

日本众忍一起动手，纷纷将手中的苦无、手里剑、忍刀、爆破符朝我们丢过来。

老爸立在当中，身子滴溜溜一转，数不清的乌光登时迸射而出！

"叮！叮！叮！叮！叮！"

太爷爷拂尘摆动，身形一晃，直取武藏三太夫。

张熙岳双手一扬，空中登时烟尘四起，一阵药雾蒸腾，其中白光闪闪，无数银针恍如流矢，裹卷着，奔向日本众忍者。

"吱！"

"啾！"

鬼蝙蝠、雪主纷纷嘶叫，也从空中朝日本众忍俯冲下来！

"都住手！"

"砰砰砰！"

浑天成高声怒吼，朝着天空连开数枪。

却没有人听他的话。

"陈元方，让你的人先住手！"浑天成气急败坏地拿着枪指着我。

"你还要脸不要！"江灵骂道，"都是中国人，你为什么要帮他们？他们先动手，凭什么我们先住手？"

"就因为是自己人，所以才要先住手！"浑天成道，"你们住手之后咱们再好好说！"

"神州大地明明已经没有侵略者了，为什么你们骨子里崇洋媚外的奴性还挥之不去呢？"我冷冷笑道，"浑天成，你的脑子里到底在想什么？宁可伤着自己人，也要对外示好？"

"啊！"

"嘶！"

"嗬嗬！"

"嗷嗷！"

"……"

一干忍者纷纷倒地，身上都扎着明晃晃的银针，他们挣扎着，挠着自己，抓着自己，也不知道张熙岳究竟施展了什么手段，让他们痛苦的惨叫声此起彼伏。

鬼蝙蝠、雪主俯冲下来，在他们身上一啄就是掉一块肉，鲜血淋漓，不忍直视。

武藏三太夫已经跟太爷爷拆了几十招，毕生的忍者手段已经施展干净，黔驴技穷，行将落败，恐怕再走不过五招。

二叔在一旁兴奋地大叫道："杀！杀！杀！"一旦有日本忍者倒在他身边，他就会奋力踹上两脚，然后赶紧逃窜。

"呀唻哒！"武藏三太夫忽然惊呼一身，头发已经被太爷爷扯住，拉回身前，手起掌落。

"砰！"

枪响了！

浑天成朝着太爷爷开了一枪。

太爷爷将武藏三太夫挺身一举，那子弹"噗"的一声，从武藏三太夫左肩之下贯穿而出。

"啊！"

武藏三太夫杀猪般地惨叫起来。

由此可见，浑天成的枪真是好枪。

由此也可见，日本人和中国人一样，在惨叫的时候，会发出同样的声音。

"混账！"

我和老爸几乎是异口同声喝骂，又几乎是同时朝着浑天成奔去。

"开枪！"

浑天成大叫了起来。

无论是老爸还是我，他都不是对手，更何况我们父子一起上阵。

"砰、砰、砰、砰！"

"哒、哒、哒、哒、哒、哒！"

"突、突、突、突、突、突！"

"……"

一阵密集的枪声响起，交织成一道火网，朝我和老爸疯狂扑来。

气流，在这一刻仿佛被凝固。

空间，在这一刻仿佛被扭动。

斗转星移、万象新天的异样感觉涌上心头。

望月的阴阳大执空术开启！

那一道密集的火网，在一刹那间，奔向日本众忍！

"啊！"

"啊！"

"……"

接二连三的惨叫声响彻夜空。

血雾四溅，支离破碎，惨不忍睹！

九大队的众人已经惊呆了。

没有人料到会是这样一个结果。

刚才还活生生的日本忍者们，此时此刻，多数已成尸体。

太爷爷将武藏三太夫踏在地上，张熙岳、表哥等人也已经结束了战斗，纷纷朝我们这边侧目。

我和老爸一前一后，只两个回合，便已生擒浑天成。

我将他手中的枪一把夺过，对准了他的脑袋，冷笑道："浑队长，你天生骨骼惊奇，硬度坚不可摧，我倒想看看，这子弹是否能打穿你的太阳穴？"

浑天成仿佛痴呆了一样，看着满地狼藉，喃喃道，"陈元方，你闯了大祸！死了这么多日本人，谁也保不了你！"

"人不是我们杀的。"望月道，"他们中枪而死，枪都是你们九大队的队员开的，子弹也是你们九大队专用枪械里的子弹，铁证如山。浑队长，你是不是要想一想，如何把自己的人抓起来，交给日本人审问呢？"

浑天成愕然无语。

"呜呜……"武藏三太夫趴在地上，看着死亡殆尽的日本忍众者，泪流满面，痛哭失声，不停地重复着自言自语道，"瓦达息达目，瓦达息达目，瓦达息达目……"

"什么叽里咕噜的鸟语！"二叔走过来，盯着武藏道，"朋友，你能不能说汉语？"

武藏猛然抬起了头，吓得二叔赶紧蹿了起来，武藏却没有对二叔怎么样，只是嘶声喊道："血金乌！血玲珑！血金乌！血玲珑！你们害了我！你们害了我！"

此言一出，众人脸上纷纷变色。

我心中陡然升起一种大祸临头的感觉。

太爷爷用力一踩武藏，喝道："怎么回事？你跟血金乌有什么瓜葛？快说！"

"周志成，周志成骗我骗得好苦……"武藏三太夫喃喃说道。

我一听这话，脑子里一阵晕眩，几乎摔倒在地，江灵急忙上前扶住了我，道："元方哥，元媛她……"

江灵的声音里也充满了惊恐。

"陈元方！"

一道冷冰冰的声音响起，我失神地抬头去看，只见邵如昕的身影倏忽而至。

"你们中了调虎离山之计了。周志成是血金乌之宫的人，这些日本忍者跟血金乌之宫有所勾结，但只是被血金乌之宫当成了引诱你们、干扰你们的炮灰。"邵如昕道，"你们几乎倾巢而出，吴家沟里只剩下曾子仲、陈弘慎，血金乌之宫的新晋九大长老全部出手，吴存根的家里已经被血玲珑的命术完全锁镇！"